Viaje al centro de la Tierra

Jules Verne:
Viaje al centro de la Tierra

Prólogo de Miguel Salabert Criado

El Libro de Bolsillo
Alianza Editorial
Madrid

®

Título original: *Voyage au centre de la terre*
Traductor: Miguel Salabert Criado

Primera edición en «El Libro de Bolsillo»: 1975
Novena reimpresión en «El Libro de Bolsillo»: 1996

© Del prólogo: M. Salabert Criado
© Alianza Editorial, S. A., Madrid, 1975, 1980, 1982, 1985, 1988,
  1990, 1992, 1994, 1996
  Calle Juan Ignacio Luca de Tena, 15; 28027 Madrid; teléf. 393 88 88
  ISBN: 84-206-1592-7
  Depósito legal: M. 7.359-1996
  Impreso en Closas-Orcoyen, S. L. Polígono Igarsa
  Paracuellos de Jarama (Madrid)
  Printed in Spain

Tened por bien que dé noticia al mundo
de lo que el centro de la Tierra encierra.
(*La Eneida*, Lib. VI.)

*«Me siento el más desconocido de los hombres», con-
fesaba Verne en los últimos años de su vida, consciente
ya de que su celebridad universal se basaba en un malentendido, en una interpretación tan errónea como su-
perficial de su obra*[1]. *Esta interpretación ha subsistido
hasta hoy, y a ella hay que atribuir la imagen estereoti-
pada y convencional que ha hecho de Verne el profeta
de la ciencia, el anticipador, el divulgador, el educador de
la juventud... Sabido es que los tópicos tienen siete vi-
das. Y los que acompañan fielmente a Verne han com-
partido hasta aquí la inmortalidad de su obra, esa gran
saga moderna reducida por la pereza mental y la inercia
de la memoria a una serie de aventuras para la juventud. Son estos tópicos los que han impedido el acceso
—o el regreso— del lector adulto a una obra cuya profundidad y significación sólo ahora comienzan a ser des-
veladas.*

[1] Véase mi obra *Julio Verne, ese desconocido,* Alianza Editorial, Madrid, 1985.

Es verdaderamente singular el destino literario de
Verne. A muchas obras literarias les ocurre sufrir eclipses
parciales tras la desaparición de sus autores. Durante un
tiempo se subsumen en el olvido, desaparecen como el
Guadiana para emerger años después con el aroma con
que salen los viejos vinos de sus milésimas privilegia-
das. Pero el «caso Verne» es excepcional. Verne nunca
ha desaparecido. A la cabeza de los escritores franceses
por el número de traducciones, según la UNESCO, sus
obras han continuado siendo reeditadas en todo el mundo. Y, sin embargo, se diría que ha permanecido preso
de un encantamiento, como un mago Merlín. Pero, a diferencia de éste, su morada no ha conocido la trasparen-
cia de una casa de cristal, sino que se ha guarecido en
la opacidad de la mera lectura literal. El continente ha
ocultado el contenido. El género literario adoptado por
Verne, el relato de aventuras, ha enmascarado el mundo
poético y simbólico subyacente a la lectura literal. Y
reducir al gran mitólogo que es Verne a un escritor de
aventuras es como limitarse a leer en Moby Dick el relato de la persecución de una ballena.

Es sorprendente que tal malentendido haya podido
producirse, y más aún mantenerse incólume durante tanto tiempo. Pues que una novelística catalogada como una
obra de anticipación haya sobrevivido poderosamente a
la superación por la ciencia y la técnica de las previsiones y «profecías» en ella contenidas, hubiera debido
bastar a llamar la atención sobre la naturaleza contin-
gente y accesoria de estos aspectos e inducir a buscar
en otras razones el fundamento de tal supervivencia.
Razones que pueden ser halladas en el valor poético
transcendente de la obra. En efecto, la mágica fascina-
ción que produce la lectura de cualquiera de la veintena
de obras maestras que debemos al enigmático autor de
esta epopeya moderna que son los Viajes extraordinarios, hubiera debido disipar, si no impedir, tan extraña
e injusta miopía hacia un autor que se inscribe entre
los grandes pilares de lo imaginario.

Tampoco bastó a liberar la obra verniana de su «encantamiento» el formidable coro admirativo integrado por autores como Gautier, Tolstoi, Turgueniev, Gorki, Raymond Roussel, Paul Claudel, Mauriac, Cendrars, Saint-Exupéry, Jean Giono, Kipling, Georges Neveux, Claude Roy... En El desconocido Julio Verne hemos reproducido algunos de estos testimonios. Añadamos aquí tan sólo dos, muy significativos por la altura a la que sitúan a Julio Verne, sin por ello llegar a la exaltación de Roussel, que veía en Verne el genio más grande de todos los siglos. Son los testimonios de Giorgio de Chirico y de Le Clezio. Dice el primero: «Julio Verne ha sido para mí el autor francés que, con Arthur Rimbaud y Guillaume Apollinaire, me ha dado las alegrías más profundas.» Y Le Clezio: «Estas escenas (las de las obras de Verne) son para mí tan importantes como los mitos, como las imágenes de la poesía homérica.»

Ni bastó tampoco la influencia ejercida por Verne en autores como Villiers de L'Isle Adam, Leon Bloy, Huyssmans, Rimbaud, Alfred Jarry... Ni el brillante estudio de Michel Butor que hace ya mucho tiempo entronizó a Verne en el museo de lo imaginario, en la elevada compañía de Baudelaire, Poe, Victor Hugo, William Blake, Lautréamont... Ha sido necesaria la varita mágica de ese hada francesa, la moda, para despertar a la Bella Durmiente. La aproximación a Verne de dos de los grandes mandarines de los años setenta, Roland Barthes y Michel Foucault, ha contribuido decisivamente al descubrimiento de Verne por el público y por los críticos estructuralistas que siguen a aquéllos. Con lo que se ha creado las condiciones de un «boom» Verne, que se manifiesta ya en el agotamiento de las elevadas tiradas del «Livre de Poche» y en la reciente reedición, en exacto facsímil, de las bellísimas y lujosas ediciones originales de Hetzel, al ritmo de un volumen por mes, a diez mil ejemplares, y a 128 francos el ejemplar[2].

---

[2] Editor: Michel de l'Ormerai. París.

La aportación de la crítica estructuralista ha elevado ciertamente el nivel de lectura de la obra verniana. Pero, a su vez, amenaza someterla a una nueva reducción. Interpretarla exclusivamente, como han hecho Barthes, Michel Serres y otros estructuralistas, en función de códigos y subcódigos temáticos, de arquetipos míticos y culturales, de sistemas de signos y referencias, es mutilarla, y no le falta razón a Jean Chesneaux al decir que estas tentativas abocan a vaciar la obra de su especificidad[3]. Y a sustraerla, si no a desvincularla, de la historia de su tiempo, en la que la obra verniana se halla tan profundamente inmersa, como creo haber puesto de manifiesto en mi ya citado libro, al establecer la filiación del proyecto verniano con las doctrinas sansimonianas y otras superestructuras ideológicas de la clase dominante de su época, así como al poner de relieve sus conexiones con importantes acontecimientos de la misma.

Esta multiplicidad de enfoques e interpretaciones patentiza la riqueza proliferante de una obra, portadora de un universo muy complejo, cuya comprensión postula una lectura pluridimensional.

Analizar una novela de Verne es analizar «en raccourci» el ciclo completo de los Viajes Extraordinarios. Pues se diría que cada una contiene en sí misma el ciclo completo, a la manera de esas muñecas rusas que se imbrican unas en otras, y que la serie no es sino un despliegue de temas y variaciones esbozados y desarrollados de una a otra novela, aun cuando la lectura de cada una de ellas sea aparentemente autónoma. O dicho de otro modo, cada libro de la serie reenvía a los demás. Y a veces este reenvío se hace explícita y maliciosamente. Como ocurre en el Viaje al centro de la Tierra y en Aventuras del capitán Hatteras, escritas casi simultáneamente (Verne solía saltar de la composición de un libro a otro). En esta última obra, un diálogo del doctor Clawbony con

[3] Une lecture politique de Jules Verne. Maspero, París, 1971. Hay traducción española, publicada por Siglo XXI.

sus compañeros a orillas del Polo —el punto más próximo del centro de la Tierra— anuncia la expedición a este punto supremo. Y en el Viaje al centro de la Tierra, a Verne le divierte hacer soñar a Axel, asfixiado de calor, en la voluptuosidad de tenderse en la helada alfombra del Polo, que por entonces él (Verne) estaba describiendo con la misma voluptuosidad.

El Viaje al centro de la Tierra contiene todas las coordenadas estructurales que informan los Viajes Extraordinarios, y que hallan su culminación en La isla misteriosa. Podríamos esquematizarlas así: el porvenir está enteramente contenido en el presente y, por lo tanto, en el pasado. El movimiento hacia el porvenir, que reviste la forma simbólica, progresiva y dinámica del viaje —del viaje como una línea trazada del presente al porvenir— se inicia desde los signos del pasado, signos que se expresan en un lenguaje cifrado (en forma de criptograma, preferentemente), cuyo esclarecimiento constituye el punto de partida. El movimiento hacia el objetivo se verifica entonces como una marcha lineal e invariable, a través de toda suerte de obstáculos y de pruebas, en la que la idea fija, potenciada por la energía y la prisa del héroe, oficia de brújula. Y este movimiento hacia el porvenir desencadena la eclosión del pasado, en un proceso integrador y totalizante que se inserta en la idea —viga maestra del edificio verniano— de la conquista del mundo por el hombre. Esta conquista se desarrolla a través de una interacción mutua y armoniosa entre el hombre y la naturaleza, aspectos diferentes de una misma entidad. Microcosmos y macrocosmos. Esta conquista se expresa dialécticamente en la apropiación del mundo por el saber y por el trabajo. El hombre, a través de la ciencia y la industria, logra actualizar la potencialidad de la naturaleza, arrancarle sus promesas secretas.

Tratemos de clarificar esto. Lo haremos de la mano de Verne, con tres pasajes correspondientes a dos de sus obras crepusculares:

La verdadera superioridad del hombre no estriba en vencer o
en dominar a la naturaleza, sino, para el pensador, en compren-
derla, en alojar el inmenso universo en el microcosmos de su
cerebro (*El Eterno Adán.*)

Los esfuerzos de este ser extraño e insignificante, capaz de in-
sertar en su minúsculo cerebro la desmesura de un universo infinito, de sondearlo y de descifrar lentamente sus leyes no son
vanos, pues así sitúa sus pensamientos a la escala del mundo (*Los
náufragos del Jonathan.*)

Nosotros moriremos, pero nuestros actos no mueren, pues se
perpetúan en sus consecuencias infinitas. Pasantes de un día,
nuestros pasos dejan en la arena del camino huellas eternas. Nada
ocurre que no haya sido determinado por lo que le ha precedido,
y el futuro está hecho de las prolongaciones desconocidas del
pasado. (*Ibidem.*)

*Pero veámoslo más directamente en el texto que nos
ocupa. El lector reconocerá estas líneas estructurales en
el viaje que se dispone a emprender en compañía de los
pioneros de la espeleología. El mensaje del pasado, el
criptograma, traza las huellas a seguir para entrar en
posesión de un conocimiento ya adquirido pero enterrado
en el secreto. El viaje en pos de esas huellas trazadas
por un predecesor permitirá redescubrirlo. Es, pues, un
movimiento hacia el porvenir que pasa por el pasado.
Y esta eclosión del pasado va a restituirnos la visión de
la faz antiquísima de la Tierra, con la resurrección de flo-
ras y faunas remotísimas. La identificación entre el microcosmos y el macrocosmos se produce con el sueño cósmico de Axel. Las promesas de la naturaleza se hallan
inscritas en esa muralla basáltica de Stapi que prefigura
las formas arquitectónicas que un día creará el hombre.
Pues para Verne, como dice Macheray, la naturaleza se
ha anticipado al hombre, y de ahí la prisa de Lidenbrock
(del sabio), porque se siente rezagado, porque va con retraso. Con el retraso de que sufre la ciencia en su tentativa de descifrar los enigmas del mundo. Pues el mundo
es un enigma cifrado.
Se diría la trayectoria de los alquimistas, que se decían que lo que la naturaleza ha hecho en su origen ellos*

podrían rehacerlo si se remontaban por los procedimientos seguidos por aquélla. «Concertémonos, decían, con la naturaleza, y sus tesoros se abrirán ante nosotros.»

Lidenbroek sigue las huellas de un alquimista, remontando el pasado de la naturaleza. Su aventura no tiene otro fin que el saber, el descubrimiento. Y este descubrimiento es un redescubrimiento.

Este gran poema subterráneo es, con Aventuras de Hector Servadac a través del sistema solar, la obra más fantástica de la saga verniana. Y tal vez sea la única que se sustraiga, aparentemente al menos, a la audaz ecuación que toda la obra verniana postula: imaginario, igual a real. Esta ecuación, subyacente en todas sus novelas, fue explicitada únicamente por Verne en forma restrictiva y cautelosa, al particularizarla en declaraciones tales como: «Todo lo que un hombre es capaz de imaginar, otros hombres serán capaces de realizarlo»; «Todo lo que de grande se ha realizado ha sido hecho en nombre de esperanzas exageradas.» «Todo lo que yo invento, todo lo que yo imagino, quedará siempre más acá de la verdad, porque llegará un momento en que las creaciones de la ciencia superarán a las de la imaginación.»

Y así ha ocurrido. Con una excepción. La de este viaje. Pues no se sabe hoy del centro de la Tierra más que en la época de Verne. A lo sumo, hay muchas más hipótesis.

El carácter fantástico de la aventura era un magnífico desafío a la obsesión verniana de la verosimilitud que patentizan todas sus obras. Su prodigiosa capacidad de pasar insensiblemente de lo real a lo imaginario, y viceversa, alcanza en este viaje caracteres de verdadera prestidigitación. Desde el momento en que el lector consiente en traspasar el umbral de la empresa delirante a que se le invita, una lenta y progresiva transformación se opera en él. El lector acepta el descenso a lo imposible, convencido de moverse en lo sucesivo en el terreno movedizo, pero tranquilizador de la fantasía. Pero he aquí que por una sabia dosificación de detalles, de preci-

*siones científicas, de sensaciones concretas, la realidad,
una inquietante realidad, va invadiendo progresiva e insi-
diosamente el dominio de la fantasía hasta superponerse
totalmente a él, hasta expulsarlo de la conciencia.*

Este logro es tanto más admirable cuanto que Verne
lo consigue con una gran economía de recursos. Su suprema habilidad consiste en identificar desde el primer
momento al lector con el narrador. En efecto, Axel in-
terpreta la incredulidad del lector, al oponer a la descabellada idea del profesor Lidenbrock los más sólidos y
racionales argumentos. Axel entra por el volcán islandés
con la misma resistencia y escepticismo que el lector.
Pero cuando llega el momento en que el retroceso es
ya imposible, Axel, y con él el lector, están ya gana-
dos, sumergidos en la realidad alucinante de este viaje
a los infiernos.

> Parecía ir en pos de un espíritu bajo
> la tierra,
> parecía deletrear un mágico alfabeto.
>
> (Victor Hugo, *Le Satyre —
> La légende des siècles.*)

Viaje a los infiernos. Facilis descensus Averni, *dice
el autor, citando a Virgilio.* (La Eneida, *Lib. VI.*)

*Viaje de exploración, acorde con el proyecto explícito
que preside la concepción global de la obra —la descripción de los mundos conocidos y desconocidos—, lo es
también de iniciación. De una iniciación que no se limita
a la exteriorización racional de la forja del espíritu y carácter de un adolescente, sino que se extiende al ámbito
de lo sacro para constituirse en una iniciación ritual. El
proyecto consciente hunde sus raíces en el inconsciente
colectivo, suponiendo, como hace Simone Vierne, la falta
de deliberación a este respecto en el autor de los* Viajes
Extraordinarios.

En otro lugar he señalado este aspecto de esta y otras novelas vernianas, aunque sin profundizar en ello por seguir una trayectoria diferente. Ignoraba, además, al indicarlo, los trabajos de Marcel Brion, de Leon Cellier y, sobre todo, de Simone Vierne, quien ha consagrado un voluminoso estudio[4] al carácter de iniciación que reviste la obra verniana. Esta hundiría así sus raíces en la corriente de tradiciones esotéricas de los misterios de Eleusis, de la búsqueda del Graal, de la alquimia, de la masonería (que con «La flauta mágica» de Mozart y Schikaneder elevó su más alto Templo), por no hablar del ciclo del Jilgamesh o del mito tibetano del Aggarta con sus ciudades subterráneas, etc.... Que casi ninguna obra de Verne escape, según Simone Vierne, a la transposición simbólica de estas tradiciones bajo la descripción racional, parece contradecirse con la falta de deliberación señalada por aquélla. Sin embargo, la omnipresencia de los grandes temas míticos en la obra verniana —que induciría a Michel Butor a ver en ella una mitología muy estructurada— parece indicar o bien una deliberada transposición directa de los ritos esotéricos o bien una recreación en filigrana de los mitos acogidos por grandes obras literarias. La presencia de los temas homéricos en la gran trilogía (Grant, Veinte mil leguas, La isla misteriosa), de la Divina Comedia en La asombrosa aventura de la misión Barsac, del robinsonismo en tantas otras, ha sido puesta de manifiesto en la obra de Verne, al igual que muchas connotaciones mágicas de la ciencia.

Esto se correspondería con la explícita definición del proyecto verniano, contenida en el prefacio de las obras completas de la edición Hetzel, como una tentativa de «... resumir todos los conocimientos geográficos, geológicos, físicos, astronómicos, amasados por la ciencia moderna, y rehacer, así, en la forma atrayente que le es propia, la historia del universo...»

Pues eran los tiempos ciclópeos de la literatura en los que un Balzac se igualaba a Napoleón ufanándose de

[4] *Jules Verne et le roman initiatique*, Editions du Sirac.

haber «llevado una sociedad entera en su cabeza»; los tiempos en que un Alejandro Dumas concibe el proyecto (no realizado) de novelar la historia universal, y un Victor Hugo el de marcar con su genio los grandes jalones de la historia, en La Leyenda de los siglos.

La mitología y la literatura no escapan a la historia.

Si puede discutirse que todas las obras de Verne participen de este carácter de iniciación ritual, no cabe ponerlo en duda en lo que concierne al Viaje al centro de la Tierra, tan evidente y turbador es el cortejo de elementos rituales y esotéricos que aparecen en esta obra. Constreñidos por el espacio, nos limitaremos a esquematizarlos aquí mediante su enumeración casi telegráfica.

Recuérdese que el ritual de toda ceremonia de iniciación comporta tres secuencias fundamentales: la preparación (a efectuar en un lugar sagrado), el viaje, símbolo de muerte o de mutación, y el renacimiento o salida. La iniciación al viaje viene determinada por la aparición de un documento secreto, en forma de criptograma, escrito en caracteres de grimorio, es decir, mágicos, en caracteres rúnicos, es decir, sagrados («inventados por el mismo Odin», «surgidos de la imaginación de un dios», dice el profesor Lidenbrock) y transcrito en latín, otra lengua sagrada, por un alquimista cuyas obras habían sido quemadas por herejía.

Que la ciencia de Lidenbrock se revele impotente para descifrar el criptograma y sea Axel quien lo haga por azar, manifiesta que éste ha sido elegido.

El destino del viaje es el centro de la Tierra, el punto supremo, el lugar sagrado por excelencia, inaccesible al profano. El umbral de entrada se halla en un volcán, puerta del infierno. Y en Islandia, la legendaria Tule, lugar de iniciación, según Guenon («Le Roi du monde»). La entrada ha de hacerse en una fecha sagrada, la del solsticio de verano. El juramento del secreto es impuesto al neófito, como establecen los cánones de la iniciación.

Pero antes ha de efectuarse la preparación del elegido para la iniciación. Esta tiene lugar con las lecciones de abismo y las altas contemplaciones que imparte Liden-

brock a Axel con las ascensiones a la iglesia (lugar sa-grado) de la Vor-Fresels.

Dos mensajes de la muerte en las rápidas apariciones del cementerio y del leproso, «el infeliz enfermo que ha pecado contra el sol», como decía Herodoto, a quien citamos aquí por haberse comparado su historia con el Heimskringla, *la obra en que Snorre Turlesson compiló las sagas nórdicas, y un ejemplar de la cual sirve aquí de vehículo al mensaje secreto.*

El éxtasis de Axel y las sublimes contemplaciones *en las altas cimas del volcán crean una atmósfera religiosa en los momentos que preceden al «facilis descensus Aver-ni» de los tres viajeros.*

La travesía del campo de los tesoros —omnipresente en las tradiciones míticas—, *no falta aquí a la cita. Pero, modernidad obliga, el árbol de oro de Eneas se ve susti-tuido aquí por el carbón, el cobre, el oro y el platino bajo la forma vulgar de concreciones minerales.*

Empieza a continuación la sucesión de pruebas a arros-trar *por el novicio. La primera es la de la sed. Luego, la pérdida del guía y del hilo de Ariadna (el arroyo) en el laberinto. Prueba de las tinieblas. Presentimiento de la muerte. La caída o el abandono de sí. El desvaneci-miento, muerte aparente, seguido de la «resurrección» en una gruta, que cobra el aspecto de un renacimiento. («La muerte es imaginada como una regresión fetal se-guida de un renacimiento.» Edgar Morin, «L'homme et la mort».) Axel, ensangrentado, abre los ojos a una in-explicable claridad, a orillas del mar, del agua primordial, en el que toma un baño de purificación. Es el océano interior, el mediterráneo por excelencia, en reproducción subterránea del mundo («el reverso tenebroso de la crea-ción», de Victor Hugo), que nos recuerda la visión del Tártaro de Homero y Estrabón como «un pálido reflejo de la Tierra con la única ausencia de los rayos del sol». Al igual que los iniciados de los misterios de Eleusis, Axel ve cómo a las tinieblas sucede la más espléndida claridad, una* luz especial *que ilumina un lugar indescrip-tible porque* inefable, *oculto y secreto para el vulgo* como lo eran las contemplaciones en la cripta del Anactoroton. Es una luz mágica «de origen eléctrico», un «fenómeno cósmico continuo» como el que describe Virgilio en el descenso de Eneas a los infiernos en busca del padre [5] —(«Ciertas estrellas propias de este sitio / conocen su sol propio y de él se alumbran»)—, una luz que no proyecta sombras. Recuérdese que en Grecia se reconocía al muerto resucitado por la ausencia de sombra, que en el Purgatorio del Dante los cuerpos de los muertos no tenían sombras...

La travesía, omnipresente en todas las mitologías como el símbolo de la mutación espiritual, prepara la arribada de Axel al punto supremo de la iniciación. Los temas míticos del dragón (el combate de los monstruos antediluvianos) y de la ballena (isla del geiser) no faltan tampoco a la cita. La comunión mística se produce con el sueño cósmico de Axel —(«Todo sueño ante el agua se hace cósmico», dice Bachelard en «L'eau et les rêves»)— que lo remonta por la escala de la vida hasta más allá de los orígenes —«(Toda la vida de la Tierra se resume en mí, y mi corazón es lo único que late en este mundo despoblado»)—, hasta sublimarlo como «un átomo imponderable» confundido con la nebulosa inicial.

El acceso al país de los muertos (de los antepasados), la dramática lección de paleontología del profesor Lidenbrock, que evoca el discurso de Anquises, el extravío al que pone fin la aparición del último signo del hierofante (Arne Saknussemm), el «paso sellado», son los jalones finales de este viaje de iniciación. Pues el acceso al punto supremo no tiene lugar. La prisa, la impaciencia de Lidenbrock, compartidas por Axel en su transformación, se desvían de la virtud cardinal de los alquimistas: la paciencia. Ellos no llegarán adonde pudo llegar Saknussemm el alquimista. La naturaleza se deja poseer,

---

[5] La búsqueda del padre es un tema obsesional en la obra verniana, que es una accidentada Telemaquia. (Véase mi obra citada.)

pero no violentar. Esto es lo que les cierra el paso. Y también, digámoslo, la racionalidad.

La descripción del embudo por el que tiene lugar la trayectoria final de la violenta expulsión, recuerda poderosamente a la que hace Virgilio de la residencia subterránea de Vulcano en las islas eólicas o Lipari. (Eneida, lib. VIII, 416 y sig.)

La expulsión descrita por Verne tiene una gran resonancia mitológica. Piénsese en Henoch y Elías elevados en un carro de fuego, o más directamente en el caballero irlandés Owen, que, en el «Purgatorio de San Patricio» (siglo XII), entra por una caverna y es escupido por las llamas a la superficie de la Tierra, «donde pemaneció durante algún tiempo completamente aturdido».

A Verne, celta de origen, le eran muy familiares las tradiciones y leyendas célticas.

Que el umbral de salida esté situado en el Strómboli no parece gratuito ni únicamente relacionado con la Vulcania de Virgilio. Desde hace mucho tiempo se ha observado la coincidencia de algunas erupciones del Etna con las del Hecla. Esto pudo llevar a Verne a ver en ambos volcanes algo así como un sistema de vasos comunicantes. Pero la violenta actividad de dichos volcanes debió obligarle, por razones de verosimilitud dentro de lo inverosímil, a desplazar ligeramente el escenario, del Hecla al Snaeffels, del Etna al Strómboli. Obsérvese cómo al describir el paisaje de la isla habla del Etna y del cielo de Sicilia.

Consignemos, por fin, la coronación del proceso de iniciación de Axel con sus bodas con Grauben.

¿Es lícita esta lectura «subterránea»? La profusión y concatenación de elementos rituales que tan somera y esquemáticamente hemos enunciado, así parece autorizarlo. La comprensión del «Ulises» de Joyce requiere una lectura de la mano de Homero. Y, a fin de cuentas, toda obra literaria es un proceso de viva y permanente creación entre el autor y el lector, entre la figuración y la interpretación.

Michel Foucault niega el carácter de iniciación de la obra verniana basándose en el hecho de que al final de los viajes de los héroes «nada haya cambiado, ni sobre la Tierra, ni en la profundidad de ellos mismos». Por nuestra parte, y al menos en lo que atañe a Axel, coincidimos con Simone Vierne en ver en la transformación casi heroica de Axel, que le hace identificarse con ese profesor de energía que es Lidenbrock, un signo visible de la iniciación.

Pese a su carácter fantástico, el Viaje al centro de la Tierra no está exento de la profunda vinculación a la historia del siglo XIX que hemos señalado en la obra verniana. De esto puede verse una prueba en el relato del hallazgo por Boucher des Perthes, creador de la Prehistoria, de una mandíbula humana en un terreno cuaternario, hecho ocurrido ¡un año antes de la publicación de la novela!

Las fuentes de esta obra son de dos clases: científicas y literarias. Entre las primeras hay que citar las lecturas por Verne de las obras de los naturalistas Milne Edwards, Víctor Audoin y Armand des Quatrefages, las del mineralogista François Beudant y, sobre todo, las del vulcanólogo Sainte-Claire Deville, quien había estudiado sobre el terreno los volcanes de las Antillas, del Teide y del Strómboli. Verne había quedado muy impresionado por sus conversaciones con Sainte-Claire Deville y por la lectura de las cartas de éste a Elie de Beaumont.

En cuanto a las fuentes literarias, ya he señalado la muy caudalosa de La Eneida, a la que se puede añadir las de Poe y Hugo. Salomón ha denunciado el sorprendente parecido de una obra de George Sand, «Laura» que describe el viaje por el interior de un diamante, con el poema subterráneo de Verne. Para Simone Vierne, el parecido de estas novelas se basa en el carácter de iniciación que revisten ambas obras. Escritas y publicadas al mismo tiempo por los dos autores de Hetzel, ¿habría *de verse en éste el inspirador común, junto con Sainte-Claire Deville, también autor de la casa Hetzel?*

Más directa parece la influencia, rastreada por Jacques van Herp y comunicada en «Les Cahiers de l'Herne», de una novela bastante desconocida de Alejandro Dumas, Isaac Laquedem. Publicada en 1853, un episodio de la misma describe el descenso del Judío Errante, Isaac, al corazón de la Tierra. En el curso del viaje, junto al desfile de los mitos de la antigüedad, se expone un curso de geología, de paleontología y un esbozo de la evolución. Van Herp cree ver una contribución de Verne en la documentación «científica» de esta obra, lo que tal vez fuera posible conocidas como nos son las relaciones de Dumas con Verne, a quien apadrinó literariamente estrenando la primera obra teatral de éste en 1848.

Hora es ya de dejar al lector emprender este viaje, de dejarle a solas con su propia lectura. De una obra que, por sí sola, bastaría para justificar la declaración de que «los Viajes Extraordinarios dividen en dos la historia de la imaginación», hecha por Claude Roy, para quien el mundo «tiene seis continentes: Europa, Africa, Asia, América, Australia y Julio Verne».

Miguel SALABERT

1

El 24 de mayo de 1863, un domingo, mi tío, el profesor Lidenbrock, regresó precipitadamente a su pequeña casa, situada en el número 19 de la Königstrasse, una de las más antiguas calles del barrio viejo de Hamburgo.

La buena Marta debió creer que se había atrasado mucho, ya que la comida apenas había empezado a hervir en el fogón.

«¡Vaya! —me dije—, como venga con hambre mi tío, que es el hombre más impaciente del mundo, la va a armar.»

—¡El señor Lidenbrock ya aquí! —exclamó, estupefacta, la buena Marta, al tiempo que entreabría la puerta del comedor.

—Sí, Marta. Pero es natural que la comida no esté hecha todavía. Aún no son las dos. Apenas si acaba de sonar la media en San Miguel.

—Entonces, ¿por qué está ya de vuelta el señor Lidenbrock?

—Supongo que él nos lo dirá.

—¡Ahí está! Yo me voy, señor Axel. Hágale entrar en razón.

Marta volvió a su laboratorio culinario y me dejó solo.

Hacer entrar en razón al más irascible de los profesores era algo por encima de las fuerzas de un carácter tan irresoluto como el mío. Así, pues, me disponía, prudentemente, a volver arriba, a mi cuarto, cuando se oyó chirriar la puerta de la calle sobre sus goznes. La escalera de madera crujió bajo las fuertes pisadas del dueño de la casa, quien, tras atravesar el comedor, se precipitó hacia su gabinete de trabajo.

Pero ya, al paso, había arrojado a un rincón su bastón, lanzado sobre la mesa su sombrero y dicho, con voz estentórea, a su sobrino:

—Axel, sígueme.

No había podido aún hacer el menor movimiento, cuando ya el profesor me gritaba con viva impaciencia:

—¿Cómo no estás ya aquí?

Corrí al despacho de mi temible tío.

No puede decirse que Otto Lidenbrock sea un mal hombre, pero sí que, a menos de un cambio improbable, será hasta su muerte un hombre tan raro como terrible.

Era profesor de mineralogía en el Johanneum. En cada lección, se encolerizaba una o dos veces, con toda regularidad. No le preocupaba en absoluto que sus alumnos asistieran con asiduidad a sus lecciones, ni que le concedieran atención, ni el éxito que pudieran tener aquéllos en el futuro. Tales detalles no le importaban apenas. Enseñaba «subjetivamente», según la expresión de la filosofía alemana, para sí mismo, y no para los demás. Era un sabio egoísta, un pozo de ciencia cuya polea rechinaba cuando de él se quería sacar algo; en una palabra, un avaro.

No faltan en Alemania los profesores de esta clase.

Mi tío, desgraciadamente, no gozaba de una extremada facilidad de pronunciación, sino en la intimidad, al menos cuando hablaba en público, lo que, para un orador, constituye un defecto lamentable. En sus clases le ocurría a menudo tener que pararse, en lucha contra una palabra recalcitrante que se resistía a salir de sus labios, una de esas palabras que se atragantan, se hinchan y acaban por salir bajo la forma poco científica de un «taco». De ahí sus accesos de cólera.

Ahora bien, en mineralogía hay muchas denominaciones semigriegas y semilatinas de difícil pronunciación, nombres tan pedregosos que desollarían los labios de un poeta. Nada más lejos de mí que la intención de hablar mal de esta ciencia. Pero habrá de convenirse en que la lengua más suelta es capaz de trabarse en las cristalizaciones romboédricas, en las resinas retinasfálticas, en las gelenitas, en las fangasitas, en los molibdatos de plomo, en los tungstatos de manganeso y en los titaniatos de circonio.

Este excusable defecto de mi tío era bien conocido en la ciudad. La gente abusaba, esperando con fruición las palabras peligrosas para romper a reír ante sus ataques de furor. Lo que, incluso entre alemanes, no es precisamente una actitud de buen gusto. Así, entre la gran afluencia de auditores que siempre conocían las lecciones de Lidenbrock, numerosos eran los que las seguían asiduamente con el único propósito de divertirse con los accesos de cólera del profesor.

Sea como fuere, debo decir que mi tío era un verdadero sabio. Aunque le ocurriese a veces romper sus muestras con la brusquedad con que hacía sus ensayos, en él se daban cita el genio del geólogo y el discernimiento del mineralogista. Era un hombre extraordinario con su martillo, su punzón, su aguja imantada, su soplete y su frasco de ácido nítrico. Entre las seiscientas especies de minerales que cuenta actualmente la ciencia, era capaz de de clasificar, sin vacilar, un mineral cualquiera por su ruptura, su aspecto, su dureza, su fusibilidad, su sonido, su olor y su gusto.

Por ello, el nombre de Lidenbrock era famoso en los institutos y las sociedades científicas. Humphry Davy, Humboldt y los capitanes Franklin y Sabine no dejaron de visitarle a su paso por Hamburgo. Becquerel, Ebelmen, Brewster, Dumas, Milne-Edwards y Sainte-Claire Deville solían consultarle acerca de las más palpitantes cuestiones de la química. Esta ciencia le debía algunos bellos descubrimientos. En 1853 había aparecido en Leipzig un *Tratado de Cristalografía transcendente,* firmado por el profesor Otto Lidenbrock, en edición de gran formato y con láminas, cuya venta, sin embargo, no llegó a cubrir los gastos de su impresión.

Además, mi tío era conservador del museo mineralógico del señor Struve, embajador de Rusia, que contenía una preciosa colección de gran fama en Europa.

Tal era el personaje que me reclamaba con tanta impaciencia. Figuraos un hombre alto, flaco, con una salud de hierro y un aspecto juvenil, realzado por sus rubios cabellos, que le perdonaba diez años a su cincuentena. Sus grandes ojos se agitaban incesantemente tras unas gafas de considerable tamaño. Su nariz, larga y fina, parecía una hoja afilada. La maledicencia de la gente pretendía que su nariz estaba imantada y atraía las limaduras de hierro. ¡Pura calumnia! Lo único que atraía su nariz era el rapé, pero, eso sí, en gran abundancia, para no faltar a la verdad.

Si añado que mi tío andaba a zancadas de casi un metro, y si preciso que al andar mantenía sus puños sólidamente cerrados, signo de un temperamento impetuoso, se le conocerá suficientemente como para no desear demasiado su compañía.

Residía en su casita de Königstrasse, edificada mitad en madera y mitad en ladrillo, y rematada por un piñón escalonado, a orillas de uno de esos sinuosos canales que se entrecruzan en medio del más antiguo barrio de Hamburgo, felizmente respetado por el incendio de 1842.

La vieja casa estaba un poco inclinada, con su vientre tendido hacia los transeúntes. Llevaba su tejado ladeado sobre la oreja, como la gorra de un estudiante de Tugendbund. Pero aunque el aplomo de sus líneas dejara mucho que desear, se mantenía bien gracias a un viejo olmo vigorosamente encastrado en su fachada. En pri-

mavera, el olmo cubría de botones en flor los cristales
de las ventanas.

Para lo que suele tener un profesor alemán, mi tío
era bastante rico. La casa le pertenecía en propiedad,
continente y contenido. El contenido éramos su ahijada
Grauben, joven virlandesa de diecisiete años, Marta y
yo. En mi doble calidad de sobrino y de huérfano me
convertí en el ayudante preparador de sus experimentos.

Confieso que «mordí» con apetito en las ciencias geológicas. Yo tenía sangre de mineralogista en las venas,
y no me aburría nunca en compañía de mis preciosos
pedruscos.

En suma, se podía vivir feliz en la casita de Königstrasse, pese al carácter impaciente de su propietario,
quien me quería mucho, aun cuando se comportara conmigo un poco brutalmente. Pero es que era un hombre
tan incapaz de esperar que llegaba incluso hasta a apre-
miar a la naturaleza. Así, cuando en el mes de abril em-
pezaban a brotar en los tiestos de su salón las plantas
de reseda o de volubilis, iba cada mañana, con toda
regularidad, a tirar de las hojas para apresurar su cre-
cimiento.

Con un hombre así no había más remedio que obedecer. Entré, pues, corriendo en su gabinete.

2

Su gabinete era un verdadero museo. Todas las muestras del reino mineral se hallaban allí representadas y etiquetadas en el orden más perfecto, según las tres grandes divisiones de los minerales: los inflamables, los metálicos y los litoideos.

¡Cuán familiares me eran todos! ¡Cuántas veces, en lugar de divertirme con los chicos de mi edad, me había entretenido en limpiar estos grafitos, esas antracitas, estas hullas, estos lignitos, estas turbas! Y los betunes, las resinas, las sales orgánicas que había que proteger del menor átomo de polvo! ¡Y estos metales, desde el hierro al oro, cuyo valor relativo desaparecía ante la igualdad absoluta de los especímenes científicos! ¡Y todas estas piedras que hubiesen bastado para reconstruir la casa de Königstrasse, incluso con una habitación suplementaria que tan bien me hubiera venido!

Pero al entrar en el gabinete no pensaba yo en tales maravillas. Era mi tío quien ocupaba exclusivamente mi pensamiento. Estaba hundido en su amplio sillón, tapizado de terciopelo de Utrecht, y tenía entre sus manos un libro que examinaba con la admiración más profunda.

—¡Qué libro! ¡Qué libro! —exclamaba.

Esta exclamación me recordó que el profesor Lidenbrock era también bibliómano en sus ratos libres. Pero un libro sólo tenía valor para él a condición de ser extremadamente raro o, al menos, ilegible.

—¿Lo ves? ¿Lo estás viendo? Es un tesoro inestimable que he encontrado esta mañana hurgando en la librería del judío Hevelius.

—¡Magnífico! —respondí, con un entusiasmo obligado.

En efecto, ¿a qué tanta agitación por un viejo libro en cuarto, cuyo lomo y cubiertas parecían hechos de una grosera piel de becerro, por un libro amarillento del que pendía una cinta descolorida?

Pero el profesor seguía profiriendo admirativas interjecciones.

—Mira —decía, haciéndose a sí mismo preguntas y respuestas—, ¿no es hermosísimo? Sí, es admirable. ¡Y qué encuadernación! ¿Se abre fácilmente este libro? Sí, pues queda abierto en cualquier página. Pero ¿se cierra bien? Sí, pues las cubiertas y las hojas forman un todo bien unido, sin separarse ni entreabrirse en parte alguna. ¡Y este lomo completamente intacto tras setecientos años de existencia! ¡Ah! ¡He aquí una encuadernación que habría enorgullecido a Bozerian, Closs o Purgold!

Mientras así hablaba, mi tío abría y cerraba sin parar el viejo volumen. Yo me creí obligado a interrogarle sobre su contenido, aunque no me interesaba en absoluto.

—¿Y cómo se titula ese libro maravilloso? —pregunté con un interés demasiado entusiasta para no ser fingido.

—Esta obra —respondió mi tío, animándose, es el *Heims-Kringla,* de Snorre Turlesson, el famoso autor islandés del siglo XII[1]. Es la crónica de los príncipes noruegos que reinaron en Islandia.

—¿De veras? —exclamé, tan entusiásticamente como pude—. Y, sin duda, es una traducción al alemán...

—¡Vamos! —replicó vivamente el profesor—. ¡Una traducción! ¿Para qué quiero yo tu traducción? ¿A quién le interesaría tu traducción? Esta es la obra original, en lengua islandesa, ese magnífico idioma, tan rico como sencillo a la vez, que permite las más variadas combinaciones gramaticales y las más numerosas modificaciones de las palabras.

—Igual que el alemán —insinué con acierto.

—Si quieres —respondió mi tío, encogiéndose de hombros—. Y eso sin contar que el islandés admite los tres géneros, como el griego, y declina los nombres propios, como el latín.

—¡Ah! —dije, desde la brecha abierta en mi indiferencia—. ¿Y son bellos los caracteres de ese libro?

—¡Caracteres! ¿Quién te ha hablado de caracteres, desdichado Axel? ¡Caracteres! ¿Tomas esto por un impreso? ¡Pero, ignorante, se trata de un manuscrito, y de un manuscrito rúnico!

—¿Rúnico?

—Sí. ¿Irás a pedirme ahora que te explique esta palabra?

—Me guardaré muy bien de hacerlo —repliqué, con el acento de un hombre herido en su amor propio.

Pero mi tío continuó instruyéndome, a pesar mío, de cosas que apenas me importaba saber.

—Los runos —prosiguió— eran caracteres de escritura usados antiguamente en Islandia y que, según la tradición, fueron inventados por el mismo Odin. Pero ¡mira! ¡Admira, impío, estos tipos surgidos de la imaginación de un dios!

A fe mía que, no sabiendo qué replicar, iba a prosternarme, forma de respuesta que debe agradar a los

[1] Nacido en 1178, muerto en 1241. El *Heimskringla* se publicó en 1697, en Estocolmo, en islandés, latín y sueco.

dioses tanto como a los reyes, pues tiene la ventaja de
no embarazarlos nunca, cuando un incidente vino a des-
viar el curso de la conversación.

El incidente fue la aparición de un sucio pergamino
que se deslizó del libro y cayó al suelo.

Se comprenderá fácilmente la avidez con que mi tío
se precipitó a recoger esa futesa. Un viejo documento,
encerrado desde un tiempo inmemorial en un antiguo
libraco, no podía dejar de tener un alto valor a sus ojos.

—¿Qué es esto? —gritó, al tiempo que desplegaba
cuidadosamente sobre su mesa un trozo de pergamino
de unas cinco pulgadas de largo por tres de ancho, y sobre el que se extendían, en líneas transversales, caracteres de grimorio.

He aquí el facsímil exacto. Debo dar a conocer estos
extraños signos, pues son ellos los que llevaron al profesor Lidenbrock y a su sobrino a emprender la más
extravagante expedición del siglo XIX:

El profesor contempló durante algunos instantes esta
serie de signos. Luego se quitó las gafas, y dijo:

—Es rúnico. Estos tipos son absolutamente idénticos
a los del manuscrito de Snorre Turlesson. Pero... ¿qué
es lo que eso puede significar?

Como el rúnico me parecía ser una invención de los
sabios para mixtificar a la gente, no me importó que mi
tío no comprendiera nada. Al menos eso es lo que podía
inferirse del movimiento de sus dedos, que comenzaban
a agitarse terriblemente.

—Y, sin embargo, es antiguo islandés —murmuraba entre dientes.

Y el profesor Lidenbrock debía saber bien lo que decía, pues pasaba por ser un verdadero políglota. No es que hablara las dos mil lenguas y los cuatro mil idiomas empleados en la superficie del Globo, pero sí conocía una buena parte.

Ante esta dificultad, iba ya a entregarse a toda la impetuosidad de su carácter, lo que me hacía prever una violenta escena, cuando sonaron las dos en el reloj de la chimenea.

En ese momento, Marta abrió la puerta, diciendo:

—La sopa está servida.

—¡Al diablo la sopa, la que la ha hecho y los que la coman! —gritó, exasperado, mi tío.

Marta huyó. Seguí sus pasos, al vuelo, y, sin saber cómo, me hallé sentado en mi sitio habitual, ante la mesa. Esperé algunos instantes. El profesor no venía. Era la primera vez, que yo sepa, que faltaba a la solemnidad del almuerzo. ¡Y qué almuerzo! Una sopa al perejil, una tortilla de jamón sazonada de acederas, una chuleta de ternera con compota de ciruela y, como postre, un dulce de gambas, y todo regado con un excelente vino del Mosela.

He ahí lo que un viejo papel iba a costar a mi tío. Yo, en mi calidad de sobrino abnegado, me creí en la obligación de comer por él y por mí. Y es lo que hice, y concienzudamente.

—Nunca he visto tal cosa —decía Marta—. ¡Que el señor Lidenbrock no esté a la mesa!

—Es increíble.

—Esto presagia algo grave —decía la vieja sirviente, moviendo la cabeza.

En mi opinión, eso no presagiaba más que una terrible escena cuando mi tío descubriera que me había comido su parte.

Estaba comiéndome mi última gamba cuando una voz estentórea me arrancó de las voluptuosidades del postre. De un salto pasé del comedor al gabinete.

3

—Evidentemente, esto es único —decía el profesor, frunciendo el entrecejo—. Pero hay un secreto, y yo lo descubriré. Si no...

Un gesto violento terminó su pensamiento.

—Ponte ahí —añadió, indicándome la mesa con el puño— y escribe.

En un instante estuve dispuesto.

—Ahora voy a dictarte las letras de nuestro alfabeto que corresponden a cada uno de estos caracteres islandeses. Pero, ¡por San Miguel!, cuida de no equivocarte.

Empezó a dictar. Yo me concentré lo mejor que pude. Su dictado formó la incomprensible sucesión de palabras siguientes:

m.rnlls	esreuel	seecJde
sgtssmf	unteief	niedrke
kt,samn	atrateS	Saodrrn
emtnael	nuaect	rrilSa
Atvaar	.nscrc	ieaabs
ccdrmi	eeutul	frantu
dt,iac	oseibo	KediiY

Terminado el trabajo, mi tío tomó vivamente la hoja y la examinó atentamente durante largo tiempo.

—¿Qué es lo que esto quiere decir? —repetía maquinalmente.

Doy mi palabra de honor de que yo no hubiera podido revelárselo. Pero, además, se abstuvo de interrogarme y continuó su soliloquio.

—Esto es lo que llamamos un criptograma —decía—, cuyo sentido yace oculto bajo una mezcla deliberada de letras que, convenientemente dispuestas, formarían una frase inteligible. ¡Cuando pienso que puede haber aquí la explicación o la indicación de un gran descubrimiento!

Yo tenía para mí que no había absolutamente nada; pero, prudentemente, me guardé mi opinión.

El profesor tomó entonces el libro y el pergamino y los comparó.

—Estas dos escrituras no son de la misma mano. El criptograma es posterior al libro. De esto veo una prueba irrefutable en el hecho de que la primera letra es una doble M, que en vano buscaríamos en el libro de Turlesson, ya que dicha letra no fue incorporada al alfabeto islandés hasta el siglo XIV. Así pues, hay por lo menos doscientos años entre el manuscrito y el documento.

Eso, lo confieso, me pareció bastante lógico.

—Esto me induce a creer —continuó mi tío— que ha debido ser uno de los poseedores de este libro el que ha trazado estos misteriosos caracteres. Pero ¿quién diablos sería el tal dueño? ¿No habrá escrito su nombre en alguna parte de este manuscrito?

Mi tío se quitó las gafas, cogió una gruesa lupa y examinó cuidadosamente las primeras páginas del libro. A la vuelta de la segunda página descubrió una mácula que, a simple vista, tenía el aspecto de una mancha de tinta. Sin embargo, al mirarla más de cerca pudimos distinguir algunos caracteres borrados a medias. Mi tío comprendió que ahí estaba el punto interesante, y se encarnizó sobre la mancha. Gracias a su gruesa lupa acabó por reconocer los signos que transcribo, caracteres rúnicos que leyó sin vacilar:

ᛏᛁᚨᚾ ᛋᛁᚱᛚᛁᚾᛋᛏᛉ

—¡Arne Saknussemm! —exclamó en un tono triunfal—. Pero ¡si es un nombre! ¡Y lo que es más, un nombre islandés! El de un sabio del siglo XVI, el de un célebre alquimista! [2]

Miré a mi tío con una cierta admiración.

—Esos alquimistas —prosiguió—, Avicena, Bacon, Lulio, Paracelso, eran los verdaderos, los únicos sabios de su tiempo. Hicieron descubrimientos que todavía nos asombran. ¿Por qué este Saknussemm no habría podido ocultar bajo este incomprensible criptograma algún invento sorprendente? Así debe ser. Así es.

La imaginación del profesor se inflamaba con tal hipótesis.

—Sin duda —osé responder—; pero ¿qué interés podía tener este sabio en ocultar así algún maravilloso descubrimiento?

—¿Por qué? ¿Por qué? ¿Qué sé yo? ¿No hizo lo mismo Galileo con Saturno? Además, ya lo veremos. Penetraré en el secreto de este documento como sea; no comeré ni dormiré antes de lograrlo.

—¡Oh!

—Ni tú tampoco, Axel.

«¡Diablo! —me dije—, menos mal que hoy he comido por dos.»

---

[2] Verne modifica el nombre, la época y la actividad del personaje de quien se inspiró. Arne Saknussemm es, sin duda alguna, el historiador Arne Magnusson, nacido en Ovenbecke (Islandia), en 1663, y muerto en Copenhague, en 1730. Fue conservador de los archivos y de la Biblioteca de Copenhague. Fue el gran divulgador de las sagas nórdicas compiladas en el Heims-kringla por Snorre Turlesson. De ahí la ingeniosa vinculación de ambos autores en la novela verniana. Cabe también la posibilidad de que en la composición del nombre Saknussemm entrara asimismo el de Finn Magnusen, historiador islandés (1781-1848), que también fue conservador de los archivos de Copenhague, en cuya Universidad enseñó la Literatura y la *mitología* nórdicas.

—Ante todo —dijo mi tío—, hay que hallar la lengua de este documento cifrado. No debe ser difícil.

Al oír esto levanté vivamente la cabeza. Mi tío reanudó su soliloquio.

—Nada más fácil. Hay en este documento ciento treinta y dos letras, con setenta y nueve consonantes contra cincuenta y tres vocales. Ahora bien: esta es, poco más o menos, la proporción existente en las palabras de las lenguas meridionales, en tanto que los idiomas del norte son infinitamente más ricos en consonantes. Se trata, pues, de una lengua del sur.

Estas conclusiones eran muy justas.

—Pero ¿cuál es esta lengua?

Ahí es donde yo esperaba a mi sabio, en quien descubría yo un profundo analista.

—Ese Saknussemm —continuó— era un hombre instruido. Y de no escribir en su lengua materna habría optado preferentemente por la lengua de uso corriente entre los hombres cultos del siglo XVI, es decir, el latín. Si me equivoco, probaré con el español, el francés, el italiano o el hebreo. Pero los sabios del siglo XVI escribían generalmente en latín. Tengo, pues, el derecho de decir *a priori:* esto es latín.

Salté de mi silla. Mis recuerdos de latinista se rebelaban contra la pretensión de que esta sarta de palabras enrevesadas pudiese pertenecer a la dulce lengua de Virgilio.

—Sí, latín —agregó—; pero un latín enredado.

«Pues vas listo —pensé—. Ya tienes que ser sagaz para desenredarlo.»

—Examinémosla bien —dijo, volviendo a coger la hoja que yo había escrito—. Hay una serie de ciento treinta y dos letras que se presentan bajo un aparente desorden. Hay palabras en las que sólo se encuentran consonantes, como en la primera, «m.rnlls», y otras en las que al contrario, abundan las vocales, como en la quinta, «unteief», o en la penúltima, «oseibo». Evidentemente, esta disposición no ha sido combinada, sino

que viene dada por la desconocida razón que ha presidido
la sucesión de estas letras. Me parece seguro que se escribió regularmente la frase primitiva, y que se invirtió
luego, según una ley que es preciso descubrir. Quien
poseyera la clave de este documento *cifrado* lo leería
fácilmente. Pero ¿cuál es la clave? Axel, ¿tienes tú esta
clave?

No respondí a su pregunta, por hallarme enfrascado
en la contemplación de un retrato encantador que col-
gaba del muro, el retrato de Grauben. La ahijada de mi
tío se hallaba entonces en Altona, en casa de uno de sus
parientes, y su ausencia me tenía muy triste, pues, puedo confesarlo ya, la bella virlandesa y el sobrino del
profesor se amaban. Con toda la paciencia y toda la
tranquilidad alemanas. Nuestro noviazgo era ignorado de
mi tío, demasiado geólogo para poder comprender sentimientos de tal naturaleza. Grauben era una joven encantadora, rubia, de ojos azules, de carácter un tanto
grave. Pero no por ser tan seria me quería menos. Por
mi parte, yo la adoraba, si es que tal verbo existe en
la lengua tudesca.

La imagen de mi pequeña virlandesa me trasladó, en
un instante, del mundo de las realidades al de las qui-
meras, al de los recuerdos. Volví a ver a la fiel compa-
ñera de trabajos y placeres. Cada día, ella me ayudaba a
colocar y a etiquetar las preciosas piedras de mi tío. La
señorita Grauben era una buena mineralogista. A más
de un sabio hubiera podido darle una lección. Le gus-
taba profundizar en las arduas cuestiones de la ciencia.
¡Cuántas dulces horas habíamos pasado juntos, estudian-
do! ¡Y cuántas veces había yo envidiado la suerte de
estas insensibles piedras que ella tocaba con sus encan-
tadoras manos!

En las horas libres solíamos pasear por las frondosas
avenidas del Alster, dirigiéndonos, la mano en la mano,
al precioso viejo molino que se halla en la extremidad
del lago. Yo iba contándole cosas que le hacían reír
hasta donde su seriedad se lo permitía. Llegados así

hasta orillas del Elba, volvíamos al muelle en la barca de vapor, tras habernos despedido de los cisnes que nadaban entre los grandes nenúfares blancos.

En tal ensoñación estaba sumido cuando mi tío, dando un puñetazo en la mesa, me volvió a la realidad.

—Veamos: la primera idea que se le ocurriría a uno para enredar las letras de una frase es, me parece, la de escribir las palabras verticalmente en vez de hacerlo horizontalmente.

«¡Vaya!», exclamé para mis adentros.

—Veamos lo que pueda resultar de esto. Axel, escribe una frase cualquiera en este papel, pero en vez de disponer las letras seguidas, ponlas sucesivamente en columnas verticales, de modo que queden agrupadas en cinco o seis columnas.

Comprendí lo que deseaba, e inmediatamente escribí de arriba abajo:

Y	*m*	*p*	*ñ*	*u*
o	*o*	*e*	*a*	*b*
t	*,*	*q*	*G*	*e*
e	*m*	*u*	*r*	*n*
a	*i*	*e*	*a*	

—Bien —dijo el profesor, antes de leerlo—. Ahora, dispón estas palabras horizontalmente.

Obedecí, y obtuve la siguiente frase:

Ympñu ooeab t, qGe emurn aiea

—Perfecto —exclamó mi tío, quitándome el papel—; esto tiene ya la fisonomía del viejo documento. Vocales y consonantes están agrupadas en el mismo desorden. Incluso hay mayúsculas, y hasta comas, en medio de las palabras, como en el pergamino de Saknussemm

Las observaciones de mi tío me parecieron muy ingeniosas.

—Ahora —continuó mi tío, dirigiéndose a mí— para leer la frase que acabas de escribir, y que yo ignoro, me bastará tomar sucesivamente la primera letra de cada palabra; luego, la segunda; después, la tercera, etcétera.

Y con gran asombro por su parte, y sobre todo por la mía, mi tío leyó:

Yo te amo, mi pequeña Grauben

—¡Cómo! —exclamó el profesor.

Sí; sin darme cuenta, como un torpe enamorado, había escrito tan comprometedora frase.

—¡Ah! ¿Amas a Grauben? —dijo mi tío, con un verdadero tono de tutor.

—Sí... No... —balbucí.

—¡Ah! Así que amas a Grauben —dijo maquinalmente—. Pues bien: apliquemos mi procedimiento al documento en cuestión.

Mi tío, abismado nuevamente en el problema que le absorbía, había olvidado ya mis imprudentes palabras. Imprudentes, digo, porque la cabeza del sabio no podía comprender las cosas del corazón. Así pues, afortunadamente, el gran negocio del documento se sobrepuso en él a toda otra consideración.

Había llegado el momento de abordar el experimento capital. Los ojos del profesor Lidenbrock echaban chispas tras sus gafas. Sus dedos temblaban al tomar el viejo pergamino. Estaba seriamente emocionado. Tosió fuertemente, y con una voz llena de gravedad, y siguiendo el orden convenido, comenzó a dictarme la siguiente serie:

mmessunkaSenrA.icefdoK.segnittamurtn
ecertserrette,rotaivsadua,ednecsedsadne
lacartniiiluJsiratracSarbmutabiledmek
meretarcsilucoYsleffenSnI

Confieso que al acabar me sentía emocionado. Nombradas una a una, estas letras carecían de todo sentido para mí. Por ello esperaba que el profesor dejara desarrollarse pomposamente entre sus labios una frase de espléndida latinidad.

Pero la respuesta —¡quién hubiera podido preverla!— fue un violento puñetazo que sacudió la mesa, hizo saltar la tinta del tintero y me arrancó la pluma de la mano.

—¡No es eso! ¡No tiene sentido! —gritó mi tío.

Luego atravesó la habitación como un obús, descendió por la escalera como un alud, se precipitó hacia la Königstrasse y salió corriendo a toda prisa.

4

—¿Se ha marchado? —preguntó Marta, que había acudido corriendo al oír el portazo que había sacudido a la casa.

—Sí, se ha marchado.

—Entonces, su almuerzo...

—No almorzará.

—¿Y su cena?

—No cenará.

—¿Cómo? —preguntó Marta, juntando sus manos.

—No, Marta; ni él ni nadie volverá a comer en esta casa. Mi tío Lidenbrock nos mantendrá a todos en ayunas hasta que consiga descifrar un viejo grimorio que es absolutamente indescifrable.

—¡Jesús! ¡Vamos a morir de hambre!

No me atreví a confesarle que tal era nuestra inevitable suerte con un hombre tan absoluto como mi tío.

La vieja sirviente, seriamente alarmada, regresó gimiendo a su cocina.

Cuando me quedé solo se me ocurrió la idea de ir a contárselo todo a Grauben. Pero ¿cómo salir de casa?

El profesor podía regresar de un momento a otro. ¿Y si me llamaba? ¿Y si quería recomenzar este trabajo logográfico que en vano se hubiera propuesto al mismo Edipo? ¿Qué ocurriría si yo no respondía a su llamada?

Lo más prudente era quedarse. Precisamente un mineralogista de Besançon acababa de enviarnos una colección de geodas silíceas, que había que clasificar. Me puse al trabajo. Seleccioné, etiqueté y coloqué en las vitrinas todas aquellas piedras huecas en cuyo interior se agitaban pequeños cristales.

Pero no podía concentrarme en esta operación, preocupado por el caso del viejo documento. Mi cabeza ardía, y me sentía embargado de una vaga inquietud. Tenía el presentimiento de una próxima catástrofe.

Al cabo de una hora, mis geodas estaban colocadas en orden. Me dejé caer en el gran sillón de Utrecht, con los brazos colgando y la cabeza hacia atrás. Encendí mi pipa de largo tubo curvado y rematado por una cazoleta en la que se hallaba, esculpida, una náyade voluptuosamente tendida, y me entretuve en seguir el progreso de la carbonización que poco a poco iba convirtiendo a la náyade en una negra auténtica. De vez en cuando me ponía a la escucha de posibles pasos por la escalera. Pero nada. ¿Dónde podía estar mi tío en aquellos momentos? Me lo imaginaba corriendo entre los magníficos árboles del camino de Altona, gesticulando, aporreando las tapias con su bastón o golpeando violentamente las hierbas, decapitando los cardos y turbando el reposo de las cigüeñas solitarias.

¿Volvería victorioso o descorazonado? ¿Quién saldría vencedor de la confrontación, él o el secreto? Mientras así me interrogaba, cogí maquinalmente el papel en el que había escrito yo esa incomprensible serie de letras. Y me repetía a mí mismo: ¿qué es lo que esto puede significar?

Traté de agrupar esas letras de modo que formaran palabras. Imposible. Lo mismo daba reunirlas en grupos de dos, de tres, de cinco o de seis; de cualquier forma el resultado era ininteligible. Observé, sin embargo, que las letras decimocuarta, decimoquinta y decimosexta formaban la palabra inglesa «ice». Y que las letras octogésimo cuarta, octogésimo quinta y octogésimo sexta constituían la palabra «sir». Finalmente, en el cuerpo del documento, en la tercera línea, identifiqué también las palabras latinas «rota», «mutabile», «ira», «nec» y «atra».

«¡Diablo! —pensé—, estas últimas palabras dan razón, al parecer, a mi tío sobre la lengua del documento. Y aún más: en la cuarta línea leo la palabra 'luco', que se traduce por 'bosque sagrado'. Y, sin embargo, en la tercera línea puede leerse la palabra 'tabiled', de naturaleza perfectamente hebraica, y en la última, los vocablos 'mer', 'arc', 'mere', que son puramente franceses.»

¡Era para volverse loco! ¡Cuatro idiomas diferentes en esa frase absurda! ¿Qué relación podía existir entre las palabras «hielo, señor, cólera, cruel, bosque sagrado, cambiante, madre, arco y mar»? Tan sólo la primera y la última admitían fácil relación, pues nada tenía de extraño que en un documento escrito en Islandia se hablase de un «mar de hielo». Pero de ahí a comprender el resto del criptograma mediaba un abismo.

Me debatía así contra una dificultad insuperable. Mi cerebro ardía; mis ojos me escocían de tanto mirar el papel; las ciento treinta y dos letras parecían revolotear en torno mío, como esas lágrimas de plata que vemos resbalar por el aire en torno a la cabeza cuando ésta se nos congestiona por un violento aflujo de sangre.

Me sentía presa de una especie de alucinación. Me ahogaba; necesitaba aire. Maquinalmente me abaniqué con la hoja de papel. El movimiento de la hoja exponía sucesivamente a mis miradas su anverso y reverso. ¡Y cuál no fue mi sorpresa cuando en uno de mis rápidos movimientos, en el momento en que el reverso se orientaba hacia mí, creí ver unas palabras perfectamente legibles, palabras latinas, «craterem» y «terrestre», entre otras!

Súbitamente se hizo la luz en mi cerebro. Estos indicios me hicieron entrever la verdad. Había descubierto la clave. Para comprender el documento ni tan siquiera era necesario leerlo a través de la hoja vuelta del revés.

No. Tal como era, tal como me lo había dictado mi tío, podía ser deletreado perfectamente. Se confirmaban todas las ingeniosas hipótesis del profesor. Había acertado en la disposición de las letras y en la lengua del documento. Le había faltado muy «poco» para poder leerlo de un cabo a otro, y este «poco» acababa de dármelo el azar.

Se comprenderá mi emoción. Tenía la hoja extendida sobre la mesa. Me bastaría echarle una ojeada para entrar en posesión del secreto. Pero tenía los ojos nublados por la emoción. Logré al fin calmar mi agitación. Pero me impuse la obligación de dar dos vueltas por el cuarto para acabar de apaciguar mis nervios. Luego me senté en el amplio sillón y, tras hacer una profunda inhalación de aire, me dispuse a leer. Me incliné sobre la mesa, seguí con el índice cada letra y, sin detenerme, sin vacilar un instante, pronuncié en voz alta la frase entera.

¡Me quedé anonadado de estupefacción! ¡Sobrecogido de terror! ¡Cómo! ¡Sería posible que se hubiese realizado lo que acababa de leer! ¡Sería posible que un hombre hubiese tenido la audacia de penetrar en...!

«¡Ah! —exclamé—; ¡no, nunca! ¡Mi tío no lo sabrá! ¡Sólo faltaría que llegase a conocer semejante viaje! ¡Seguro que él desearía emprenderlo también! ¡Nada podría detenerle! ¡Un geólogo tan resuelto! ¡Lo emprendería, pese a todo y contra todo! ¡Y se empeñaría en llevarme con él, en un viaje sin retorno! ¡Jamás! ¡Jamás!»

Me hallaba en un estado de sobreexcitación indescriptible.

«¡No! ¡Eso no ocurrirá! —me dije, enérgicamente—; y puesto que yo puedo impedir que tal cosa ocurra, así lo haré. De tanto dar vueltas al documento podría llegar a descubrir la clave, por casualidad. Destruyámoslo.»

Quedaba un rescoldo en la chimenea. Cogí no sólo la hoja de papel, sino también el pergamino de Saknussemm, y, febrilmente, me disponía a echarlos al fuego y a aniquilar tan peligroso secreto cuando se abrió la puerta y apareció mi tío.

5

Apenas tuve tiempo de volver a colocar el infausto documento sobre la mesa.

El profesor Lidenbrock parecía profundamente absorto. Su preocupación dominante no le dejaba un instante de reposo. Evidentemente, durante su paseo había escrutado y analizado el asunto y puesto en juego todos los recursos de su imaginación, y volvía a aplicar alguna nueva combinación.

En efecto, sentóse inmediatamente en su sillón y, pluma en mano, comenzó a trazar una serie de fórmulas que parecían un cálculo algebraico.

Yo seguía con la mirada su mano febril, y no perdía uno solo de sus movimientos. ¿Qué inesperado resultado podría producirse inopinadamente? Yo temblaba, y sin motivo, puesto que la verdadera combinación, la «única», estaba ya hallada y hacía vana toda investigación.

Trabajó durante tres horas, sin hablar, sin levantar la cabeza, tachando y borrando y recomenzando una y otra vez.

No ignoraba yo que si llegaba a colocar esas letras según todas las posiciones relativas que podían ocupar, hallaría la frase. Pero también sabía que veinte letras tan sólo pueden formar dos quintillones cuatrocientos treinta y dos cuatrillones novecientos dos trillones, ocho mil ciento setenta y seis millones, seiscientas cuarenta mil combinaciones. Ahora bien: había nada menos que ciento treinta y dos letras en la frase, y estas ciento treinta y dos letras daban un número de frases diferentes compuesto de ciento treinta y tres cifras, al menos, número de casi imposible enumeración y que escapa a toda apreciación.

Podía, pues, sentirme tranquilo ante tan heroico medio de resolver el problema.

Se hizo de noche y cesaron los ruidos de la calle. Pero mi tío, concentrado en su tarea, no se daba cuenta de nada. Ni tan siquiera vio a Marta entreabrir la puerta; ni tan siquiera oyó su voz, que preguntaba:

—¿Cenará el señor?

Marta tuvo que marcharse sin respuesta.

No pudiendo resistir al sueño por más tiempo, me dormí en el sofá, mientras mi tío continuaba calculando y borrando.

Al despertarme, al día siguiente, el infatigable trabajador seguía sumido en su tarea. Sus ojos enrojecidos, su tez amarillenta, el desorden de sus cabellos de tanto mesárselos febrilmente y la irritación de sus mejillas denunciaban claramente su lucha terrible con lo imposible y la fatiga intelectual en que había pasado las horas transcurridas.

Su aspecto me dio lástima. A pesar de los reproches que yo creía poder hacerle, me dejé ganar por una cierta emoción. El pobre hombre estaba tan obseso con su problema que ni tan siquiera le quedaba el recurso a la cólera. Todas sus fuerzas se concentraban en un solo punto, y como éstas no hallaban salida por su exutorio habitual cabía temer que su tensión le hiciera estallar de un momento a otro.

Con un solo gesto podía yo haber aflojado ese cerco de hierro que le apretaba el cráneo. Bastaba para ello una sola palabra. Pero callé.

Creo poder decir que tengo un corazón sensible. ¿Por qué, pues, permanecí mudo? En su propio interés.

«No, no —me repetía—, no; ¡no hablaré! ¡Le conozco bien; querría ir! Nada podría detenerlo. Tiene una imaginación volcánica, y por hacer lo que no han hecho otros geólogos es capaz de arriesgar su vida. Me callaré. Guardaré este secreto que me ha confiado el azar. Descubrírselo sería matarlo. Que lo adivine él, si es capaz de ello. No quiero tener que reprocharme algún día haberlo conducido a su perdición.»

Tomada esta resolución, me crucé de brazos y esperé. Pero no había contado con el incidente que se produciría unas horas después.

Cuando Marta quiso salir a la calle para ir al mercado se encontró con la puerta cerrada. La llave no estaba en la cerradura. ¿Quién la había quitado? Mi tío, seguramente, al regresar la víspera de su precipitada excursión.

¿Lo había hecho deliberadamente o por descuido? ¿Es que se proponía someternos a los rigores del hambre? Eso hubiera sido una barbaridad. ¿Por qué Marta y yo debíamos ser víctimas de una situación que no nos concernía en absoluto? Pero entonces recordé un precedente inquietante. El de hacía unos años, en la época en la que mi tío trabajaba en su gran clasificación mineralógica, cuando permaneció cuarenta y ocho horas sin comer y nos obligó a todos a atenernos a esa dieta científica que a mí me causó unos calambres de estómago muy poco recreativos para una naturaleza tan voraz como la mía.

Pese a mi sospecha de que iba a pasar con el almuerzo lo que con la cena de la víspera, me determiné a mostrarme heroico y a no ceder a las exigencias del hambre. La pobre Marta, que se lo tomaba muy en serio, estaba consternada. A mí, por razones que se comprenderán fácilmente, me preocupaba más la imposibilidad de salir de casa.

Mi tío continuaba trabajando. Su imaginación se perdía en el mundo de las combinaciones. Se hallaba muy lejos de la Tierra y de las necesidades terrestres.

A mediodía, el hambre me atormentaba ya agudamente. En su inocencia, Marta había devorado, la víspera, todas las provisiones de la despensa, y no quedaba ya nada comestible en la casa. Sin embargo, me mantuve firme, haciendo de ello una cuestión de honor.

Dieron las dos en el reloj. La situación se hacía ya ridícula, intolerable. Mis ojos estaban desmesuradamente abiertos. Empecé a decirme si no estaría yo exagerando la importancia del documento; que mi tío quizá no lo creyera y viera en él una simple mixtificación; que, en el peor de los casos, seríamos quizá capaces de disuadirle de tan loca aventura, y, por último, que si él llegaba por sus propios medios a descubrir la clave mi abstinencia habría sido totalmente inútil.

Estas razones, que habría rechazado con indignación un día antes, me parecieron muy sensatas, y llegué, incluso, a considerar perfectamente absurdo haber esperado tanto tiempo. Me decidí, pues, a decírselo.

Estaba yo buscando una entrada en materia que no fuera demasiado brusca, cuando el profesor se levantó, se puso su sombrero y se dispuso a salir.

¡Cómo! Iba a salir, dejándonos encerrados. ¡Jamás!

—¡Tío! —grité.

El pareció no haberme oído.

—¡Tío Lidenbrock! —repetí, elevando aún más la voz.

—¿Qué? —preguntó, como quien se despierta súbitamente.

—¿Y esa llave?

—¿Qué llave? ¿La llave de la puerta?

—No. La llave del documento [3].

---

[3] Intraducible. «Clef», en francés, significa indistintamente clave y llave.

El profesor me miró por encima de sus gafas. Y debió notar algo insólito en mi fisonomía, pues me agarró vivamente el brazo y, sin poder hablar, me interrogó con la mirada. Pero jamás una pregunta fue formulada de manera más explícita y precisa.

Yo moví la cabeza de arriba abajo.

El sacudió la suya en un gesto de conmiseración, como si se hallara ante un loco.

Yo hice un gesto más afirmativo.

Sus ojos brillaron con un vivo fulgor. Su mano me oprimió amenazadoramente.

Hasta el más indiferente espectador se hubiera interesado en esa muda conversación. Y es que no me atrevía a hablar; tan grande era mi temor de que mi tío me ahogara en los primeros transportes de su alegría. Pero me apremió tanto que hube de responderle.

—Sí... ¡La clave!... ¡El azar!...

—¿Qué dices? —gritó, embargado de emoción.

—Mire —le dije, presentándole la hoja de papel que yo había escrito—: ¡lea!

—Pero... ¡esto no significa nada! —exclamó, arrugando el papel.

—Nada, si se comienza por el principio; pero si se empieza por el final...

No había acabado mi frase cuando ya el profesor lanzaba un grito; ¡qué digo: no un grito, sino un verdadero rugido! La revelación le había transfigurado.

—¡Ah, el ingenioso Saknussemm! Así pues, ¿escribiste la frase al revés?

Y precipitándose sobre el papel, febril la mirada y temblorosa la voz, leyó el documento entero, remontando su curso desde la última a la primera letra.

El documento decía:

In Sneffels Yoculis craterem kem delibat
umbra Scartaris Julii intra calendas descende,
audas viator, et terrestre centrum attinges.
Kod feci. Arne Saknussemm.

Lo que, traducido de este latín macarrónico, significa:

Desciende por el cráter de Jokull de
Sneffels que la sombra del Scartaris
acaricia antes de las calendas de Julio,
viajero audaz, y llegarás al centro
de la Tierra. Es lo que yo hice.
Arne Saknussemm.

Al término de su lectura mi tío dio un salto como
si acabara de tocar una botella de Leyden. Era impre-
sionante ver la audacia, la alegría y la convicción que
transpiraban de su agitación, de su ir y venir por el
cuarto asiéndose la cabeza con las manos, desplazando
las sillas, asestando un puñetazo aquí, una palmada allá,
apilando sus libros y hasta, por increíble que pueda parecer, haciendo malabarismos con sus preciosas geodas.

Al fin logró calmar sus nervios y, como un hombre
agotado por un excesivo gasto de fluido, se dejó caer
en su sillón. Tras algunos instantes de silencio, preguntó:

—¿Qué hora es?

—Las tres.

—¡Ya! Ha pasado la hora del almuerzo. Me muero
de hambre. A la mesa. Y luego...

—¿Luego, qué?

—Luego harás mi maleta.

—¿Cómo?

—Y la tuya —respondió el despiadado profesor, al
tiempo que se dirigía al comedor.

6

Todo mi cuerpo se estremeció al oír tales palabras. Pero conseguí contenerme y mostrarme sereno. Unicamente los argumentos científicos podían detener al profesor Lidenbrock. Y, afortunadamente, los había en buen número, y de talla, contra la posibilidad de semejante viaje.

¡Ir al centro de la Tierra! ¡Qué locura! Pero más valía reservar mi dialéctica para el momento oportuno, y ocuparme de la comida.

Inútil relatar las imprecaciones de mi tío ante la mesa vacía. Hubo que explicarle las razones; Marta recuperó entonces su libertad y corrió al mercado, con tanta diligencia que una hora después mi hambre estaba ya saciada. Lo malo es que esto me reinstaló en la situación.

Durante la comida mi tío estuvo casi jovial, diciendo algunas de esas inofensivas bromas características de muchos sabios. Después de los postres me indicó que le siguiera a su gabinete.

Una vez que estuvimos sentados, él a un extremo de la mesa y yo al otro, me dijo con suavidad:

—Axel, eres un muchacho muy ingenioso. Me has hecho un inmenso favor, cuando, cansado ya de luchar inútilmente, iba a abandonar esta combinación. ¿Hasta dónde hubiera llegado mi extravío? Nadie puede saberlo. Jamás lo olvidaré, muchacho. Y tú participarás de la gloria que vamos a adquirir.

«¡Bueno! —pensé—. Está de buen humor. El momento es, pues, oportuno para discutir de esa gloria.»

—Ante todo —prosiguió—, debo recomendarte el más absoluto secreto, ¿me oyes? No carezco de envidiosos en el mundo de los sabios. Y son muchos los que querrían emprender este viaje, del que no deben tener noticia alguna hasta nuestro regreso.

—¿Realmente cree usted que serían muchos los audaces que osaran emprenderlo?

—Sin duda. ¿Quién vacilaría en conquistar tan alta gloria? Si se conociera este documento, un ejército entero de geólogos se precipitaría tras las huellas de Arne Saknussemm.

—No estoy muy convencido de eso, tío, pues, al fin y al cabo, nada prueba la autenticidad del documento.

—¡Cómo! ¿Y qué me dices del libro en que lo hemos descubierto?

—Bien, le concedo que el tal Saknussemm haya podido escribir esas líneas; pero ¡de ahí a que haya realizado verdaderamente ese viaje!... ¿No podría contener ese viejo pergamino una mera mixtificación?

La palabra era un tanto osada, y casi lamenté haberla proferido, al ver fruncirse el entrecejo del profesor. Por un momento temí haber comprometido la conversación. Pero, afortunadamente, no ocurrió así. Mi severo interlocutor esbozó una especie de sonrisa, y respondió:

—Eso es lo que veremos.

—¡Ah! —dije, un poco vejado—. Pero permítame agotar la serie de objeciones relativas a este documento.

—Habla, muchacho; no te preocupes. Te dejo la entera libertad de expresar tu opinión. No eres ya mi sobrino, sino mi colega. Adelante, pues.

—Pues bien: ante todo le preguntaré qué son esos Jokull, esos Sneffels y esos Scartaris, de los que nunca he oído hablar en mi vida.

—Nada más fácil. Precisamente, hace muy poco tiempo que he recibido unos mapas de mi amigo Augustus Peterman, de Leipzig, que no podían haber llegado más oportunamente. Coge el tercer atlas del segundo estante de la biblioteca grande, serie Z, lámina cuatro.

Siguiendo sus precisas indicaciones hallé rápidamente el atlas. Mi tío lo abrió y dijo:

—He aquí uno de los mejores mapas de Islandia: el de Handerson. Creo que va a darnos respuesta a todas tus preguntas.

Yo me incliné sobre el mapa.

—Mira esta isla compuesta de volcanes —dijo el profesor—, y observa cómo todos llevan el nombre de Jokull. Esta palabra islandesa significa «glaciar». A la elevada latitud de Islandia, la mayor parte de las erupciones se producen a través de las capas de hielo. De ahí la denominación de Jokull aplicada a todas las montañas ignívomas de la isla.

—Bien —respondí—; pero ¿qué es el Sneffels?

Esperaba que a esta pregunta no hubiera respuesta. Me equivocaba. Mi tío prosiguió:

—Sígueme por la costa occidental de Islandia. ¿Ves aquí Reykjavik, la capital? Sí... Bien. Remonta ahora los innumerables fiordos de estas orillas roídas por el mar, y detente un poco por debajo de los sesenta y cinco grados de latitud. ¿Qué ves ahí?

—Una especie de península semejante a un hueso descarnado, que termina en una enorme rótula.

—La comparación es muy justa, muchacho. Y dime: ¿no ves nada sobre esa rótula?

—Sí; un monte que parece surgido del mar.

—Muy bien. Pues ese es el Sneffels.

—¿El Sneffels?

—El mismísimo Sneffels. Una montaña de cinco mil

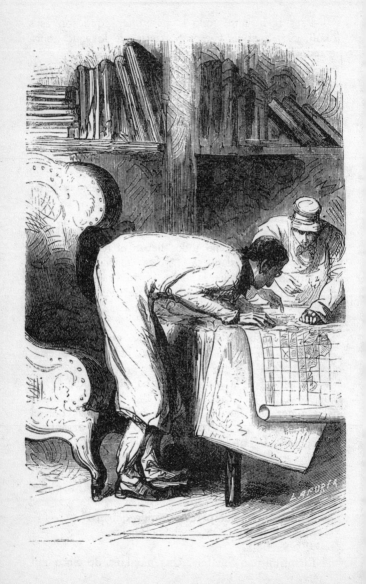

pies de altitud [4], una de las más notables de la isla, y la que, con toda seguridad, será la más célebre del mundo entero si su cráter conduce al centro del Globo.

—Pero ¡eso es imposible! —exclamé, encogiéndome de hombros, en abierta rebelión contra tan descabellada suposición.

—¿Imposible? —dijo severamente el profesor—. Y ¿por qué imposible?

—Porque, evidentemente, este cráter ha de estar obstruido por las lavas, por las rocas ardientes y...

—¿Y si es un cráter apagado?

—¿Apagado?

—Sí. Actualmente, el número de volcanes en actividad en la superficie del Globo no pasa apenas de unos trescientos. Pero mucho mayor es el de volcanes apagados. Y ocurre, justamente, que el Sneffels figura entre éstos. Desde los tiempos históricos a acá no ha registrado más erupción que la de 1219. Desde entonces, sus rumores se han apaciguado poco a poco, y está ya incluido entre los volcanes no activos.

No pudiendo objetar nada a tan concluyentes afirmaciones, me refugié en las restantes oscuridades del documento.

—¿Qué significa la palabra Scartaris y qué pintan aquí las calendas de julio?

Los momentos de reflexión que se permitió mi tío me concedieron un instante de esperanza; pero uno solo, pues en seguida me respondió:

—Luz es para mí lo que tú llamas oscuridad. Y una prueba del ingenioso cuidado con que Saknussemm quiso precisar su descubrimiento. El Sneffels está formado por varios cráteres. Era, pues, necesario indicar cuál de ellos es el que conduce al centro del Globo. Y ¿qué hizo el sabio islandés? Sin duda, debió observar que al aproximarse las calendas de julio, es decir, en los últimos días

[4] Es decir, 1.620 metros. El pie francés, antigua medida de longitud, equivale a 0,324 metros. Su altitud real es de 1.446 metros.

de junio, uno de los picos de la montaña, el Scartaris, proyectaba su sombra hasta la abertura del cráter en cuestión, y así lo consignó en su documento. ¿Podía imaginarse una indicación más exacta? Una vez que hayamos llegado a la cima del Sneffels nos será imposible toda vacilación sobre el camino a seguir.

Decididamente, mi tío tenía respuestas para todo. Viendo que era inexpugnable acerca de las palabras del viejo pergamino, desistí de atacarle en ese terreno, y, como era absolutamente necesario convencerle, pasé al de las objeciones científicas, que, en mi opinión, revestían mucha mayor gravedad.

—Bien. Obligado me veo a convenir en que la frase de Saknussemm es clara y disipa toda duda. Incluso estoy dispuesto a admitir la total autenticidad del documento. Y que Saknussemm llegó al fondo del Sneffels, que vio la sombra del Scartaris acariciar los bordes del cráter antes de las calendas de julio. Asimismo, que oyera contar entre las leyendas de su tiempo la de que el cráter llegaba hasta el centro de la Tierra... Pero que él mismo llegara al centro del Globo, que hiciera ese viaje de ida y vuelta, si es que llegó a emprenderlo, eso ¡no! ¡Cien veces no!

—¿Y por qué razón? —preguntó mi tío, en un tono singularmente burlón.

—Pues porque todas las teorías de la ciencia demuestran la imposibilidad de tal empresa.

—¿Todas las teorías dicen eso? —respondió el profesor, adoptando un aire bonachón—. ¡Ah! ¡Las condenadas teorías! ¡Nos van a poner en un aprieto esas pobres teorías!

Comprendí que se burlaba de mí, pero continué:

—¡Sí! Es sabido que el calor aumenta en casi un grado por cada setenta pies de profundidad bajo la superficie del Globo. Ahora bien: admitiendo que esta proporcionalidad se mantenga constante, dado que el radio terrestre mide mil quinientas leguas, la temperatura existente en el centro debe ser superior a doscientos mil grados. Las materias del interior de la Tierra se hallan, pues, en estado de gas incandescente, ya que ningún metal, ni el oro, ni el platino, ni las más duras rocas resisten a tal temperatura. Creo, pues, tener el derecho de preguntar si es posible penetrar en un medio semejante.

—Así, Axel, ¿es el calor lo que te preocupa?

—Evidentemente. Aunque sólo llegáramos a una profundidad de diez leguas habríamos alcanzado el límite de la corteza terrestre, pues ya la temperatura sería superior a mil trescientos grados.

—¿Y tienes miedo de entrar en fusión?

—Le dejo a usted la decisión —respondí con impertinencia.

—He aquí lo que yo decido —replicó el profesor Lidenbrock, recuperando sus aires de suficiencia—. Decido que ni tú ni nadie sabe con certeza lo que hay y pasa en el interior del Globo, habida cuenta que apenas se conoce la doceavamilésima parte de su radio. Decido que la ciencia es eminentemente perfectible, y que cada teoría viene siendo incesantemente destruida por una teoría nueva. ¿No se creyó, hasta Fourier, que la temperatura de los espacios planetarios iba siempre disminuyendo, y no se sabe hoy que los mayores fríos de las regiones etéreas no pasan de cuarenta o cincuenta grados bajo cero? ¿Por qué no podría ocurrir lo mismo con el calor interno? ¿Por qué, al llegar a una determinada profundidad, no habría de alcanzar el calor un límite infranqueable, en vez de elevarse hasta el grado de fusión de los minerales más refractarios?

Al desplazar así mi tío la cuestión al terreno de las hipótesis nada podía yo objetar.

—Debo decirte que auténticos sabios, y entre ellos Poisson, han probado que si existiera una temperatura de doscientos mil grados en el interior del Globo los gases incandescentes procedentes de las materias en fusión adquirirían tal elasticidad que la corteza terrestre no podría resistirla y estallaría como las paredes de una caldera bajo la fuerza del vapor.

—Esa es la opinión de Poisson nada más, tío.

—De acuerdo; pero también otros distinguidos geólogos opinan que el interior del Globo no está formado ni de gases, ni de agua, ni de las piedras más pesadas que conocemos, ya que, en ese caso, la Tierra tendría un peso dos veces menor.

—¡Oh! Con las cifras se puede probar todo lo que se quiera.

—¿Y puede decirse lo mismo de los hechos? ¿No es indudable que el número de volcanes ha disminuido considerablemente desde los primeros días del mundo? De existir el calor central, ¿no habría de inferirse de tal hecho que ese calor tiende a debilitarse?

—Tío, si se sitúa usted en el campo de las suposiciones, toda discusión es ociosa.

—Y debo decir que hombres muy competentes comparten mi opinión. ¿Te acuerdas de una visita que me hizo el célebre químico inglés Humphry Davy, en 1825?

—Mal podría acordarme, tío, puesto que vine al mundo diecinueve años después.

—Pues bien: Humphry Davy vino a verme a su paso por Hamburgo. Discutimos largamente de muchas cuestiones, y entre ellas la de la hipótesis del estado líquido del núcleo interior de la Tierra. Los dos nos manifestamos de acuerdo en la falsedad de tal hipótesis. Por una razón a la que la ciencia no ha hallado nunca respuesta.

—¿Cuál? —pregunté, un poco asombrado.

—La de que si existiera esa masa líquida estaría sujeta, como el océano, a la atracción de la Luna y, consecuentemente, se producirían, dos veces al día, mareas interiores que, levantando la corteza terrestre, darían lugar a periódicos temblores de tierra.

—Sin embargo, es evidente que la superficie del Globo ha estado sometida a combustión, y cabe suponer que la corteza exterior se haya enfriado primero, mientras que el calor se refugiaba en el centro.

—Error —respondió mi tío—. La Tierra se calentó por la combustión de su superficie, y no de otra manera.

Su superficie estaba compuesta de una gran cantidad de metales, tales como el potasio y el sodio, que tienen la propiedad de inflamarse al solo contacto del aire y del agua. Estos metales ardieron al precipitarse los vapores atmosféricos sobre el suelo en forma de lluvia, y poco a poco las aguas, al penetrar por las fisuras de la corteza terrestre, determinaron nuevos incendios con explosiones y erupciones. De ahí que los volcanes fueran tan numerosos en los primeros días del mundo.

—Es una hipótesis ingeniosa —le concedí, un poco a pesar mío.

—Que Humphry Davy me la hizo ver tangiblemente, aquí mismo, mediante un sencillo experimento. Compuso una bola metálica hecha principalmente de los metales de que acabo de hablarte, en perfecta representación de nuestro Globo. Pues bien: bastaba echar sobre su superficie una fina capa de rocío para que la bola se hinchase, se oxidase y formara una pequeña montaña en cuya cima se abría un cráter. Se producía una erupción que comunicaba a la bola un calor tan elevado que era imposible tocarla.

Debo reconocer que los argumentos del profesor atenuaron algo mi escepticismo. El los realzaba, además, con la pasión y el entusiasmo que le eran habituales.

—Ya lo ves, Axel —añadió—: el estado del núcleo central ha suscitado las más diversas hipótesis entre los geólogos. No está probado el calor interno. Para mí, no existe, no puede existir. Por lo demás, esto es algo que veremos y, como Arne Saknussemm, sabremos a qué atenernos sobre tan importante cuestión.

—Pues bien: sí —respondí, ganado ya por su entusiasmo—, sí, lo veremos, si es posible verlo.

—¿Y por qué no? Podremos contar para alumbrarnos con los fenómenos eléctricos, y hasta con la atmósfera, la cual por su presión podría hacerse luminosa al acercarse al centro.

—Sí —dije—. Sí; también eso es posible, después de todo.

—Es seguro —respondió triunfalmente mi tío—.
Pero silencio, ¿oyes?; silencio sobre todo esto, para que
a nadie se le ocurra la idea de descubrir antes que nosotros el centro de la Tierra.

7

Así terminó tan memorable sesión. La conversación me dio fiebre. Salí aturdido del gabinete de mi tío. No había suficiente aire en las calles de Hamburgo para despejarme. Me dirigí al Elba, hacia el barco de vapor que comunica la ciudad con el ferrocarril de Hamburgo.

¿Estaba convencido de lo que acababa de oír? ¿No había sufrido el dominio del profesor Lidenbrock? ¿Debía tomar en serio su resolución de ir al centro del Globo terrestre? ¿Acababa de oír las especulaciones insensatas de un loco o las deducciones científicas de un genio? Y en todo esto, ¿dónde terminaba la verdad y comenzaba el error?

Flotaba entre mil hipótesis contradictorias, sin poder adherirme a ninguna.

Recordaba, sin embargo, haberme sentido convencido. Pero mi entusiasmo comenzaba a moderarse. Hubiera deseado partir inmediatamente, sin darme tiempo para reflexionar. Sí; creo que no me hubiese faltado valor para hacer la maleta en ese momento.

Pero una hora después, debo confesarlo, se había desvanecido mi sobreexcitación. Relajados ya mis nervios, desde los profundos abismos de la Tierra subí a su superficie.

«¡Es absurdo! ¡No tiene sentido! ¡No es posible hacer una proposición así a una persona sensata! ¡No puede ser! He dormido mal y he tenido una pesadilla.»

Mientras tanto, había seguido la orilla del Elba y dado la vuelta a la ciudad. Tras haber recorrido el puerto, había llegado al camino de Altona. Me guiaba un presentimiento. Presentimiento justificado, pues al poco tiempo vi a mi pequeña Grauben, que regresaba, a pie, a Hamburgo.

—¡Grauben! —grité, desde lejos.

La joven se detuvo, algo turbada, me imagino, por verse así interpelada en un camino. En diez pasos me planté a su lado.

—¡Axel! —exclamó, sorprendida—. Has venido a mi encuentro. ¡Qué bien!

Pero, al mirarme, Grauben se dio cuenta de mi aspecto inquieto y trastornado.

—¿Qué te pasa? —me preguntó, tendiéndome la mano.

—¡Qué es lo que me pasa, Grauben!

En pocos segundos y palabras puse al corriente de mi situación a mi bella virlandesa. Durante algunos instantes ella permaneció silenciosa. ¿Latía su corazón al compás del mío? Lo ignoro, pero su mano no temblaba en la mía. Anduvimos unos cien pasos sin hablar.

—Axel —me dijo, al fin.

—Dime, mi querida Grauben.

—Será un viaje magnífico.

Sus palabras me sobresaltaron.

—Sí, Axel; un viaje digno del sobrino de un sabio. Es bueno que un hombre se distinga por la realización de una gran empresa.

—¿Cómo? ¡Grauben! ¿No me disuades de intentar semejante expedición?

—No, querido Axel, y yo os acompañaría muy gustosamente, si una muchacha no fuera para vosotros un estorbo.

—¿Lo dices en serio?

—Lo digo en serio.

¡Ah! ¡Mujeres, muchachas, corazones femeninos siempre incomprensibles! ¡Cuando no sois los más tímidos sois los más valientes! Vana es, con vosotras, la razón. ¡Cómo! ¡Esta chiquilla me estimulaba a participar en tal expedición! ¡Y ella misma no hubiese temido intentar la aventura! ¡Y me instigaba a mí a emprenderla, a mí, a quien, sin embargo, amaba!

Me sentía desconcertado y, ¿por qué no decirlo?, avergonzado.

—Grauben, veremos si mañana hablas igual.

—Mañana, querido Axel, hablaré como hoy.

Cogidos de la mano, continuamos nuestro camino, en un profundo silencio. Yo estaba roto por las emociones de la jornada.

«Después de todo —pensaba—, las calendas de julio están aún lejos, y de aquí a entonces pueden ocurrir muchas cosas que curen a mi tío de su manía de viajar subterráneamente.»

Ya era de noche cuando llegamos a la Königstrasse. Yo esperaba hallar la casa tranquila, con mi tío ya acostado, según su costumbre, y con la buena Marta dando al comedor el último golpe de plumero.

Pero no había contado con la impaciencia del profesor. Me lo encontré gritando, agitándose en medio de una tropa de mozos de cuerda que estaban descargando un montón de paquetes. La vieja sirviente estaba enloquecida.

—Pero ¡ven aquí, Axel, date prisa, desdichado! —gritó mi tío desde lejos, nada más verme—. ¡Tu maleta sin hacer! ¡Y mis papeles en desorden! No encuentro la llave de mi maletín, y no me han traído todavía las polainas.

Me quedé estupefacto, sin voz. Apenas si pude articular:

—Entonces, ¿partimos?

—Sí, desdichado; ¡mira que irte de paseo en vez de estar aquí!

—¿Que partimos? —repetí, con una voz desmayada.

—Sí; pasado mañana, a primera hora.

No quise oír más, y me fui a mi cuarto.

Ya no había duda posible. Mi tío había empleado la tarde en procurarse una parte de los objetos y utensilios necesarios a su viaje. El vestíbulo estaba lleno de escalas de cuerda, de cuerdas de nudo, de antorchas, de cantimploras, de ganchos de hierro, de picos, de bastones con punta de hierro, en cantidad suficiente para cargar a diez hombres por lo menos.

Pasé una noche horrible. Al día siguiente, muy temprano, llamaron a mi puerta. Yo estaba decidido a no abrirla; pero ¿cómo resistir a la dulce voz que decía: «Querido Axel»?

Salí de la habitación, pensando que mi aspecto deshecho, mi palidez y mis ojos enrojecidos por el insomnio impresionarían a Grauben y le harían cambiar sus ideas.

—¡Ah!, mi querido Axel; veo que estás mucho mejor y que la noche te ha calmado.

—¡Calmado! —exclamé.

Me precipité hacia un espejo. Pues bien: era increíble, pero mi aspecto era mejor de lo que yo imaginaba.

—Axel —me dijo Grauben—, he estado charlando con mi tutor. Es un sabio muy intrépido, un hombre valiente, y tú no debes olvidar que su sangre corre por tus venas. Me ha contado sus proyectos, sus esperanzas, y me ha explicado por qué y cómo espera alcanzar su objetivo. Lo conseguirá, estoy segura. ¡Ah, mi querido Axel, qué hermoso es sacrificarse así por la ciencia! ¡Y qué gloria espera al señor Lidenbrock y a su compañero! Al regreso, Axel, serás un hombre, su igual, libre para hablar, libre para actuar; libre, en fin, para...

La joven, ruborizada, no terminó su frase. Sus palabras me reanimaron. Sin embargo, yo no quería aún creer en nuestra partida. Llevé a Grauben al gabinete de mi tío.

—Tío —dije—, ¿está, pues, decidido a que partamos?

—¿Cómo puedes dudarlo?

—No —dije, a fin de no contrariarle—. Unicamente quisiera saber qué es lo que nos apremia tanto.

—Pues ¡el tiempo! El tiempo, que huye a una velocidad irreparable.

—Pero ¡si sólo estamos a 26 de mayo! Hasta fines de junio...

—¿Y tú crees, ignorante, que es tan fácil ir a Islandia? Si no te hubieses ido como un loco te habría llevado conmigo a Liffender y Compañía, la agencia de viajes danesa. Y allí hubieras visto que de Copenhague a Reykjavik no hay más que un barco, que zarpa el día 22 de cada mes.

—Entonces...

—Entonces, si esperáramos al 22 de junio llegaríamos demasiado tarde para ver la sombra del Scartaris proyectarse sobre el cráter del Sneffels. Debemos, pues, ir a Copenhague lo más rápidamente posible para buscar allí un medio de transporte. Anda, ve a hacer tu equipaje.

No había nada que objetar. Subí a mi cuarto, seguido de Grauben. Fue ella quien se encargó de poner en orden, en una pequeña maleta, los objetos necesarios para mi viaje. Ella estaba tan tranquila como si se hubiese tratado de una excursión a Lubeck o a Heligoland. Iba y venía sin precipitarse, y me hablaba con calma, razonando muy discretamente en pro de nuestra expedición. Ella me encantaba, a la vez que me encolerizaba. Haciendo caso omiso de mi enfurecimiento, ella proseguía tranquila y metódicamente su tarea.

Cuando la maleta estuvo lista y cerrada descendí al salón.

Durante aquel día no cesaron de venir en gran número los proveedores de instrumentos de física, de armas y de aparatos eléctricos. La buena Marta estaba asustada.

—¿Es que se ha vuelto loco el señor?

Yo hice un gesto afirmativo.

—¿Y le lleva a usted consigo?

Asentí de nuevo.

—¿A dónde?

Con el dedo, le indiqué el centro de la Tierra.

—¿Al sótano?

—No; más abajo.

Llegó la noche. Yo había perdido ya la conciencia del tiempo transcurrido.

—Hasta mañana —dijo mi tío—. Saldremos a las seis en punto.

A las diez caí en la cama como una masa inerte.

Durante la noche me sobrecogió de nuevo el terror. La pasé soñando en precipicios. Era presa del delirio. Me sentía agarrado por la vigorosa mano del profesor y arrastrado, despeñado, hundido. Caía al fondo de insondables precipicios con la velocidad creciente de los cuerpos abandonados en el espacio. Mi vida era una caída interminable.

Me desperté a las cinco, destrozado por la emoción y la fatiga. Bajé al comedor. Mi tío estaba ya a la mesa, devorando su desayuno. Lo miré con un sentimiento de horror. Pero Grauben estaba allí, y no dije nada. Me fue imposible desayunar.

A las cinco y media resonó en la calle el ruido del carruaje que debía conducirnos a la estación de Altona. Inmediatamente fue colmado con los bultos de mi tío.

—¿Y tu maleta? —me dijo.

—Está lista —respondí, con voz desfallecida.

—Date prisa en bajarla o nos vas a hacer perder el tren.

Era imposible luchar contra el destino. Subí a mi habitación, cogí la maleta y, dejándola deslizarse por los peldaños de la escalera, me lancé en pos de ella.

En ese momento mi tío estaba poniendo solemnemente entre las manos de Grauben «las riendas» de la casa. Mi bella virlandesa mantenía su calma habitual al besar a su tutor. Pero no pudo retener una lágrima al rozar mi mejilla con sus dulces labios.

—¡Grauben!

—Adiós, mi querido Axel; adiós. Dejas a tu prometida, pero a tu regreso hallarás a tu mujer.

Estreché a Grauben en mis brazos y subí al coche.
Marta y la joven, desde la puerta, nos dirigían el último
adiós.

Excitados por el silbido del cochero, los dos caballos
se lanzaron al galope por el camino de Altona.

8

Altona, verdadero arrabal de Hamburgo, es cabecera de línea del ferrocarril de Kiel, que debía conducirnos hasta las orillas de los Belt. En menos de veinte minutos habíamos entrado en el territorio del Holstein.

A las seis y media el coche se detuvo ante la estación. Rápidamente se descargó, transportó, pesó, etiquetó y trasladó al furgón del tren los numerosos paquetes y artículos de viaje de mi tío. Y a las siete estábamos ya sentados uno frente a otro en nuestro compartimento.

Silbó el vapor, y la locomotora se puso en movimiento. Estábamos ya en ruta.

¿Iba yo resignado? Aún no. Pero el aire fresco de la mañana y los detalles del paisaje, rápidamente renovados por la velocidad, me distrajeron de mis preocupaciones.

En cuanto al profesor, era evidente que su pensamiento se anticipaba al movimiento del tren, demasiado lento para su impaciencia.

Ibamos solos en el vagón. Sin hablar. Mi tío visitaba una y otra vez sus bolsillos y su maletín con una minuciosa atención. Pude ver que no le faltaba ninguna de las piezas necesarias a la ejecución de sus proyectos. Entre otras, un papel, cuidadosamente plegado, que llevaba el membrete de la cancillería danesa y estaba firmado por el señor Christiensen, cónsul en Hamburgo y amigo del profesor. Era una carta que debía facilitarnos la obtención en Copenhague de recomendaciones para el gobernador de Islandia.

Vi también el famoso documento, preciosamente guardado en el más secreto bolsillo de la cartera. Lo maldije de todo corazón, y me puse a examinar el paisaje, una vasta sucesión de llanuras monótonas, fangosas y bastante fértiles. Era un terreno muy favorable al tendido de un ferrocarril, propicio a las líneas rectas, tan del gusto de las compañías ferroviarias.

Apenas tuve tiempo para cansarme de la monotonía del paisaje, pues a las tres horas de nuestra partida el tren se detenía en Kiel, a dos pasos del mar.

Como habíamos facturado los equipajes hasta Copenhague no hubimos de ocuparnos de ellos. Pero el profesor no dejó de vigilarlos hasta verlos desaparecer en el fondo de la cala del barco.

En su precipitación, mi tío había calculado tan bien las horas de correspondencia del tren y del barco que nos hallamos ante una jornada entera sin nada que hacer. El vapor *Ellenora* no zarpaba hasta la noche. Nueve horas de fiebre durante las cuales el irascible viajero enviaría a todos los diablos a las administraciones marítimas y ferroviarias y a los gobiernos que toleraban tales abusos. Yo debía hacerle coro cuando abordó a este respecto al capitán del *Ellenora,* al que quería obligar a poner en marcha sus máquinas sin perder un instante. El capitán le envió a paseo.

En Kiel, como en cualquier otro sitio, un día es un día. A fuerza de pasearnos por las verdes orillas de la bahía, en cuyo fondo se eleva la pequeña ciudad, de recorrer los espesos boscajes que le dan la apariencia de un nido en un haz de ramas, de admirar las mansiones, cada una de las cuales está provista de su casa de baños fríos; a fuerza, en fin, de correr y de gruñir, llegó a su término la espera.

El humo del *Ellenora* se elevaba en torbellinos en el cielo. El puente temblaba por la trepidación de la caldera. Estábamos a bordo. Se nos había dado dos literas, extendidas en el único camarote del barco.

A las diez y cuarto se largaron las amarras y el barco surcó rápidamente las oscuras aguas del Gran Belt.

La noche era oscura. Soplaba una fuerte brisa y el mar estaba algo picado. Algunas luces de la costa aparecieron entre las tinieblas. Más tarde, no sé dónde, la luz de un faro centelleó sobre las olas. Esto es todo lo que recuerdo de esta primera travesía.

A las siete de la mañana desembarcamos en Korsör, pequeña ciudad situada en la costa occidental del Seeland. Del barco pasamos a otro tren, que nos condujo a través de un paisaje no menos llano que el del Holstein.

Tres horas de viaje nos quedaban aún para llegar a la capital de Dinamarca. Mi tío no había pegado ojo en toda la noche. Yo creo que su impaciencia le hacía empujar al tren con sus pies.

Al fin, divisó el mar y gritó:

—¡El Sund!

A nuestra izquierda había un vasto edificio que parecía un hospital.

—Es un manicomio —dijo uno de nuestros compañeros de viaje.

«Vaya —pensé—, he ahí un establecimiento en el que podríamos acabar nuestros días. Y por muy grande que sea este hospital es todavía demasiado pequeño para contener toda la locura del profesor Lidenbrock.»

Llegamos, por fin, a Copenhague, a las diez de la mañana. Se cargaron los equipajes en un coche y nos dirigimos al Hotel del Fénix, en Bred-Gale, lo que nos llevó media hora, pues la estación está fuera de la ciudad. Luego de haberse aseado muy sumariamente, mi tío me arrastró consigo. El portero del hotel hablaba el alemán y el inglés; pero el profesor, como buen políglota, le interrogó en buen danés acerca de la situación del Museo de Antigüedades del Norte.

El director de este curioso establecimiento, en el que se acumulan maravillas que por sí solas permitirían reconstruir la historia del país con sus viejas armas de piedra, sus vasos y sus joyas, era un sabio, el profesor Thomson, amigo del cónsul de Hamburgo.

Mi tío tenía para él una calurosa carta de recomendación. En general, los sabios suelen recibir bastante mal a sus colegas. Pero no ocurrió así con el profesor Thomson, que, muy servicial, dispensó una cordial acogida al profesor Lidenbrock, e incluso a su sobrino. Inútil es decir que el profesor Lidenbrock guardó celosamente su secreto ante el amable director del museo. Simplemente, queríamos visitar Islandia como desinteresados aficionados.

El profesor Thomson se puso enteramente a nuestra disposición, y con él recorrimos los muelles en busca de un barco.

Mis esperanzas de no hallar medio de transporte resultaron vanas. Una pequeña goleta danesa, la *Valkyrie*, debía hacerse a la mar, hacia Reykjavik, el 2 de junio. Su capitán, el señor Bjarne, se hallaba a bordo. Su futuro pasajero, en un acceso de alegría desbordante, le trituró las manos efusivamente. Al buen hombre le asombró tan dolorosa efusión. Ir a Islandia le parecía lo más normal, puesto que ése era su oficio. A mi tío, en cambio, le parecía sublime. El digno capitán se aprovechó de su entusiasmo para cobrarnos el pasaje al doble de su valor, sin que mi tío reparara en ello.

—Deben estar a bordo el martes, a las siete de la mañana —nos dijo el señor Bjarne, tras haberse embolsado un considerable montón de billetes.

Nos despedimos del señor Thomson, tras de haberle agradecido sus servicios, y regresamos al Hotel del Fénix.

—¡Esto va bien! ¡Esto va muy bien! —repetía mi tío—. ¡Qué suerte haber hallado este barco! Ahora, almorcemos. Y luego visitaremos la ciudad.

Nos dirigimos a Kongens-Nye-Torw, una plaza irregular en la que se halla un puesto militar con dos inocentes cañones que a nadie pueden asustar. Al lado, en el número 5, había un restaurante francés, al cuidado de un cocinero llamado Vincent. Comimos bien por el moderado precio de cuatro marcos cada uno *.

Luego recorrimos la ciudad. Yo lo hice con el placer de un niño. Mi tío, en cambio, se dejaba llevar, sin ver nada, ni el insignificante palacio real, ni el bonito puente del siglo XVII que cabalga el canal frente al museo, ni el inmenso cenotafio de Torwaldsen, ornamentado por horribles pinturas murales y cuyo interior alberga las obras de este escultor; ni el diminuto castillo de Rosenborg, situado en un bello parque; ni el admirable estilo renacentista del edificio de la Bolsa, ni su campanario hecho con las colas entrelazadas de cuatro dragones de bronce, ni los grandes molinos de las murallas, cuyas grandes aspas se hinchaban como las velas de un navío al viento marino.

¡Qué deliciosos paseos habríamos dado mi linda virlandesa y yo por los malecones del puerto, en el que bergantines y fragatas dormían apaciblemente bajo sus rojas techumbres; por las verdes orillas del estrecho, a través de las densas arboledas, tras de las que se oculta la ciudadela, cuyos cañones alargan sus negras bocas entre las ramas de los saúcos y los sauces!

Pero, ¡ay!, mi pobre Grauben estaba lejos. ¿Y podía yo esperar volver a verla?

Si ninguno de estos encantadores lugares mereció la atención de mi tío, ésta fue, en cambio, vivamente solicitada por la vista de un campanario situado en la isla de Amak, que forma el barrio del sudoeste de Copenhague.

Me ordenó que nos dirigiéramos hacia allí. Nos embarcamos en uno de esos vaporcitos que hacen el servicio de transportes por los canales, y en pocos instantes abordamos el muelle de Dock-Yard.

---

* Dos francos 75 céntimos, aproximadamente.

Tras de atravesar algunas estrechas calles, en las que los presidiarios, vestidos con unos pantalones medio grises y medio amarillos, trabajaban bajo la amenaza de los bastones de sus guardianes, llegamos ante Vor-Frelsers-Kirk. Nada de particular ofrecía esta iglesia. Pero la razón de que su muy elevado campanario hubiese atraído la atención de mi tío era la de que, a partir de la plataforma, se desarrollara una escalera exterior en torno a la torre, con sus espirales al aire libre.

—Subamos —dijo mi tío.

—Pero... nos dará vértigo, tío.

—Razón de más; hay que acostumbrarse.

—Pero...

—Ven, no perdamos más tiempo.

Hube de obedecer. Un guarda, que habitaba al otro lado de la calle, nos dio una llave. Y comenzamos la ascensión. Mi tío me precedía con paso ligero. Yo le seguía, asustado, pues soy muy sensible al vértigo. Yo no tenía el aplomo de las águilas ni la insensibilidad de sus nervios.

Mientras permanecimos aprisionados en el recinto interior todo fue bien. Pero tras haber subido ciento cincuenta peldaños el aire me golpeó el rostro. Habíamos llegado a la plataforma del campanario. Era allí donde comenzaba la escalera aérea, protegida por una frágil barandilla, cuyos peldaños, cada vez más estrechos, parecían subir hasta el infinito.

—No podré nunca —gemí.

—¿Eres acaso un cobarde! ¡Sube! —respondió implacablemente el profesor.

Forzoso fue seguirle, agarrándome como podía. El viento me aturdía. Sentía oscilar el campanario bajo las ráfagas. Me huían las piernas, y debí trepar, a gatas primero y luego de bruces, con los ojos cerrados, mareado por el vértigo.

Al fin, mi tío, asiéndome del cuello de la camisa, tiró de mí, y así llegué cerca de la bola que corona el campanario.

—Mira —me dijo—, y mira bien. ¡Hay que tomar *lecciones de abismo!*

Abrí los ojos. Vi las casas aplanadas, como aplastadas por una caída, en medio de la neblina de los humos. Por encima de mi cabeza pasaban nubes desmelenadas, pero que, por una inversión de óptica, me parecían inmóviles, en tanto que el campanario, la bola y yo dábamos vueltas con una velocidad vertiginosa. A lo lejos, a un lado se extendía la verde campiña, y al otro centelleaba el mar bajo un haz de rayos solares. El Sund se desarrollaba hasta la punta de Elsinor, con algunas velas blancas como alas de grandes gaviotas, y en la bruma del este ondulaban las costas, apenas difuminadas, de Suecia. Toda esta inmensidad se arremolinaba ante mis ojos.

Pero hube de levantarme, mantenerme en pie y mirar. Mi primera lección de vértigo duró una hora. Cuando descendí y puse el pie en la calle estaba agotado.

—Mañana lo repetiremos —dijo mi profesor.

Y, en efecto, durante cinco días hube de repetir este vertiginoso ejercicio, con lo que llegué a hacer sensibles progresos en el arte de «las altas contemplaciones».

9

Llegó el día de la partida. La víspera, el amable señor Thomson nos había dado tres efusivas cartas de recomendación para el conde Trampe, gobernador de Islandia; el señor Pictursson, coadjutor del obispo, y el señor Finsen, alcalde de Reykjavik, respectivamente. Mi tío le expresó su agradecimiento con los más calurosos apretones de mano.

El día 2, a las seis de la mañana, se hallaban ya a bordo nuestros preciosos equipajes. El capitán de la *Valkyrie* nos instaló en unos camarotes muy estrechos situados bajo la toldilla.

—¿Tenemos buen viento? —preguntó mi tío.

—Excelente —respondió el capitán Bjarne—. Un viento del sudeste. Vamos a salir del Sund con viento de popa y a toda vela.

Unos instantes más tarde, la goleta, aparejados su trinquete, sus cangrejas, su gavia y sus juanetes, se hizo a la mar y entró a todo trapo en el estrecho. Al cabo de una hora, la capital de Dinamarca se perdía tras las lejanas olas, mientras la *Valkyrie* iba costeando la punta de Elsinor.

En el estado de ánimo en que me hallaba esperaba ver aparecer, de un momento a otro, la sombra de Hamlet errando por la legendaria explanada.

«¡Oh, loco sublime! —me decía—; sin duda tú nos aprobarías, y hasta quizá nos siguieras para buscar en el centro del Globo una solución a tu eterna duda!»

Pero nada apareció sobre las antiguas murallas.

El castillo es mucho más joven que el heroico príncipe de Dinamarca. Sirve ahora de suntuosa portería al portero de este estrecho del Sund por el que pasan cada año quince mil barcos de todas las naciones.

El castillo de Kronborg desapareció pronto en la bruma, así como la torre de Helsinborg, que se eleva en la costa de Suecia, y las brisas del Cattegat inclinaron ligeramente a la goleta.

La *Valkyrie* era un fino velero, pero con un barco de vela nunca se puede estar seguro del tiempo que durará la travesía. Transportaba a Reykjavik un cargamento de carbón, de trigo, de utensilios domésticos, de alfarería y de ropas de lana. Una tripulación de cinco hombres, todos daneses, bastaba para la maniobra.

—¿Cuánto tiempo durará la travesía? —preguntó mi tío al capitán.

—Unos diez días, si no hallamos vientos del noroeste al costear las Feroe.

—Pero ¿cabe temer que suframos retrasos considerables?

—No, señor Lidenbrock; esté tranquilo. Llegaremos.

Al anochecer, la goleta dobló el cabo Skagen, la extremidad septentrional de Dinamarca. Durante la noche atravesó el Skagerrak, costeó la extremidad meridional de Noruega por el cabo Lindesnes y entró en el mar del Norte.

Dos días después avistábamos las costas de Escocia a la altura de Peterheade. La *Valkyrie* puso entonces rumbo a las Feroe, pasando entre las Orcadas y las Shetland.

Atravesados estos pasajes, la goleta comenzó a sufrir
los embates de las olas del Atlántico. Hubimos de navegar en zig-zag para no afrontar el viento ncrte, y así
pudimos llegar, no sin trabajo, a las Feroe. El día 8, el
capitán reconoció Myganess, la isla más oriental del archipiélago, y, a partir de ese momento, puso proa al cabo
Portland, situado en la costa meridional de Islandia.

La travesía se desarrolló sin ningún incidente. Yo so-
porté bastante bien los embates del mar, pero mi tío no
cesó ni un momento de sufrir el mareo, lo que le hacía
sentirse tan despechado como avergonzado. En estas condiciones, le fue imposible hablar con el capitán Bjarne
sobre el Sneffels, los medios de comunicación en la isla
y las posibilidades de transporte. Tuvo que resignarse a
aplazar a su llegada estas cuestiones, y pasó todo el tiempo acostado en su camarote, cuyas paredes crujían por
el fuerte cabeceo del barco. Hay que reconocer que se
lo merecía.

El día 11 divisamos el cabo Portland, dominado por el
Myrdals Jokulb, que se hizo visible gracias a la claridad
del tiempo. El cabo está formado por un gran peñasco
de empinada pendiente, que surge solitario en la playa.

La *Valkyrie* se mantuvo a una prudente distancia de
las costas, navegando hacia el oeste en medio de un gran
número de ballenas y tiburones. Pronto apareció una inmensa roca completamente horadada que el mar atrave-
saba furiosamente. Los islotes de Westman parecían surgir del océano como un semillero de rocas sobre la líquida llanura.

La goleta se distanció entonces para doblar de lejos
el cabo Reikjaness, que forma el ángulo occidental de
Islandia.

La marejada impedía a mi tío subir al puente para
admirar aquellas costas torturadas y batidas por los vientos del sudoeste.

Cuarenta y ocho horas después, al salir de una tempestad que había obligado a la goleta a huirla a palo seco,
distinguimos hacia el este la baliza de la punta Skagen,

cuyas peligrosas rocas se prolongan a una gran distancia bajo las aguas. Un práctico islandés vino a bordo y, tres horas después, la *Valkyrie* fondeaba ante Reykjavik, en la bahía de Faxa.

El profesor pudo, por fin salir de su camarote, un poco pálido y quebrantado, pero tan entusiasta como siempre, y con una mirada llena de satisfacción.

La población de la ciudad, muy interesada por la llegada de un navío en el que había algo para cada uno, se había agrupado en el muelle.

Mi tío tenía prisa por abandonar su cárcel flotante, por no decir su hospital. Pero antes de abandonar la cubierta de la goleta, me llevó a proa para, desde allí, mostrarme con el dedo, en la parte septentrional de la bahía, una alta montaña de dos picos, un doble cono recubierto por las nieves eternas.

—¡El Sneffels! —gritó—. ¿El Sneffels!

Luego, tras haberme recomendado con un gesto imperativo el más absoluto silencio, descendió al bote que nos esperaba. Le seguí, y en breves momentos pusimos pie en tierra de Islandia.

En seguida compareció un hombre de buen aspecto, vestido con un uniforme de general. Resultó ser, sin embargo, un simple magistrado, el gobernador de la isla, el barón Trampe en persona. El profesor reconoció al gobernador y le entregó sus cartas de Copenhague. Se estableció entre ambos una breve conversación en danés, en la que yo no pude participar a causa de mi ignorancia de tal lengua. De esta primera conversación resultó que el barón Trampe se hallaba a la entera disposición del profesor Lidenbrock.

El alcalde, señor Finsen, no menos militar en su atavío que el gobernador, pero tan pacífico como él por su estado y temperamento, dispensó igualmente una amable acogida a mi tío.

En cuanto al coadjutor, señor Pictursson, debimos renunciar provisionalmente a conocerlo por hallarse a la sazón haciendo una visita pastoral por su diócesis del

Norte. Pero, en cambio, conocimos a un hombre encantador, cuya ayuda nos fue de gran utilidad. Se llamaba Fridriksson [5] y era profesor de ciencias naturales en la escuela de Reykjavik. Este modesto sabio sólo hablaba el islandés y el latín. Me ofreció su ayuda en la lengua de Horacio, y en seguida comprendí que estábamos hechos para entendernos. El fue la única persona con quien pude hablar durante mi estancia en Islandia.

De las tres habitaciones que tenía su casa, el buen hombre puso a nuestra disposición dos de ellas, en las que pronto nos instalamos con todos nuestros bultos, cuya cantidad sorprendió no poco a los habitantes de Reykjavik.

—Bueno, Axel —dijo mi tío—. Esto va bien. Lo más difícil está ya hecho.

—¿Cómo? ¿Lo más difícil?

—Sin duda, ya no nos queda más que descender.

—Si se lo toma usted así, tiene razón. Pero, digo yo que después de bajar tendremos que subir, ¿no?

—¡Oh! Eso es lo que menos me preocupa. ¡Veamos! ¡No hay tiempo que perder! Debo ir a la biblioteca. Quizá encuentre en ella algún manuscrito de Saknussemm que consultar.

—En ese caso, yo visitaré la ciudad mientras tanto. ¿Es que usted no piensa hacerlo también?

—¡Oh!, eso no me interesa apenas. Lo que vale la pena aquí, en Islandia, no está encima, sino debajo.

Salí a deambular sin rumbo. Extraviarse en las dos calles de Reykjavik no era fácil. Eso me eximió de tener que preguntar por mi camino, lo que, en el lenguaje de los gestos, expone a muchas complicaciones. La ciudad se extiende por un suelo bastante bajo y pantanoso, entre dos colinas. Por un lado está limitada por una inmensa capa de lava petrificada que desciende por suaves rampas hacia el mar, y, por el otro, por la vasta bahía de

[5] El Dr. Fridriksson mantuvo correspondencia con Verne, informándole documentalmente sobre Islandia.

Faxa, que confina al norte con el enorme glaciar del Sneffels.

En aquel momento, la *Valkyrie* era el único barco anclado en la bahía. Habitualmente, se hallan fondeados en ella los barcos escolta de las flotillas pesqueras inglesa y francesa, pero en esa ocasión estaban de servicio por las costas orientales de la isla.

La más larga de las dos calles de Reykjavik es paralela a la orilla del mar. En ella residen los comerciantes, en cabañas de madera hechas con vigas dispuestas horizontalmente y pintadas de rojo. La otra calle, situada más al oeste, termina en una laguna. En esta calle están las casas del obispo y de las demás personas ajenas al comercio.

Recorrí muy pronto esas dos calles tristes y sombrías. De vez en cuando podía verse un poco de césped descolorido, como una vieja alfombra de lana raída por el uso, o alguna apariencia de huerto cuyas verduras, patatas, repollos y lechugas apenas habrían podido figurar con honor en una mesa liliputiense. Algunos enfermizos alhelíes trataban también de tomar un pequeño baño de sol.

Hacia la mitad de la calle no comercial hallé el cementerio público, en el que sobraba sitio, cercado por un muro de tierra. A algunos pasos de allí estaba la casa del gobernador, una casucha comparada con el edificio del Ayuntamiento de Hamburgo, pero un verdadero palacio al lado de las chozas de la población islandesa.

Entre la laguna y la ciudad se eleva la iglesia, trazada según el gusto protestante y construida con piedras calcinadas aportadas por los volcanes. Podía imaginarse fácilmente que los fuertes vientos del oeste debían dispersar por los aires su tejado de tejas rojas, con gran perjuicio para los fieles.

Muy cerca, sobre una elevación del tereno, vi la Escuela nacional, en la que, como me diría luego nuestro huésped, se enseñaba el hebreo, el inglés, el francés y el danés, cuatro lenguas de las que, para vergüenza mía, no conocía yo una sola palabra. Yo hubiera sido el último

de los cuarenta alumnos que iban a ese colegio. Ni tan
siquiera hubiera sido digno de dormir con ellos en esos
armarios de dos compartimentos en los que los más delicados debían asfixiarse a la primera noche.

Tres horas me bastaron para visitar no sólo la ciudad,
sino también sus alrededores. El aspecto general era singularmente triste. Ni árboles, ni vegetación Por todas
partes, las aristas vivas de las rocas volcánicas.

Las chozas de los islandeses están hechas de tierra y de
turba, con sus muros inclinados hacia adentro. Parecen
tejados colocados en el suelo. Pero estos tejados son
praderas relativamente fértiles, pues, gracias al calor
del hogar, la hierba crece en ellos con tal vigor que hay
que segarla para evitar que los animales domésticos
vengan a pacer sobre las casas.

Pocos habitantes pude ver durante mi paseo. Al regresar a la calle comercial vi a la mayor parte de la población ocupada en secar, salar y transportar bacalao,
que es el principal producto de exportación.

Los hombres eran de aspecto robusto, pero algo pesados, como alemanes rubios y cavilosos. Se diría que
se sentían un poco al margen de la humanidad, como
pobres exiliados relegados en esta tierra de hielo. La
naturaleza hubiera debido convertirlos en esquimales,
puesto que los condenaba a vivir en los confines del
círculo polar. En vano traté de sorprender una sonrisa
en sus rostros. A veces reían, por una especie de contracción involuntaria de los músculos, pero nunca sonreían.

Sus trajes consistían en un grosero blusón de lana
negra, conocido en los países escandinavos con el nombre de *vadmel;* un sombrero de anchas alas, un pan-
talón de rayas rojas y un pedazo de cuero doblado a
guisa de calzado.

Las mujeres, de rostro triste y resignado, de tipo
bastante agradable, pero sin expresión, vestían un corpi-
ño y una falda de *vadmel* oscuro.

Las solteras llevaban sobre sus cabellos trenzados en
guirnaldas un gorrito de punto de color marrón. Las ca-

sadas cubrían sus cabezas con un pañuelo de color y una cofia de tela blanca.

Cuando, después de pasear un buen rato, volví a la casa del señor Fridriksson, mi tío se encontraba ya en ella, en compañía de su huésped.

10

La cena estaba servida. El profesor Lidenbrock la devoró con avidez. Su forzada dieta durante la travesía había transformado su estómago en un profundo abismo.

La cena, más danesa que islandesa, no tenía nada de particular. Pero nuestro anfitrión, más islandés que danés, me recordó a los héroes de la hospitalidad antigua, hasta el punto de que me pareció evidente que nosotros estábamos más en nuestra casa que en la suya.

Se habló en lengua indígena, que mi tío mezclaba con el alemán y el señor Fridriksson con el latín, a fin de que yo pudiera comprenderlos. Como corresponde a los sabios, la conversación versó sobre cuestiones científicas. Pero el profesor Lidenbrock se mantuvo en la más estricta reserva, y sus miradas me conminaban, a cada frase, a guardar la más absoluta discreción sobre nuestros proyectos.

El señor Fridriksson se interesó por el resultado de las investigaciones de mi tío en la biblioteca.

—¡La biblioteca! —exclamó mi tío—. No tiene más que libros descabalados en estantes casi vacíos.

—¡Cómo! —respondió Fridriksson—. Poseemos ocho mil volúmenes, muchos de ellos raros y preciosos ejemplares en la vieja lengua escandinava, así como todas las novedades de que Copenhague nos provee cada año.

—¿Dónde están esos ocho mil volúmenes? Yo no los he visto.

—¡Oh!, señor Lidenbrock; en circulación por el país. Hay mucha afición al estudio en esta vieja isla de hielo. No hay un solo agricultor ni un pescador que no sepa leer y que no lea. Nosotros pensamos que los libros, en vez de enmohecerse en un estante, lejos de las miradas de los curiosos, deben usarse bajo los ojos de los lectores. Por esta razón, estos volúmenes van pasando de mano en mano, y van siendo hojeados, leídos y releídos, y a menudo no vuelven a sus estantes sino después de una ausencia de uno o dos años.

—Y mientras tanto —respondió mi tío, con un cierto despecho—, los extranjeros...

—¡Qué quiere usted! Al fin y al cabo, los extranjeros tienen sus bibliotecas en sus países. Y, antes que nada, es preciso que nuestros compatriotas se instruyan. Se lo repito, la afición al estudio está en la sangre islandesa. Otro ejemplo de ello fue la fundación, en 1816, de una sociedad literaria que publica libros destinados a la educación de nuestros compatriotas y presta señalados servicios al país. Son muchos los sabios extranjeros que se honran en formar parte de ella, y si quisiera usted, señor Lidenbrock, ser uno de nuestros miembros correspondientes, nos causaría un gran placer.

Mi tío, que pertenecía ya a un centenar de sociedades científicas, aceptó encantando, con un agrado al que fue muy sensible el señor Fridriksson.

—Ahora —prosiguió éste— le ruego que me indique cuáles son los libros que esperaba usted hallar en nuestra biblioteca. Quizá pueda yo informarle a este respecto.

Yo miré a mi tío. Dudaba en responder. Eso concernía directamente a sus proyectos. Sin embargo, tras un momento de reflexión, se decidió a hablar.

—Señor Fridriksson, yo quisiera saber si entre las obras antiguas tienen ustedes las de Arne Saknussemm.

—¡Arne Saknussemm! —exclamó el profesor de Reykjavik—. ¿Se refiere usted a un sabio del siglo XVI, gran naturalista a la vez que gran alquimista y viajero?

—En efecto.

—Una de las glorias de la literatura y de la ciencia islandesas.

—Así es.

—Un hombre de los más ilustres.

—Estoy de acuerdo.

—Cuya audacia igualaba su genio

—Veo que le conoce usted bien.

Mi tío exultaba al oír hablar así de su héroe, y devoraba con los ojos al señor Fridriksson.

—Pues bien, ¿qué me dice de sus obras?

—¡Sus obras! Pues que no las tenemos.

—¿Cómo? ¡En Islandia!

—No existen ni en Islandia ni en parte alguna.

—¿Por qué?

—Porque Arne Saknussemm, perseguido por hereje, vio quemadas sus obras, en 1573 y en Copenhague, por mano del verdugo [6].

—¡Muy bien! ¡Perfecto! —exclamó mi tío, escandalizando al profesor de ciencias naturales.

—¡Cómo! —exclamó éste.

—¡Sí! Así todo se explica, todo se encadena, todo está claro, y ahora comprendo por qué Saknussemm, puesto en el Indice y obligado a ocultar los descubrimientos de su genio, tuvo que enterrar en un incomprensible criptograma el secreto...

—¿Qué secreto? —preguntó vivamente Fridriksson.

—Un secreto que... que... —respondió mi tío, balbuceando.

---

[6] Transposición del incidente ocurrido a Arne Magnusson (véase nota 2, página 36), que en 1728 vio destruidas por un incendio su biblioteca particular y una gran parte de la Biblioteca Nacional de Copenhague por él regentada.

—¿Acaso tiene usted algún documento particular? —preguntó nuestro huésped.

—No... Hacía una mera suposición.

—Bien —respondió Fridriksson, quien tuvo la delicadeza de no insistir, al ver la turbación de su interlocutor—. Espero que no dejará usted nuestra isla sin estudiar a fondo sus riquezas mineralógicas.

—Desde luego —respondió mi tío—. Pero quizá llegue un poco tarde, porque supongo que han debido ya pasar otros científicos por aquí, ¿no?

—Sí, señor Lidenbrock. Los trabajos de Olafsen y Povelsen, ejecutados por orden del rey; los estudios de Troil, la misión científica de Gaimard y Robert, a bordo de la corbeta francesa *La Recherche* *, y últimamente las observaciones de los sabios de la fragata *La Reina Hortensia,* han contribuido poderosamente al conocimiento de Islandia. Pero, créame, queda mucho aún por hacer.

—¿De veras? —preguntó mi tío, con un aire candoroso, procurando moderar el resplandor de sus ojos.

—Sí. ¡Cuántas montañas, glaciares y volcanes poco conocidos quedan aún por estudiar! ¡Mire, sin ir más lejos, ahí tiene ese monte que se eleva en el horizonte, el Sneffels!

—¡Ah! —dijo mi tío—. El Sneffels.

—Es uno de los volcanes más curiosos. Su cráter ha sido raramente visitado.

—¿Apagado?

—¡Oh! Apagado desde hace quinientos años.

—Pues bien —dijo mi tío, que se cruzaba frenéticamente las piernas para no saltar—. Me están dando ganas de comenzar mis estudios geológicos por este Seffel..., Fessel... ¿Cómo ha dicho usted?

—Sneffels —aclaró el bueno de Fridriksson.

---

* El almirante Duperré envió a *La Recherche,* en 1835, en busca de las huellas de una expedición perdida, la de Blosseville con *La Lilloise,* de la que nunca se ha tenido más noticia.

Esta parte de la conversación se había desarrollado en latín. Ya había comprendido todo, y me estaba costando un gran esfuerzo mantener mi seriedad, al ver a mi tío tratar de contener la satisfacción que le rebasaba por todos sus poros. Sus esfuerzos por adoptar un aire de inocencia se traducían en gestos que parecían las muecas de un viejo diablo.

—Sí —dijo—. Me ha decidido usted. Trataremos de escalar el Sneffels y hasta quizá estudiemos, incluso, su cráter.

—Siento mucho que mis obligaciones me impidan ausentarme —dijo el señor Fridriksson—. Les acompañaría con tanto placer como provecho.

—¡Oh, no! ¡Oh, no! —respondió vivamente mi tío—. No queremos molestar a nadie, señor Fridriksson. Se lo agradezco de todo corazón. La presencia de un sabio como usted sería muy útil, pero los deberes de su profesión...

Yo prefiero creer que nuestro huésped, en la inocencia de su alma islandesa, no comprendiera la malicia, un poco gruesa, de mi tío.

—Me parece muy bien, señor Lidenbrock, que empiece sus estudios con ese volcán. Sacará de él una buena cosecha de observaciones de valor. Pero, dígame, ¿cómo piensa usted llegar a la península del Sneffels?

—Por mar, atravesando la bahía. Es la vía más rápida.

—Sin duda, pero es imposible.

—¿Por qué?

—Porque no disponemos de un solo bote en Reykjavik.

—¡Diablo!

—Tendrán que ir por tierra, siguiendo la costa. Será más largo, pero más interesante.

—Bien. Trataré de procurarme un guía.

—Precisamente, puedo ofrecerle uno.

—¿Es un hombre de confianza, inteligente?

—Sí; un habitante de la península. Es un cazador de *eider* muy hábil, que le dará total satisfacción. Habla perfectamente el danés.

—¿Y cuándo podré verlo?

—Mañana, si quiere.

—¿Por qué no hoy?

—Es que no llegará hasta mañana.

—Mañana, pues —respondió mi tío, dando un suspiro.

Esta importante conversación terminó algunos instantes después, con las calurosas expresiones de agradecimiento del profesor alemán al profesor islandés.

Durante la cena, mi tío había descubierto cosas muy importantes, entre ellas la historia de Saknussemm y la razón de su misterioso documento. Y había obtenido que su huésped no le acompañara en su expedición y un guía que, al día siguiente, estaría a sus órdenes.

11

Salí, de noche, a dar un breve paseo por la orilla del mar. Regresé pronto, me acosté en un lecho de grandes tablas y me dormí profundamente.

Cuando me desperté, oí a mi tío hablar ininterrumpidamente en la sala contigua. Me levanté en seguida y me apresuré a unirme a él.

Estaba hablando en danés con un hombre de elevada estatura y de constitución muy vigorosa. Debía tener una fuerza poco común. Sus ojos, alojados en un rostro muy grande y de ingenua expresión, me parecieron muy inteligentes. Eran de un intenso color azul. Su larga cabellera, que hasta en Inglaterra hubiera pasado por rojiza, caía sobre sus atléticos hombros. Era un indígena de movimientos elásticos, pero movía muy poco sus brazos, como si ignorara o desdeñara el lenguaje de los gestos. Todo en él revelaba un temperamento de una calma perfecta, no indolente sino tranquilo. Daba la impresión de ser un hombre que no pedía nada a nadie, que trabajaba a su conveniencia y que, en este mundo, su filosofía le hacía impermeable a la sorpresa y a la turbación.

Lo que me reveló las características de su personalidad fue su manera de escuchar la apasionada verborrea de su interlocutor. Permanecía con los brazos cruzados, inmóvil en medio del torbellino de gestos de mi tío. Cuando negaba algo, lo hacía moviendo la cabeza de izquierda a derecha. Sus afirmaciones se reducían a una inclinación de la cabeza, tan ligera que apenas se movían sus largos cabellos. Era la economía del movimiento llevada hasta la avaricia.

En verdad que, a juzgar por su aspecto, nunca hubiera podido adivinar su profesión de cazador, pues si bien era seguro que no debía espantar a la caza, ¿cómo podía alcanzarla?

Todo se aclaró cuando el señor Fridriksson me explicó que este tranquilo personaje no era más que un cazador de *eider,* pato islandés cuyo plumaje constituye la mayor riqueza de la isla. En efecto, este plumaje se llama edredón, y su captura no requiere un excesivo gasto de movimientos.

Al comienzo del verano, la hembra del *eider* construye su nido entre las rocas de los fjörds *, que abundan a lo largo de la costa. Construido el nido, lo tapiza con finas plumas que se arranca de la pechuga. Es el momento escogido por el cazador, o más propiamente hablando, el negociante, para llegar y arrebatarle el nido. Esto obliga a la hembra a recomenzar su trabajo, y al cazador el suyo. Esto se repite mientras a la hembra le quedan plumas. Cuando está ya enteramente despojada, es al macho a quien corresponde desplumarse. Pero el plumaje del macho no tiene valor comercial, por ser duro y grosero, y el cazador no se toma la molestia de llevárselo. Así, hecho el nido, la hembra pone sus huevos en él, los hijos salen y, al año siguiente, recomienza la cosecha del edredón.

---

* Nombre dado a los golfos estrechos en los países escandinavos.

Y como, además, el *eider* no escoge, para hacer su nido, las rocas escarpadas, sino rocas horizontales y de fácil acceso, el cazador islandés puede ejercer su oficio sin gran agitación. Es un agricultor que no tiene que sembrar ni segar sus mieses, sino únicamente cosecharlas.

Tan grave, flemático y silencioso personaje se llamaba Hans Bjelke. Era el hombre que nos había recomendado el señor Fridriksson para ser nuestro guía. Sus maneras contrastaban singularmente con las de mi tío. Pese a ello, se entendieron fácilmente. Ni uno ni otro repararon en el precio, al estar dispuestos uno a aceptar lo que se le ofreciese y el otro a dar lo que se le pidiese. Nunca se concluyó más fácilmente un trato.

Hans se comprometió a conducirnos al pueblo de Stapi, situado en la costa meridional de la península del Sneffels, al pie mismo del volcán. La distancia, por tierra, era unas veintidós millas, viaje que, en opinión de mi tío, podía hacerse en dos días. Pero cuando se enteró de que se trataba de millas danesas, de veinticuatro mil pies, debió rehacer sus cálculos y estimar en unos siete u ocho días la duración de la marcha, dada la dificultad de los caminos.

Debíamos procurarnos cuatro caballos, dos para nosotros y los otros dos para llevar los bultos. Hans, según su costumbre, iría a pie. Conocía perfectamente esa parte de la costa, y prometió escoger el camino más corto.

Su contrato con mi tío no expiraría a nuestra llegada a Stapi. Permanecería a su servicio durante todo el tiempo necesario a sus excursiones científicas, por una remuneración de tres rixdales a la semana *. Pero se había expresamente convenido, como condición *sine qua non,* que tal suma le sería pagada únicamente el sábado por la tarde.

Se fijó la partida para el 16 de junio. Mi tío quiso dar

* 16 francos 98 céntimos.

al cazador las arras del contrato, pero éste rehusó diciendo:

—*Efter*.

—Después —me tradujo el profesor.

Concluido el trato, Hans se retiró, rígidamente.

—¡Magnífico tipo! —exclamó mi tío—. Pero lo que menos podría él imaginarse es el maravilloso papel que va a hacerle desempeñar el destino.

—Entonces, es que va a acompañarnos hasta...

—Sí, Axel, hasta el centro de la Tierra.

Quedaban aún cuarenta y ocho horas que, muy a mi pesar, debí emplear en nuestros preparativos. Toda nuestra inteligencia fue dedicada a disponer cada objeto de la forma más conveniente: los instrumentos, a un lado; las armas, a otro; las herramientas en ese paquete, los víveres, en aquel. En total, cuatro grupos.

Los instrumentos comprendían:

1.º Un termómetro centígrado de Eigel, graduado hasta 150º, lo que me parecía demasiado, y no bastante. Demasiado, si la temperatura ambiente ascendía hasta esa graduación, pues, en tal caso, podíamos darnos por cocidos. Y no bastante para medir la temperatura de fuentes o de cualquier materia en estado de fusión.

2.º Un manómetro del aire comprimido, para indicar presiones superiores a las de la atmósfera al nivel del mar. En efecto, el barómetro ordinario no hubiera sido de utilidad, al aumentar la presión atmosférica proporcionalmente a nuestro descenso bajo la superficie de la Tierra.

3.º Un cronómetro de Boissonas hijo, de Ginebra, perfectamente regulado con el meridiano de Hamburgo.

4.º Dos brújulas de inclinación y de declinación.

5.º Un anteojo de noche.

6.º Dos aparatos de Ruhmkorff que, mediante una corriente eléctrica, daban una luz muy portátil y segura *.

* El aparato de Ruhmkorff consiste en una pila de Bunsen activada por medio del bicromato de potasa que no da ningún

Las armas consistían en dos carabinas de Purdley More
y Cía. y dos revólveres «Colt». Armas, ¿para qué? No
había ni salvajes ni bestias feroces que temer, suponía
yo. Pero mi tío parecía tan aferrado a su arsenal como
a sus instrumentos, sobre todo a una gran cantidad de
fulmicotón, inalterable a la humedad, cuya fuerza expansiva es muy superior a la de la pólvora ordinaria.

Las herramientas comprendían dos picos, dos azado-
nes, una escala de seda, tres bastones con puntas de hierro,
un hacha, un martillo, una docena de cuñas y armellas
de hierro, y largas cuerdas de nudos. Todo esto abul-
taba mucho, pues la escala medía nada menos que trescientos pies de longitud.

El paquete de los víveres no era demasiado grande,
pero me confortaba saber que había carne concentrada
y galletas en cantidad suficiente para seis meses. El líquido se reducía a una provisión de ginebra. No llevábamos
agua, pero teníamos cantimploras, y mi tío contaba con
las fuentes para llenarlas. Las objeciones que le hice
sobre la calidad, la temperatura e, incluso, sobre la posible ausencia de las aguas fueron completamente igno-
radas por su parte.

Para completar la nomenclatura exacta de nuestros
artículos de viaje, debo mencionar un botiquín portá-

olor; una bobina de inducción pone la electricidad producida
por la pila en comunicación con una linterna de una disposición
particular; en esta linterna se halla un serpentín de vidrio en el
que se ha hecho el vacío y en el que queda únicamente un residuo
de gas carbónico o de azoe. Cuando funciona el aparato, el gas
se hace luminoso, produciendo una luz blancuzca y continua. La
pila y la bobina están colocadas en una bolsa de cuero que el
viajero lleva en bandolera. La linterna, colocada exteriormente,
ilumina muy eficazmente en las más profundas oscuridades. Con
ella puede uno aventurarse, sin temer ninguna explosión, en medio
de los gases más inflamables. No se apaga ni tan siquiera en el
seno de las más profundas corrientes de agua. El señor Ruhmkorff
es un sabio y hábil físico. Su gran descubrimiento es su bobina
de inducción, que permite la producción de electricidad de alta
tensión. Acaba de obtener, en 1864, el premio quinquenal de
50.000 francos creados por Francia para distinguir la más ingeniosa aplicación de la electricidad.

til que contenía pinzas, tablillas para fracturas, una pieza de cinta de hilo crudo, vendas y compresas, esparadrapo, una lanceta para sangría, cosas todas temibles. Había, además, una serie de frascos que contenían dextrina, alcohol vulnerario, acetato de plomo líquido, éter, vinagre y amoníaco, drogas todas ellas de utilización poco tranquilizadora. No faltaban tampoco las materias necesarias al funcionamiento de los aparatos de Ruhmkorff.

No había echado en olvido mi tío su provisión de tabaco, de pólvora y de yesca, ni un cinturón de cuero que llevaba puesto y en el que tenía una buena cantidad de dinero en papel y en monedas de oro y plata. Seis pares de botas impermeabilizadas por una capa de alquitrán y de goma elástica iban en el bulto de las herramientas.

—Así vestidos, calzados y equipados, no hay razón ninguna que nos impida llegar lejos —me dijo mi tío.

Dedicamos toda la jornada del 14 a disponer estos diferentes objetos. Por la noche, cenamos en casa del gobernador, barón Trampe, en compañía del alcalde de Reykjavik y del doctor Hyaltalin, el gran médico del país. El señor Fridriksson no figuraba entre los invitados. Supe más tarde que el gobernador y él se hallaban en desacuerdo sobre una cuestión administrativa y que no se relacionaban. No tuve, pues, ocasión de comprender una palabra de lo que se dijo durante esta cena semioficial, en la que mi tío no dejó de hablar durante todo el tiempo.

Al día siguiente, el 15, acabamos nuestros preparativos. Nuestro huésped hizo feliz a mi tío al regalarle un mapa de Olaf Nikolas Olsen, a escala de 1/480.000, publicado por la Sociedad Literaria Islandesa, según los trabajos geodésicos de Scheel Frisac y el plano topográfico de Bjorn Gumlaugsonn. Era un precioso documento para un mineralogista.

Pasamos la última velada en muy íntima conversación con el señor Fridriksson, por quien yo sentía ya una viva simpatía.

Mi sueño, aquella noche, fue muy agitado. A las cinco de la mañana me despertaron los relinchos de los cuatro caballos que piafaban bajo mi ventana. Me vestí apresuradamente y salí a la calle. Hans acababa de cargar nuestros bultos, casi sin moverse. Trabajaba, sin embargo, con una habilidad poco común. Mi tío hacía más ruido que otra cosa, y el guía parecía preocuparse muy poco de sus recomendaciones.

A las seis, todo estaba listo. El señor Fridriksson nos estrechó la mano. Mi tío le agradeció, emocionadamente, su benévola hospitalidad, y lo hizo en islandés, en tanto que yo me despedí cordialmente en mi mejor latín. Montamos a caballo mi tío y yo. El señor Fridriksson me dirigió, con su último adiós, este verso que Virgilio parecía haber compuesto para nosotros, inciertos viajeros del camino:

Et quacumque viam dederit fortuna sequamur.

12

En el momento de nuestra partida, el cielo estaba cubierto, pero sereno. No eran de temer ni sofocantes calores ni lluvias desastrosas. Un tiempo para turistas.

El placer de montar a caballo a través de un país desconocido me hizo transigir un poco con el comienzo de la aventura. Gozaba de la felicidad del excursionista, hecha de deseos y de libertad. Empezaba a adaptarme a la situación.

—Por lo demás, me decía, ¿qué es lo que arriesgo? Viajar por un curioso país, escalar una montaña interesante y, en el peor de los casos, descender al fondo de un cráter apagado... Porque es evidente que nuestro Saknussemm no hizo otra cosa. En cuanto a la existencia de una galería que llega al centro de la Tierra..., ¡pura imaginación! ¡Estricta imposibilidad! Saquemos, pues, partido de lo bueno que ofrezca la expedición.

En este punto de mis reflexiones me hallaba cuando abandonamos Reykjavik.

Hans iba en cabeza, a pasos rápidos, iguales y continuos. Le seguían, sin necesidad de dirigirlos, los dos caballos cargados con los bultos. Mi tío y yo cerrábamos la marcha, manteniéndonos dignamente sobre nuestras pequeñas pero vigorosas monturas.

Islandia es una de las mayores islas de Europa, con sus mil cuatrocientas millas de superficie. Su población es de unos sesenta mil habitantes. Los geógrafos la han dividido en cuatro zonas. Nosotros debíamos atravesar casi oblicuamente la que lleva el nombre de país del sudoeste, «Sudvestr Fjordungr».

Nada más salir de Reykjavik, Hans nos había conducido por la orilla del mar, a través de ralos pastizales de un verde desvaído que se decidía mejor por el amarillo. Las rugosas cimas de las montañas traquíticas se difuminaban en el horizonte, en las brumas del este. A veces, algunas placas de nieve, en las que se concentraba la luz difusa, resplandecían en las laderas de las lejanas cimas. Algunos picos, más audazmente enhiestos, perforaban las grises nubes y reaparecían por encima de los vapores movedizos, como arrecifes surgidos en pleno cielo.

A menudo, estas cadenas de áridas rocas descendían en punta hacia el mar, invadiendo los pastizales, pero siempre quedaba lugar suficiente para pasar. Además, nuestros caballos escogían instintivamente los lugares más propicios, sin reducir la marcha. A mi tío no le quedaba siquiera la consolación de excitar a su montura con la voz o el látigo. Por una vez, no le estaba permitida la impaciencia. Yo no podía impedirme sonreír al verlo tan grande sobre su pequeño caballo. Con sus largas piernas rozando el suelo parecía un centauro con seis patas.

—¡Magnífico animal! —decía—. Ya verás, Axel, como no hay animal que supere en inteligencia al caballo islandés. No hay nada que pueda detenerlo, ni la nieve, ni las tempestades, ni los caminos impracticables, ni las rocas, ni los glaciares. Es bravo, sobrio y seguro. Nunca da un paso en falso, nunca tiene una mala reacción. Que se presente un río o un fiordo a atravesar —y no habrán de faltar—, y lo verás lanzarse al agua sin vacilar, como un anfibio, y ganar la orilla opuesta

Pero no los hostiguemos, dejémoslos actuar y con ellos podremos hacer nuestras diez leguas por día.

—Nosotros, sí —respondí—. Pero, ¿y el guía?

—¡Oh! No te preocupes por él. Esta gente marcha sin darse cuenta. Y el nuestro se mueve tan poco que no debe fatigarse. Además, si fuera necesario, yo le cedería mi montura. Tendré que hacer ejercicio para evitar calambres. Hasta ahora, los brazos van bien, pero hay que pensar en las piernas.

Avanzábamos a paso ligero. El país era ya casi un desierto. Aquí y allá una granja aislada o un «boer» * solitario, construido con madera, tierra y trozos de lava, aparecían como mendigos a orillas del camino. Aquellas chozas miserables parecían implorar la caridad de los transeúntes, y tentado se sentía uno de darles limosna. En este país hay una carencia absoluta de caminos y hasta de senderos, y la vegetación, por lenta que sea, no tarda en borrar los pasos de los raros viajeros.

Y, sin embargo, esta parte de la provincia, situada a dos pasos de la capital, figuraba entre las regiones habitadas y cultivadas de Islandia. ¿Cómo serían, pues, las comarcas más desiertas aún que este desierto? Llevábamos ya recorrido más de media milla, y todavía no habíamos encontrado ni un campesino a la puerta de su choza, ni un pastor salvaje apacentando a un rebaño menos salvaje que él. Tan sólo habíamos visto algunas vacas y corderos abandonados a sí mismos. ¿Cómo serían, pues, las regiones convulsionadas por los fenómenos eruptivos, nacidos de las explosiones volcánicas y de los movimientos subterráneos?

Debíamos conocer más tarde estas regiones, pero, al consultar el mapa de Olsen, vi que las íbamos evitando al seguir la sinuosa línea de la orilla del mar. En efecto, los grandes movimientos plutónicos se han concentrado sobre todo en el interior de la isla, donde las capas horizontales de rocas superpuestas, llamadas «trapps» en lengua escandinava; las fajas de traquitas, las erupciones

* Casa de campesino islandés.

de basalto, de toba, de todos los conglomerados volcánicos, y los ríos de lava y de pórfido en fusión han
creado un país de un horror sobrenatural. Ignoraba yo
entonces el espectáculo que nos esperaba en la península
del Sneffels, en la que estos materiales de fogosa naturaleza forman un verdadero caos.

A las dos horas de nuestra partida de Reykjavik llegamos al villorio de Gufunes, llamado «aoalkirkja» o
iglesia principal, que no ofrecía ningún interés. Unas
pocas casas que apenas hubieran constituido un caserío
en Alemania.

Hans decidió hacer allí una parada de media hora.
Compartió con nosotros un frugal almuerzo respondió
con monosílabos a las preguntas de mi tío sobre la naturaleza del camino, y al interrogarle sobre el lugar en
que pasaríamos la noche, respondió escuetamente:

—Gardär.

Consulté el mapa para saber qué era Gardär, y vi
que se trataba de un caserío situado a orillas del Hvalj-
örd, a cuatro millas de Reykjavik. Se lo mostré a mi
tío.

—¡Cuatro millas solamente! ¡Cuatro millas de las veintidós que tenemos que recorrer! ¡Bonito paseo!

Quiso hacer una observación al guía, pero éste, sin
responderle, se puso al frente de los caballos y reanudó
la marcha.

Tres horas después, pisando siempre el descolorido
césped de los pastizales, debimos rodear el Kollafjörd.
Esta desviación era más fácil y requería menos tiempo
que la travesía de este golfo. Pronto entramos en un
«pingstaeer», lugar de jurisdicción comunal, llamado Ejul-
berg, cuyo campanario habría señalado las doce si las
iglesias islandesas fueran los suficientemente ricas como
para tener un reloj. Pero estas iglesias son tan pobres
como sus feligreses, que carecen de reloj, sin echarlo de
menos.

Se dio allí descanso a los caballos. Después, siguiendo
por la orilla del mar, estrechada por una cadena de
colinas, llegamos sin más paradas a la «aoalkirkja» de

Brantär, y una milla más allá, a Saurböer, «annexia», iglesia aneja, situada en la orilla meridional del Hval-Fjörd.

Eran ya las cuatro de la tarde y habíamos recorrido tan sólo cuatro millas.

El fiordo tenía una anchura en ese lugar de casi media milla. Las olas se rompían fragorosamente en las agudas rocas. El golfo se ensanchaba entre murallas que formaban una escarpa cortada a pico, de unos tres mil pies de altura, en la que destacaban capas de rocas oscuras entre las que se intercalaban mantos de toba de color rojizo.

Por inteligentes que fuesen nuestros caballos, no cabía augurar nada bueno de una travesía, a lomos de un cuadrúpedo, de un verdadero brazo de mar.

—Si son inteligentes —dije—, no tratarán de pasar. En todo caso, si no lo son, lo seré yo en su lugar.

Pero mi tío no quería esperar, y espoleó a su caballo hacia la orilla. El caballo olfateó la última ondulación de las olas y se detuvo. Mi tío, cuyo instinto no coincidía con el de su montura, lo espoleó aún más. Nueva negativa del animal, que sacudió la cabeza. A los exabruptos y latigazos de mi tío correspondía el animal con sus coces, que empezaron a desarzonar a su jinete, hasta dejarlo plantado sobre dos piedras de la orilla, como el coloso de Rodas.

—¡Maldito animal! —gritó el caballero, súbitamente transformado en peatón y avergonzado como un oficial de caballería degradado a la infantería.

—*Färja* —le dijo el guía tocándole el hombro.

—¡Cómo! ¿Una barca?

—*Der* —respondió Hans mostrándosela.

—Sí —dije yo—; hay una barca.

—¡Pues haberlo dicho! Muy bien; adelante, pues.

—*Tidvatten* —indicó el guía.

—¿Qué dice?

—Dice marea —respondió mi tío, traduciéndome la palabra danesa.

—Sin duda, habrá que esperar la marea.

—*Förbida?* —respondió mi tío.

—*Ja* —respondió Hans.

Mi tío expresó su contrariedad golpeando el suelo, mientras los caballos se dirigían a la barcaza.

Comprendí perfectamente la necesidad de esperar un cierto momento de la marea para emprender la travesía del fiord, ese momento en que el mar, llegado a su mayor altura, se tiende. El flujo y el reflujo no ejercen entonces ninguna acción sensible, y la barca no arriesga ser arrastrada ni hacia el fondo del golfo ni hacia alta mar.

El momento favorable llegó a las seis de la tarde. Nosotros, el guía, dos barqueros y los cuatro caballos embarcamos en una barca muy plana y bastante frágil. Acostumbrado como estaba yo a los barcos de vapor del Elba, los remos de los bateleros me parecieron un triste ingenio mecánico. Tardamos más de una hora en atravesar el fiord, pero lo hicimos sin incidente alguno.

Media hora después llegábamos a la «aoalkirkja» de Gardär.

13

Ya debería ser de noche, pero en el paralelo 65 no cabía asombrarse de la claridad nocturna de las regiones polares. En Islandia, durante los meses de junio y julio, no se pone el sol.

No obstante, había bajado la temperatura. Yo tenía frío, y sobre todo hambre. Bienvenido fue el «boer» que nos abrió hospitalariamente la puerta.

Era la casa de un campesino, pero su hospitalidad valía la de un rey. Nada más llegar, el dueño salió a darnos la mano y, sin más ceremonias, nos invitó a seguirle. De seguirle se trataba, en efecto, pues acompañarle hubiera sido imposible. Un corredor largo, estrecho y oscuro servía de acceso a la vivienda, construida con vigas apenas escuadradas, y permitía llegar a cada una de las cuatro habitaciones: la cocina, el taller de tejedor, la «badstofa» o dormitorio de la familia y el cuarto para huéspedes, que era el mejor de la casa. Mi tío, cuya estatura no había sido tenido en cuenta al construir la casa, se dio tres o cuatro coscorrones contra las vigas del techo.

Se nos introdujo en nuestra habitación, una gran sala
con suelo de tierra apisonada, iluminada por una ventana en la que membranas de cordero, de escasa trans-
parencia, suplían a los cristales. Las camas eran dos simples marcos de madera, pintados de rojo y adornados
con caligrafías islandesas, llenos de heno seco. No esperaba yo tanta comodidad. Lo malo es que en toda la casa
reinaba un fuerte olor a pescado seco, a carne macerada
y a leche agria, al que mi olfato se acomodaba muy
mal.

Cuando nos desembarazamos de toda nuestra impedi-
menta de viajeros, oímos la voz de nuestro huésped
que nos invitaba a pasar a la cocina, único lugar de la
casa en el que se encendía la lumbre, incluso en los meses
más fríos.

Mi tío se apresuró a obedecer a tan amable invita-
ción, y yo le seguí.

La chimenea de la cocina era de un modelo antiguo,
con una piedra por hogar en el centro de la pieza y un
agujero en el techo para la salida del humo. La cocina
servía también de comedor.

Al entrar en ella, nuestro huésped, como si no nos
hubiera visto todavía, nos saludó con la palabra «saellvertu», que significa «sed felices», y nos besó en la
mejilla.

Su mujer pronunció las mismas palabras, acompañadas
del mismo ceremonial. Luego, los dos esposos, con la
mano derecha sobre el corazón, se inclinaron profundamente.

La islandesa era madre de diecinueve hijos, que bullían
todos, grandes y pequeños, en medio de la humareda que
llenaba la pieza. A cada instante veía emerger de esta
niebla una cabecita rubia y un poco melancólica. Parecían
una guirnalda de angelotes llenos de hollín.

Mi tío y yo acogimos cariñosamente a esta «pollada»,
y pronto nos vimos con tres o cuatro chiquillos sobre
nuestros hombros, otros tantos sobre las rodillas y el
resto entre nuestras piernas. Los que sabían hablar re-

petían «saellvertu» en todos los tonos imaginables. Los que no hablaban, gritaban.

El anuncio de la cena interrumpió el concierto. En ese momento regresó el cazador, que venía de dar de comer a los caballos, dándoles suelta, económicamente, por el campo. Los pobres animales debían contentarse paciendo el escaso musgo de las rocas y algunos fucos poco nutritivos, pero, al día siguiente, no dejarían de presentarse a reanudar el trabajo de la víspera.

—*Saellvertu* —dijo Hans.

Luego, tranquilamente, automáticamente, sin acentuar más un beso que otro, besó al huésped, a la mujer y a los diecinueve hijos.

Terminada esta ceremonia, nos sentamos a la mesa en número de veinticuatro y, por consiguiente, los unos encima de los otros en el más literal sentido de la expresión. Los más favorecidos tenían tan sólo dos críos sobre las rodillas.

La llegada de la sopa impuso a los críos el silencio, y recobró su imperio la taciturnidad islandesa, a la que no se sustraen ni los niños. Se nos sirvió una sopa de líquen, que no era desagradable, y luego una enorme porción de pescado seco nadando en una mantequilla rancia desde hacía veinte años y, por consiguiente, preferible a la mantequilla fresca, según las ideas gastronómicas de los islandeses. Se nos dio también una especie de leche cuajada, llamada «skyr», con galletas, a la que daban un sabor particular el zumo de bayas de enebro que se añadía. Como bebida, suero de leche mezclado con agua, al que se da el nombre de «blanda» en el país. No podría asegurar que esta singular comida sea buena o no. Tenía hambre, y acabé de saciar mi apetito comiéndome, de postre, hasta la última gota de una espesa papilla de alforfón.

Acabada la cena, los niños desaparecieron. Los mayores nos sentamos en torno al fuego, en el que ardían brezos, turba, estiércol de vaca y huesos de pescados desecados. Tras haberse calentado, nos retiramos a nuestros aposentos. La dueña de la casa se ofreció, según la costumbre local, a quitarnos los calcetines y los pantalones, pero ante nuestra cortés negativa no insistió, y yo pude al fin acostarme en mi yacija de heno.

A las cinco de la mañana nos despedimos del campesino islandés. Mi tío debió insistir mucho para que nuestro huésped aceptara una remuneración conveniente.

Hans dio la señal de partida.

A cien pasos de Gardär, el terreno comenzó a cambiar de aspecto. El suelo se tornaba pantanoso, dificultando la marcha. A nuestra derecha, la cadena de montañas se prolongaba indefinidamente como un inmenso sistema de fortificaciones naturales, cuya contraescarpa íbamos siguiendo. Con frecuencia teníamos que vadear ríos, cuidando de no mojar demasiado los equipajes.

El desierto se hacía cada vez más profundo. A veces, sin embargo, una sombra humana parecía huir a lo lejos. Cuando las vueltas del camino nos acercaban inopinadamente a uno de esos espectros, me sentía súbitamente asqueado por la visión de una cabeza hinchada, de piel brillante, desprovista de cabellos, y por la de repugnantes llagas que aparecían entre los desgarrones de los miserables harapos con que se cubrían.

La desgraciada criatura no se acercaba a tendernos su mano deformada, sino que nos huía, pero no tan rápidamente como para poder sustraerse a la salutación de Hans con el «saellvertu» habitual.

—*Spetelsk* —dijo Hans.

—Un leproso —me tradujo mi tío.

La sola palabra producía un efecto repulsivo. Esta horrible afección de la lepra es bastante común en Islandia. No es contagiosa, pero es hereditaria, razón por la que se prohíbe el matrimonio a estos miserables.

Estas apariciones no contribuían precisamente a alegrar el paisaje, que se hacía profundamente triste. Los últimos tallos de hierba morían en estos parajes bajo nuestros pies. Ni un árbol, salvo algunos abedules enanos que parecían arbustos. Ni un animal, salvo algunos caballos que, no pudiendo ser alimentados por sus amos, erraban por las tristes llanuras. A veces, un halcón pla-

neaba bajo las grises nubes y huía luego hacia el sur.
Yo me dejaba ganar por la melancolía de esta naturaleza salvaje, y mis recuerdos me retrotraían a mi país
natal.

Hubimos de atravesar varios fiords sin importancia, y
luego un verdadero golfo. La marea estaba entonces tendida y nos permitió pasar sin esperar y llegar al caserío
de Alftanes, una milla más allá.

Por la noche, tras haber vadeado dos ríos ricos en
truchas y lucios, el Alfa y el Heta, nos vimos obligados
a pernoctar en una casa abandonada, digna de ser visitada por todos los duendes de la mitología escandinava.
Se diría que el genio del frío hubiera escogido en ella
domicilio, porque hizo de las suyas durante toda la
noche. El día siguiente transcurrió sin ningún incidente
particular. El suelo continuaba siendo pantanoso, con la
misma uniformidad, con la misma triste fisonomía. Al
anochecer, habíamos franqueado ya la mitad de la distancia que teníamos que recorrer e hicimos noche en la
«annexia» de Krösolbt.

El 19 de junio hallamos un terreno de lava que, a
lo largo de una milla, se extendía bajo nuestros pies. En
el país se denomina «hraun» a esta disposición del terreno. La lava, arrugada en su superficie, tomaba la forma
de cables, unos alargados y otros arrollados. Un inmenso
río de lava petrificada descendía de las montañas vecinas,
volcanes actualmente apagados pero de cuya violencia
pasada testimoniaban estos vestigios. Por algunos lugares
afloraba el humo de las fuentes calientes.

Pero nos faltaba tiempo para observar aquellos fenómenos. Había que seguir la marcha. Pronto reapareció
el suelo pantanoso bajo los cascos de nuestras monturas,
entrecortado por las lagunas. Íbamos entonces en dirección oeste, al haber contorneado la gran bahía de Faxa,
y la doble cima del Sneffels se erguía en las nubes a
menos ya de cinco millas.

Los caballos marchaban bien, sin que les detuvieran
las dificultades del terreno. Yo comenzaba a sentirme
muy fatigado. Mi tío continuaba tan firme y erguido como

el primer día. Yo no podía impedirme admirarle, lo mismo que al cazador, que parecía mirar esta expedición como un simple paseo.

El sábado 20 de junio, a las seis de la tarde, llegamos a Büdir, un villorrio situado a orillas del mar. Allí el guía reclamó y obtuvo su paga. Fue la misma familia de Hans, sus tíos y primos hermanos, la que nos ofreció su hospitalidad. Fuimos muy bien recibidos, y, sin abusar de estas buenas gentes, de buena gana me hubiera repuesto allí de las fatigas del viaje. Pero mi tío, que no parecía necesitar descanso, no me hizo caso, y al día siguiente hubimos de montar de nuevo a caballo y proseguir la marcha.

El suelo se resentía de la proximidad de la montaña cuyas raíces de granito salían de la tierra como las de un viejo roble. Ibamos contorneando la inmensa base del volcán. El profesor no le quitaba los ojos de encima, y gesticulaba, como desafiándolo y diciendo: «Este es el gigante al que voy a domar.» En fin, después de cuatro horas de marcha, los caballos se detuvieron, por su propia iniciativa, ante la puerta del presbiterio de Stapi.

14

Stapi es una aldea formada por una treintena de chozas levantadas sobre un terreno de lava bajo los rayos del sol reflejados por el volcán. Se extiende al fondo de un pequeño fiord encajado en una muralla basáltica que produce el más extraño efecto.

Sabido es que el basalto es una roca oscura de origen ígneo, que toma formas regulares que sorprenden por su disposición. En él la naturaleza ha procedido geométricamente y trabajado al modo del hombre, como si hubiera manejado la escuadra, el compás y la plomada. A diferencia de sus otras formaciones, en las que la naturaleza hace arte con sus grandes masas lanzadas sin orden, con sus conos apenas esbozados, con sus pirámides imperfectas y con la extraña sucesión de sus líneas, en el basalto, queriendo dar ejemplo de la regularidad, ha precedido a los arquitectos de las primeras edades creando un orden severo que ni los esplendores de Babilonia ni las maravillas de Grecia han podido superar.

Había oído hablar de las famosas Calzada de los Gigantes, en Irlanda, y de la Gruta de Fingal, en una de las Hébridas, pero nunca había tenido ocasión de contemplar el espectáculo de una estructuración basáltica.

En Stapi, este fenómeno aparecía en toda su belleza.

El murallón del fiord, como toda la costa de la península, se componía de una serie de columnas verticales, de unos treinta pies de altura. Estos fustes rectos y de una proporción muy pura aportaban una arquivolta hecha de columnas horizontales cuyo saliente inclinado formaba una media bóveda encima del mar. A ciertos intervalos, la mirada sorprendía, bajo este impluvio natural, aberturas ogivales de un dibujo admirable, a través de las cuales se precipitaban las olas espumantes. Algunos fragmentos de basalto, arrancados por los furores del océano se extendían por el suelo como los restos de un templo antiguo, como ruinas eternamente jóvenes por las que pasaran los siglos sin mancillarlas.

Esta era la última etapa de nuestro viaje terrestre. Hans nos había conducido allí con prudencia, y me tranquilizaba un poco pensar que seguiríamos en su compañía.

Al llegar a la puerta de la casa del rector, una simple cabaña ni más bonita ni más cómoda que las demás, vi a un hombre que, con el martillo en la mano y un mandil de cuero ceñido a la cintura, estaba herrando a su caballo.

—*Saellvertu* —le dijo el cazador.

—*God dag* —respondió el herrero, en perfecto danés.

—*Kyrkoherde* —dijo Hans, dirigiéndose a mi tío.

—¡El rector! —me tradujo mi tío—. Parece ser que este hombre es el rector, Axel.

Mientras tanto, el guía ponía al corriente de la situación al «kyrkoherde». Este, suspendiendo su trabajo, profirió un extraño grito, familiar sin duda a caballos y chalanes, e inmediatamente una enorme arpía salió de la cabaña. Si no medía seis pies de altura, poco le faltaba.

Por un momento temí que la arpía viniera a cumplir el ceremonial islandés de besar a los viajeros, pero, afortunadamente, no fue así, e incluso se mostró muy poco cortés al introducirnos en su casa.

La habitación reservada a los forasteros, estrecha, sucia, infecta, me pareció la peor del presbiterio, pero tuvimos que conformarnos. El pastor no practicaba las reglas de la antigua hospitalidad. Antes de que acabara el día me di cuenta de que nos las habíamos con un herrero, un pescador, un cazador, un carpintero; con todo menos con un ministro del Señor. Cierto es que estábamos en un día laborable. Tal vez se desquitara los domingos.

No quiero hablar mal de estos pobres pastores, a los que, después de todo, excusa su miserable situación. El gobierno danés les asigna un suelo irrisorio que, completado con la cuarta parte del diezmo de la parroquia que perciben, no llega a una suma de sesenta marcos *. De ahí la necesidad en que se hallan de trabajar para poder vivir. Pero la práctica de la pesca, de la caza, de la herrería, les lleva a acabar adoptando las maneras, el tono y las costumbres de los cazadores, de los pescadores y otras gentes rudas. Aquella misma noche pude comprobar que la sobriedad no figuraba entre las virtudes de nuestro huésped.

Mi tío comprendió pronto la clase de hombre con quien tenía que habérselas. En lugar de un digno sabio, hallaba un campesino zafio y grosero. Decidió, pues, comenzar inmediatamente su gran expedición y abandonar el poco hospitalario presbiterio. Sin tener en cuenta sus fatigas, decidió ir a pasar algunos días en la montaña.

Así, pues, al día siguiente de nuestra llegada a Stapi se hicieron los preparativos de la partida. Hans contrató los servicios de tres islandeses como portadores para reemplazar a los caballos. Una vez llegados al fondo del cráter, los tres indígenas regresarían a su punto de partida, abandonándonos a nosotros mismos. La cuestión quedó así puntualizada.

---

* Moneda de Hamburgo, unos 90 francos.

Esta fue la ocasión escogida por mi tío para informar al cazador de que su intención era la de proseguir el reconocimiento del volcán hasta sus últimos límites.

Hans se limitó a inclinar la cabeza en señal de asentimiento. El no veía ninguna diferencia entre ir acá o allá, entre recorrer la isla o hundirse en las entrañas de la misma. En cuanto a mí, distraído hasta entonces por los incidentes, había llegado a olvidar un tanto lo por venir, pero ahora la emoción se apoderaba de mí nuevamente. ¿Qué hacer? De poder resistir al profesor Lidenbrock era en Hamburgo donde debía haberlo hecho, y no al pie del Sneffels.

Una idea, entre otras, me atormentaba insistentemente; una idea espantosa y capaz de perturbar a nervios menos sensibles que los míos. «Veamos —me decía—. Vamos a escalar el Sneffels. Bien. Vamos a visitar su cráter. Bueno. Otros lo han hecho y no han muerto por ello. Pero esto no es todo. Si hallamos un camino para descender a las entrañas del suelo, si ese malhadado Saknussemm dijo la verdad, vamos a perdernos por las galerías subterráneas del volcán. Ahora bien, nada demuestra que el Sneffels esté apagado. ¿Quién puede probar que no esté en gestación una erupción? Del hecho de que el monstruo se halle dormido desde 1229 ¿cabe deducir la imposibilidad de que se despierte ahora? Y si se despertara, ¿qué sería de nosotros?»

La cuestión requería reflexión, y yo reflexionaba. No podía dormir sin soñar con erupciones. Y representar el papel de escoria me parecía muy poco deseable.

Al fin, no pudiendo contenerme por más tiempo, decidí someter el caso a mi tío, con la mayor habilidad posible y bajo la forma de una hipótesis perfectamente irrealizable. Fui a verlo y le participé mis temores, no sin separarme de él prudentemente para dejarle estallar a su mayor comodidad.

—Estaba pensando en lo mismo —me respondió con toda simplicidad.

¿Qué significaban tales palabras? ¿Iba, al fin, a oír

la voz de la razón? ¿Pensaba suspender sus proyectos?
Demasiado hermoso para ser posible.

Tras algunos instantes de silencio, durante los cuales
yo no osé interrogarle, prosiguió diciendo:

—Sí; ya había pensado en ello. Desde nuestra llegada a Stapi me he preocupado de la grave cuestión que
acabas de plantearme, porque no debemos actuar como
imprudentes.

—En efecto —respondí enérgicamente.

—Desde hace seiscientos años el Sneffel está mudo.
Pero puede hablar en el momento menos pensado. Ahora bien, las erupciones son siempre precedidas de fenómenos perfectamente conocidos. He interrogado a los habitantes del país, he estudiado el suelo y puedo asegu-
rarte, Axel, que no habrá erupción.

Su afirmación me dejó estupefacto y sin réplica.

—¿Dudas de mis palabras? Pues bien, sígueme.

Le obedecí maquinalmente. Al salir del presbiterio, el
profesor tomó un camino que, por una abertura de la
muralla basáltica, se alejaba del mar. Pronto nos hallamos en terreno raso, si puede calificarse así a un amon-
tonamiento inmenso de deyecciones volcánicas. El paisaje parecía estar aplastado bajo una lluvia de enormes
piedras, de lava, de basalto, de granito y de todas las
rocas pirogénicas.

Aquí y allí veía ascender por el aire el humo de las
fumarolas. Estos vapores blancos, llamados «reykir» en
islandés, procedían de las fuentes termales, y su violencia
indicaba la actividad volcánica del suelo. Eso me parecía
justificar mis temores. De ahí mi sorpresa al oír a mi tío:

—Esos humos que ves, Axel, prueban que no tenemos nada que temer de los furores del volcán.

—¡Cómo!

—Retén bien esto: cuando se aproxima una erupción,
las fumarolas redoblan su actividad para desaparecer
completamente mientras dura el fenómeno, pues al no
tener ya los fluidos elásticos la tensión necesaria toman
el camino de los cráteres en lugar de escaparse a través
de las fisuras de la tierra. Visto que estos vapores se

mantienen en su estado habitual, sin aumento de su energía, y si a esta observación se añade que al viento y a la lluvia no ha sucedido un aire quieto y pesado, puedes afirmar que no habrá erupción.

—Pero...

—¡Basta! Ante el dictamen de la ciencia no hay más que callar.

Volví a la casa del pastor con las orejas gachas. Mi tío me había vencido con sus argumentos científicos. Ya sólo me quedaba la esperanza de que, una vez llegados al fondo del cráter, nos fuera imposible descender más profundamente por falta de accesos, pese a todos los Sanknussemm del mundo.

Pasé la noche siguiente presa de una pesadilla que me metía en medio de un volcán, en las profundidades de la tierra, para lanzarme a los espacios planetarios bajo la forma de una roca eruptiva.

Al día siguiente, 23 de junio, al levantarnos, ya estaba Hans esperándonos, con sus compañeros cargados de víveres, de utensilios y de instrumentos. Se nos habían reservado a mi tío y a mí dos bastones con punta de hierro, dos fusiles y dos cartucheras. Hans, hombre previsor, había añadido a nuestro equipaje un odre lleno de agua que, unida a la de nuestras cantimploras, nos aseguraba la cantidad necesaria para ocho días.

Eran las nueve de la mañana. El pastor y su gigantesca arpía esperaban ante su puerta. Querían, sin duda, expresar el último adiós del huésped al viajero. Pero esta despedida tomó la forma inesperada de una factura formidable, en la que se contabilizaba hasta el aire infecto de la casa pastoral. La digna pareja nos desplumaba como un hotelero suizo, poniendo a precio de oro su hospitalidad.

Mi tío pagó sin regatear. Un hombre que iba al centro de la Tierra no podía reparar en unos rixdales de más o de menos.

Hans dio la señal de partida, y en pocos instantes dejamos Stapi tras de nosotros.

15

El Sneffels tiene cinco mil pies de altura. Su doble cono corona una capa traquítica que se destaca del sistema orográfico de la isla. Desde nuestro punto de partida no podíamos ver sus dos picos perfilarse sobre el fondo grisáceo del cielo. Yo distinguía únicamente un enorme casquete de nieve ladeado sobre la frente del gigante.

Íbamos en fila india, precedidos del cazador, quien ascendía por veredas tan estrechas que no permitían el paso a dos personas. Así, toda conversación era prácticamente imposible.

Al otro lado del murallón basáltico del fiord de Stapi hallamos un terreno de turba herbácea y fibrosa, residuo de la antigua vegetación de los pantanos de la península. La masa de ese combustible aún no explotado bastaría para calentar durante un siglo a toda la población de Islandia. La vasta turbera presentaba en algunos lugares setenta pies de altura, medida desde el fondo de algunos barrancos, y estaba compuesta de capas sucesivas de detritus carbonizados, separadas por formaciones de piedra pómez.

Haciendo honor a mi parentesco con el profesor Lidenbrock, observaba yo con interés, pese a mis preocupaciones, las curiosidades mineralógicas extendidas en tan vasto gabinete de historia natural. Y al mismo tiempo rehacía en mi mente toda la historia geológica de Islandia.

Tan curiosa isla debió, evidentemente, emerger del fondo de las aguas en una época relativamente moderna. Tal vez continúe elevándose aún por un movimiento insensible. De ser así, habría que atribuir forzosamente su origen a la acción de los fuegos subterráneos, en cuyo caso tanto la teoría de Humphry Davy como el documento de Saknussemm y las pretensiones de mi tío carecerían de toda base. Esta hipótesis me condujo a examinar atentamente la naturaleza del suelo, lo que me reveló la sucesión de fenómenos que presidieron su formación.

Islandia, absolutamente privada de terrenos sedimentarios, se compone únicamente de toba volcánica, es decir, de un conglomerado de piedras y rocas de una textura porosa. Antes de la existencia de los volcanes estaba formada por un poderoso macizo de origen eruptivo, lentamente elevado sobre las olas por el empuje de las fuerzas centrales. Todavía no habían hecho irrupción los fuegos internos. Pero más tarde se abrió una amplia hendidura, diagonalmente, del sudoeste al nordeste de la isla, por la cual se derramó, poco a poco, toda la pasta traquítica. El fenómeno se producía entonces sin violencia. La abertura era enorme y las materias en fusión, vomitadas por las entrañas del Globo, se extendieron tranquilamente en vastos mantos o en masas redondeadas. En esa época hicieron su aparición los feldespatos, las sienitas y los pórfidos.

Pero gracias a estos derramamientos aumentó considerablemente el espesor de la isla y, consecuentemente, su fuerza de resistencia. Es fácil imaginar la enorme cantidad de fluidos elásticos que debió almacenarse en su seno cuando, tras el enfriamiento de la costra traquítica, la isla dejó de ofrecerles salida. Llegaría así el momento en que la potencia mecánica de los gases se hizo tan grande que levantó la pesada corteza, abriendo en ella altas chimeneas. Formados así los volcanes por el levantamiento de la corteza, la segunda fase del fenómeno sería la súbita abertura de los cráteres en la cima de aquéllos.

A los fenómenos eruptivos sucedieron, pues, los fenómenos volcánicos. Por las aberturas nuevamente formadas se escaparon las deyecciones basálticas, de las que la llanura que íbamos atravesando exhibía los más maravillosos especímenes. En efecto, íbamos andando sobre esas pesadas rocas de color gris oscuro moldeadas por el enfriamiento en prismas de base hexagonal. Y a lo lejos se veía un gran número de conos aplastados que antiguamente fueron otras tantas bocas ignívomas.

Luego, agotadas las erupciones basálticas, los volcanes, cuya fuerza se acrecentó con la de los cráteres apagados, dieron paso a las lavas y a las tobas de cenizas y escorias, cuyas largas coladas veía yo diseminadas por los flancos de este volcán, como una opulenta cabellera.

Tal fue la sucesión de fenómenos que constituyeron a Islandia. Todos provenían de la acción de los fuegos interiores, y locura era suponer que la masa interna no se hallase en un permanente estado de incandescente liquidez. Y mayor locura aún era pretender llegar al centro de la Tierra.

Así, mientras continuábamos nuestra marcha al asalto del Sneffels, iba yo tranquilizándome sobre el desenlace de nuestra empresa.

El camino se hacía cada vez más difícil. El terreno se elevaba. Las piedras se movían bajo nuestros pies y necesitábamos de la más escrupulosa atención para evitar caídas peligrosas.

Hans avanzaba tranquilamente, como en terreno llano. Desaparecía a veces tras los grandes bloques, y le perdíamos de vista momentáneamente. Pero sus agudos silbidos nos indicaban entonces el camino a seguir. A me-

nudo se detenía para recoger unas piedras y disponerlas
como indicadores para el camino de vuelta. Buena precaución en sí, pero inutilizada por los posteriores acontecimientos.

Tres penosas horas de marcha nos habían llevado tan
sólo a la base de la montaña. Hans decidió hacer allí
un alto. Compartimos todos un frugal almuerzo. Mi tío
comió con gran rapidez para anticipar la reanudación de
la marcha, pero como se imponía el descanso tuvo que
plegarse a la voluntad del guía, quien no dio señal de
partida hasta una hora después. Los tres islandeses, tan
taciturnos como su camarada el cazador, no pronunciaron
una sola palabra y se limitaron a comer sobriamente.

Comenzábamos a escalar las pendientes del Sneffels.
Por una ilusión óptica frecuente en las montañas, me
parecía muy próxima la cima nevada, y, sin embargo,
¡cuántas horas necesitaríamos para alcanzarla! ¡Y cuánta
fatiga, sobre todo! Las piedras, no ligadas entre sí ni
sujetas por la tierra o por la hierba, rodaban bajo nuestros pies e iban a perderse en la llanura con la rapidez
de un alud. En algunos sitios los flancos del monte formaban con el horizonte un ángulo de por lo menos treinta y seis grados. Era imposible escalarlos, y nos veíamos
obligados a rodear, no sin dificultades, aquellos obstáculos pedregosos. Nos ayudábamos todos mutuamente gracias a nuestros bastones.

Debo decir que mi tío procuraba estar lo más cerca
posible de mí. No me perdía de vista y, en muchas oca-
siones, su brazo me servía de sólido apoyo. Por su parte,
parecía tener al más alto grado el instinto innato del
equilibrio, pues no vacilaba lo más mínimo. Los islandeses, aunque cargados, trepaban con una agilidad de
montañeros.

Ante la altura de la cima del Sneffels, me parecía imposible poder acceder a ella por este lado si no se cerraba el ángulo de inclinación de las pendientes. Afortunadamente, tras una hora de fatigas y de pequeñas haza-
ñas, surgió inopinadamente, en medio del vasto tapiz de
nieve que cubría la grupa del volcán, una escalera que

vino a simplificar nuestra ascensión. La formaba uno de esos torrentes de piedras eruptivas que los islandeses conocen con el nombre de «stinâ». De no haber quedado detenido en su caída por la disposición de los flancos de la montaña, el torrente se habría precipitado en el mar para formar nuevas islas.

Pero tal como había quedado nos fue de gran utilidad. La rigidez de las pendientes iba en aumento, pero estos bienvenidos peldaños de piedra nos permitían escalarlas tan fácil y rápidamente que, habiéndome retrasado un momento, pude ver a mis compañeros reducidos por el alejamiento a una apariencia microscópica.

A las siete de la tarde habíamos subido ya los dos mil peldaños de la escalera, y dominábamos una meseta de la montaña que servía de base al cono del cráter.

El mar se extendía a una profundidad de tres mil doscientos pies. Habíamos pasado ya el límite de las nieves perennes, poco elevado en Islandia por la humedad constante del clima. Hacía un frío tremendo. El viento soplaba con fuerza. Yo estaba agotado. Viendo el profesor que ya no me obedecían las piernas, decidió detenerse, violentando su impaciencia. Hizo una señal al cazador, quien movió la cabeza, diciendo:

—*Ofvanför.*

—Parece que hay que ir más arriba —dijo mi tío, antes de preguntar a Hans la causa.

—*Mistour* —respondió el guía.

—*Ja, mistour* —repitió uno de los islandeses, en un tono que denunciaba su temor.

—¿Qué significa esa palabra? —pregunté, inquieto.

—Mira —dijo mi tío.

Miré a la llanura. Una inmensa columna de piedra pómez pulverizada, de arena y de polvo se elevaba, arremolinándose como una tromba. El viento la empujaba hacia la ladera del Sneffels en la que nos hallábamos. La cortina opaca extendida ante el sol proyectaba una gran sombra sobre la montaña. Si esa tromba se inclinaba, inevitablemente nos atraparía en sus torbellinos. Tal fenómeno, muy frecuente cuando el viento pro-

cede de los glaciares, es llamado «mistour» por los islandeses.

—*Hastigt, hastigt* —gritó nuestro guía.

No era necesario saber danés para comprender que
había que seguir a Hans a toda prisa. El guía comenzó
a rodear el cono del cráter, pero haciéndolo en zig-zag
para facilitar la marcha. No tardó la tromba en abatirse
sobre la montaña, que se estremeció con el golpe. Las
piedras arrancadas por los remolinos del viento volaban
y se abatían como la lluvia, al igual que en una erupción.
Afortunadamente, nos hallábamos ya en la vertiente
opuesta, al abrigo de todo peligro. Sin la precaución del
guía nuestros cuerpos habrían quedado desmenuzados,
pulverizados, para ir a caer muy lejos, como el producto
de un meteoro desconocido.

Hans no consideró prudente pasar la noche en la ladera del cono. Continuamos nuestra ascensión en zig-zag.
Invertimos casi cinco horas en recorrer los mil quinientos
pies que nos quedaban por recorrer, ya que con las
vueltas, sesgos y contramarchas anduvimos por lo menos tres leguas. Yo no podía ya más, y sucumbía al frío
y al hambre. El aire, ya enrarecido, no bastaba a alimentar mis pulmones.

Al fin, a las once de la noche, alcanzamos la cima del
Sneffels, en plena oscuridad. Antes de ir a abrigarme en
el interior del cráter pude ver «el sol de medianoche»
en lo más bajo de su carrera, proyectando sus pálidos
rayos sobre la isla dormida a mis pies.

16

Tras cenar muy rápidamente, la pequeña comitiva se instaló lo mejor que pudo. Pese a que fuera muy duro el lecho, precario el abrigo y penosa la situación, a cinco mil pies sobre el nivel del mar, dormí apaciblemente aquella noche, como hacía mucho tiempo que no lo conseguía. Ni tan siquiera tuve pesadillas.

Nos despertamos, al día siguiente, casi helados por un aire muy vivo, pese a que luciera un sol espléndido. Abandoné mi lecho de granito para gozar del magnífico espectáculo que se ofrecía a mis ojos.

Estaba en la cima de uno de los dos picos del Snefels, el del sur. Desde allí se dominaba la mayor parte de la isla. Por un efecto de óptica propio de las grandes alturas, las orillas parecían elevarse a la vez que se hundían aparentemente las partes centrales. Se diría que tenía a mis pies uno de los mapas en relieve de Helbesmer. Veía los valles profundos cruzarse en todas direcciones, convertirse los precipicios en pozos, los lagos en estanques y los ríos en arroyos. A mi derecha se sucedían sin fin los glaciares y se multiplicaban los picos, coronados muchos de ellos por ligeras humaredas. Las ondulaciones de estas montañas infinitas, a las que sus capas de nieve parecían revestir de espuma, me recordaban la superficie de un mar agitado. Al volverme hacia el Oeste vi cómo se desarrollaba el océano en su majestuosa inmensidad, como una prolongación de las blancas cimas. Mis ojos no podían precisar dónde acababa la tierra y comenzaban las olas.

Me sumergí en el prodigioso éxtasis que infunden las altas cimas, sin sentir vértigo, pues empezaba a acostumbrarme a estas sublimes contemplaciones. Mis deslumbradas miradas se bañaban en la transparente irradiación de los rayos solares. Olvidé quién era, dónde estaba, para vivir la vida de los elfos y los silfos, imaginarios habitantes de la mitología escandinava. Me embriagaba de la voluptuosidad de las alturas, sin pensar en los tenebrosos abismos a los que, en breve, debía lanzarme el destino.

La llegada del profesor y de Hans me reinstaló en la realidad. Mi tío, volviéndose hacia el Oeste, me señaló con la mano un ligero vapor, una bruma, una apariencia de tierra que dominaba, a lo lejos, la línea de las olas.

—Groenlandia —dijo.

—¿Groenlandia? —exclamé, sorprendido.

—Sí; no estamos a más de treinta y cinco leguas de Groenlandia. Durante los deshielos, los osos blancos llegan hasta Islandia a bordo de los témpanos de hielo del Norte. Pero esto no importa. Estamos en la cima del Sneffels, y he aquí dos picos, uno al Sur y otro al Norte: Hans va a decirnos cómo llaman los islandeses al pico en que nos hallamos ahora.

Formulada la pregunta, el cazador respondió:

—Scartaris.

Mi tío me miró, con un aire triunfal.

—¡Al cráter! —dijo.

El cráter del Sneffels representaba un cono invertido cuyo orificio podía tener un diámetro de media legua aproximadamente. Estimé su profundidad en unos dos mil pies. Imagínese el estado de un recipiente semejante tronando y llameando. La circunferencia del fondo del embudo no debía medir más de quinientos pies. Sus pendientes, bastante suaves, permitían llegar fácilmente al fondo. Me espantó la involuntaria comparación que hiciera de este cráter con un enorme trabuco [7].

«Meterse en un trabuco —me dije— que esté quizá cargado y pueda dispararse al menor choque es de locos.»

Pero ya no podía volver atrás. Con su indiferencia habitual, Hans tomó la cabeza de la comitiva, y yo les seguí sin decir palabra.

Para facilitar el descenso, Hans describía unas elipses muy alargadas por el interior del cono. Marchábamos en medio de rocas eruptivas, de las que algunas, desprendidas de sus alvéolos, se precipitaban rebotando hasta el fondo del abismo. Su caída producía múltiples ecos de una extraña sonoridad.

Algunas partes del cono formaban glaciares interiores, lo que obligaba a Hans a extremar las precauciones, sondeando el suelo con su bastón para descubrir las grietas. En algunos trechos difíciles debíamos ligarnos por una larga cuerda, a fin de que si alguien resbalaba se hallara sostenido por sus compañeros. Pero esta prudente solidaridad no excluía todo peligro.

A pesar de las dificultades de un descenso por pendientes desconocidas para el guía, lo llevamos a cabo sin otro incidente que la pérdida de un paquete de cuerdas que se le escapó de las manos a un islandés y se perdió en el fondo del abismo.

Al mediodía, habíamos llegado. Levanté la cabeza y vi el orificio superior del cono que enmarcaba un trozo de cielo de una circunferencia singularmente reducida, pero casi perfecta. Sólo en un punto se destacaba el pico del Scartaris, que se hundía en la inmensidad.

En el fondo del cráter se abrían tres chimeneas por las que, en la época eruptiva del Sneffels, el foco central expulsaba sus lavas y sus vapores. Cada una de las chi-

---

[7] El cráter se reduce a una depresión de un centenar de metros entre los dos picos.

meneas tendría unos cien pies de diámetro. Sus bocas se abrían a nuestros pies. No tuve valor para hundir en ellas la mirada. El profesor Lidenbrock las estaba examinando; corría, jadeante, de una a otra, gesticulando y diciendo palabras incomprensibles. Hans y sus compañeros, sentados en el suelo, le miraban, tomándole seguramente por un loco.

De repente, mi tío lanzó un grito. Temí que hubiera tropezado y caído dentro de una de las tres simas. Pero no. Le vi en pie, con los brazos extendidos y las piernas separadas, ante una roca de granito situada en el centro del cráter como un enorme pedestal hecho para una estatua de Plutón. Su actitud era la de un hombre estupefacto. Pero su estupefacción se transformó en seguida en una alegría desbordante.

—¡Axel! ¡Axel! —gritó—. ¡Ven aquí!

Corrí hacia él. Ni Hans ni los islandeses se movieron.

—¡Mira! —me dijo el profesor.

Y entonces, compartiendo su estupefacción, ya que no su alegría, pude leer sobre la cara occidental del bloque, en caracteres rúnicos medio roídos por el tiempo, este nombre mil veces maldito:

—¡Arne Saknussemm! —gritó mi tío—. ¿Puedes aún dudar?

No respondí, y volví, consternado, a mi banco de lava, aplastado por la evidencia.

Ignoro cuánto tiempo permanecí así, abismado en mis reflexiones. Todo lo que sé es que al levantar la cabeza vi a mi tío y a Hans solos en el fondo del cráter. Los islandeses habían sido despedidos y se hallaban ya descendiendo las pendientes externas del Sneffels, en ruta hacia Stapi.

Hans dormía tranquilamente al pie de una roca, en una colada de lava en la que había improvisado su lecho. Mi tío daba vueltas por el fondo del cráter, como una fiera salvaje en la trampa de un cazador. Sin fuerzas ni deseos de levantarme, seguí el ejemplo del guía y me dejé ir a un doloroso sopor. En mi duermevela creía oír ruidos y sentir que los flancos de la montaña se estremecían.

Así transcurrió la primera noche en el fondo del cráter.

Al día siguiente, un cielo nublado, gris y pesado descendió sobre la cima del cono. Más que la oscuridad del abismo fue la cólera que se apoderó de mi tío lo que me hizo reparar en el color del cielo. Comprendí el motivo de su cólera, y entonces aleteó un resto de esperanza en mi corazón.

He aquí por qué: Saknussemm había descendido tan sólo por uno de los tres abismos que se abrían a nuestros pies, y según el sabio islandés había que reconocerlo por la particularidad, especificada en el criptograma, de que la sombra del Scartaris acariciaba sus bordes durante los últimos días del mes de junio. Y, en efecto, podía considerarse este agudo pico como la aguja de un inmenso cuadrante solar, cuya sombra en un día dado marcaba el camino del centro del Globo. Ahora bien: si el sol no acudía a la cita, no había sombra. Estábamos a 25 de junio. Si el cielo se mantuviera nublado durante seis días habría que aplazar la observación al año siguiente.

Renuncio a describir la cólera impotente del profesor Lidenbrock.

Pasó el día sin que sombra alguna se alargara sobre el fondo del cráter. Hans no se movió de su sitio. Debía preguntarse qué era lo que esperábamos, si es que se preguntaba algo. Mi tío no me dirigió ni una sola vez la palabra. Sus ojos, invariablemente dirigidos al cielo, se perdían en su coloración gris y brumosa.

El 26, nada. Durante todo el día estuvo cayendo una lluvia mezclada de nieve. Hans construyó un cobijo con bloques de lava. Yo miraba con avieso placer los millares de cascadas improvisadas a lo largo de los flancos del cono, cuyas piedras aumentaban el ensordecedor murmullo.

Mi tío no podía ya contenerse más. Y hay que reconocer que había motivos para irritar al hombre más paciente, pues la situación de mi tío era la del barco que naufraga ya en el puerto.

Pero el Cielo, que mezcla incesantemente !as grandes penas con las grandes alegrías, reservaba al profesor Lidenbrock una satisfacción tan grande como su desesperación.

Al día siguiente amaneció también con el cielo encapotado. Pero el domingo, 28 de junio, el antepenúltimo del mes, vio cambiar el tiempo con el cambio de luna. El sol vertió sus rayos a raudales en el cráter. Cada montículo, cada roca, cada piedra, cada aspereza del terreno quedó expuesta al sol y proyectó su sombra sobre el suelo. Entre ellas, la del Scartaris se dibujó como una viva arista y se puso a girar insensiblemente con el astro radiante.

Mi tío giraba con ella.

A mediodía, la sombra lamió dulcemente el borde de la chimenea central.

—¡Es ésa! ¡Es ésa! —gritó el profesor. Y añadió en danés—: ¡*Al centro del Globo!*

Yo miré a Hans.

—*Forüt* —dijo tranquilamente el guía.

—¡Adelante! —respondió mi tío.

Era exactamente la una y trece minutos de la tarde.

17

El verdadero viaje empezaba ahora. Hasta entonces las fatigas habían prevalecido sobre las dificultades. Ahora, éstas iban a surgir verdaderamente a cada paso.

Todavía no había hundido mi mirada en el insondable pozo en el que iba a abismarme. Había llegado el momento. Aún estaba yo a tiempo de acometer la empresa o de rehusarla. Pero me avergonzó dar marcha atrás ante el cazador. Hans aceptaba tan tranquilamente la aventura, con tal indiferencia, con tan perfecta despreocupación ante el peligro, que me sonrojó la idea de mostrarme menos valeroso que él. De haber estado solo habría recurrido a los grandes argumentos disuasorios. Pero la presencia del guía me hizo callar. Uno de mis recuerdos voló hacia mi linda virlandesa. Y me aproximé a la chimenea central.

Ya he dicho que medía unos cien pies de diámetro, o trescientos pies de circunferencia. Me situé sobre una roca inclinada hacia el interior del abismo y miré. Se me erizaron los cabellos. La sensación del vacío se apoderó de todo mi ser. Sentí que me abandonaba el centro de gravedad y que el vértigo me subía a la cabeza como la embriaguez. Nada hay más embriagador que la atracción del abismo. Iba a caer. Me retuvo una mano. La de Hans. Decididamente, no había tomado suficientes «lecciones de abismo» en la Frelsers-Kirk de Copenhague.

Por breve que fuese el tiempo en que había arriesgado la mirada por el pozo me bastó para darme cuenta de su conformación. Sus paredes, talladas casi a pico, presentaban numerosos salientes que debían facilitar el descenso. Pero si no faltaba la escalera se echaba de menos la barandilla. Cierto es que para sostenernos bastaría con una cuerda sujeta a una roca de la abertura; pero ¿cómo recuperarla al llegar a su cabo inferior? Mi tío solucionó el problema muy sencillamente. Desenrolló una cuerda de cuatrocientos pies de longitud y de una pulgada de grosor y dejó caer por el pozo la mitad antes de enrollarla en un bloque de lava saliente, tras de lo cual echó por la chimenea la otra mitad. Así, cada uno de nosotros podría descender reuniendo en las manos las dos mitades de la cuerda. Una vez llegados a doscientos pies de profundidad, nada más fácil que atraer la cuerda soltando una de sus mitades y tirando de la otra. No había más que recomenzar este ejercicio *ad infinitum*.

—Ahora —dijo mi tío, tras proceder así—, ocupémonos de los equipajes. Los dividiremos en tres paquetes, y cada uno de nosotros llevaremos uno a la espalda. Me estoy refiriendo únicamente a los objetos frágiles.

El audaz profesor no nos incluía, evidentemente, en esta última categoría.

—Hans —continuó— cargará con las herramientas y una parte de los víveres. Tú, Axel, con las armas y el segundo tercio de los víveres. Y yo, con el resto de los víveres y los instrumentos delicados.

—Pero —dije— ¿quién se encargará de bajar las ropas y esta masa de cuerdas y escalas?

—Bajarán solos.

—¿Cómo?

—Vas a verlo.

Mi tío solía recurrir a los grandes medios, sin vacilar. Por orden suya, Hans reunió en un solo paquete bien atado todos los objetos no frágiles y lo arrojó al abismo.

Se oyó el sonoro mugido producido por el desplazamiento de las capas de aire. Inclinado sobre el abismo, mi tío miraba con aire de satisfacción el descenso del bulto y no se irguió hasta haberlo perdido de vista.

—Bien —dijo—. Ahora nos toca a nosotros.

Desafío a cualquiera de buena fe a que diga si es posible oír sin estremecerse tales palabras.

El profesor ató a su espalda el paquete de los instrumentos. Hans tomó el de las herramientas, y yo, el de las armas. Comenzamos el descenso, con Hans abriendo la marcha, seguido de mi tío, y yo cerrándola. Bajábamos en un profundo silencio, sólo alterado por la caída de fragmentos de roca que se precipitaban por la sima. Yo me dejaba deslizar, por así decirlo, apretando frenéticamente la doble cuerda con una mano y con la otra aferrada al bastón con el que trataba de buscar apoyo. Pues me dominaba el temor de que me faltara un punto de apoyo y la cuerda me parecía demasiado frágil para soportar el peso de tres personas. Por eso me servía de ella lo menos posible, haciendo milagros de equilibrio sobre los salientes de lava que mis pies intentaban agarrar como si fuesen manos.

Cuando el resbaladizo terreno se movía bajo los pies de Hans, oíamos su voz tranquila:

—*Gif akt.*

—¡Atención! —repetía mi tío.

Al cabo de media hora pusimos el pie en la superficie de una roca fuertemente encajada en la pared de la chimenea.

Hans tiró de uno de los extremos de la cuerda. El otro se elevó por el aire y, tras pasar por la roca del orificio exterior, vino hacia nosotros, arrastrando consigo una lluvia, o mejor granizo, de piedras, muy peligrosa.

Me incliné por encima de nuestra estrecha meseta y noté que el fondo del agujero era aún invisible.

Recomenzamos la maniobra de la cuerda y continuamos el descenso. A la media hora habíamos ganado una nueva profundidad de doscientos pies.

No sé si el más fanático geólogo hubiera tratado de estudiar, durante ese descenso, la naturaleza de los terrenos que íbamos atravesando. Por mi parte, me preocupé muy poco de saber si eran pliocenos, miocenos, eocenos, cretáceos, jurásicos, triásicos, perminianos, carboníferos, devónicos, silúricos o primitivos. Pero el profesor debía haber hecho algunas observaciones, pues en uno de los altos me dijo:

—Cuanto más bajamos, mayor es mi confianza. La disposición de estos terrenos volcánicos da absolutamente razón a la teoría de Davy. Nos hallamos en pleno terreno primario, en un suelo en el que se ha producido la operación química de los metales inflamados al contacto del aire y del agua. Rechazo absolutamente la teoría del fuego central. Pero, por lo demás, es algo que veremos.

Siempre la misma conclusión. Se comprenderá que no me molestara en discutir. Mi silencio debió ser interpretado como una expresión de asentimiento.

Continuamos el descenso. Al cabo de tres horas todavía no se atisbaba el fondo de la chimenea. Cuando miraba hacia arriba veía cómo se iba reduciendo sensiblemente el orificio. Las paredes se iban estrechando y la oscuridad se hacía mayor a cada paso.

Pero a medida que descendíamos me parecía, por el cambio de sonido de los descendimientos de piedras, que no debía estar ya muy lejos el fondo de la sima.

Como había cuidado de anotar con exactitud el número de las maniobras hechas con la cuerda, pude saber con precisión tanto la profundidad alcanzada como el tiempo transcurrido.

Habíamos repetido catorce veces la maniobra, con una media hora de intervalo entre cada una de ellas. Siete horas en total, pues, a las que había que añadir catorce cuartos de hora de reposo, es decir, tres horas y media. En total, diez horas y media. Como habíamos partido a la una debían ser en ese momento las once de la noche aproximadamente. En cuanto a la profundidad, las catorce maniobras con una cuerda de doscientos pies daban dos mil ochocientos pies.

—*Halt* —oímos decir a Hans.

Me detuve inmediatamente, evitando por poco golpear con mis pies la cabeza de mi tío.

—Ya hemos llegado —dijo éste.

—¿Dónde? —pregunté, dejándome resbalar hasta donde él estaba.

—Al fondo de la chimenea perpendicular.

—¿No hay otra salida?

—Sí; una especie de corredor que tuerce hacia la derecha. Mañana lo veremos. Ahora, a cenar, y después, a dormir.

La oscuridad no era aún total. Comimos y nos acostamos en un lecho de piedras y de lava.

Y cuando, tendido de espaldas, abrí los ojos vi un punto brillante en la extremidad de ese largo tubo de tres mil pies, transformado en un gigantesco anteojo. Era una estrella desprovista de todo centelleo, que, según mis cálculos, debía ser la Beta de la Osa Menor.

Después, me dormí profundamente.

18

A las ocho de la mañana, un rayo de luz vino a despertarnos. Las mil facetas de la lava de las paredes lo reflejaban y lo diseminaban como una lluvia de centellas.

La claridad era suficiente para distinguir los objetos circundantes.

—Bueno, Axel, ¿qué me dices? —gritó mi tío, frotándose las manos—. ¿Has pasado una noche más tranquila que ésta en nuestra casa de la Königstrasse? Aquí no se oyen los ruidos de los carros, ni los gritos de los vendedores, ni las vociferaciones de los barqueros.

—Cierto. Estamos muy tranquilos en el fondo de este pozo. Pero hay algo espantoso en esta tranquilidad.

—¡Vamos, vamos! Si te espantas ahora, ¿qué harás más tarde? Todavía no hemos penetrado ni una pulgada en las entrañas de la Tierra.

—¿Qué quiere usted decir?

—Quiero decir que sólo estamos en el suelo de la isla. Este largo tubo vertical que culmina en el cráter del Sneffels se detiene casi al nivel del mar

—¿Está usted seguro?

—Completamente. Mira el barómetro.

Efectivamente, el mercurio, tras haber subido poco a poco por el instrumento a medida que descendíamos, se había parado en las 29 pulgadas.

—Ya lo ves —continuó el profesor—: estamos a la presión de una atmósfera. Estoy deseando reemplazar el barómetro por el manómetro.

El barómetro perdería toda utilidad, en efecto, cuando el peso del aire sobrepasara su presión calculada al nivel del mar.

—¿Y no cabe temer que se haga insoportable una presión siempre en continuo aumento?

—No. Descenderemos lentamente y nuestros pulmones se acostumbrarán a respirar una atmósfera más comprimida. Los aeronautas acaban por carecer de aire al elevarse a las capas superiores. Nosotros tendremos demasiado quizá. Pero mejor es así. Bueno, no perdamos un instante. ¿Dónde está el paquete que nos precedió en el descenso?

Me acordé entonces de que lo habíamos buscado en vano la víspera, por la noche. Mi tío interrogó a Hans, quien tras mirar atentamente con sus ojos de cazador dijo:

—Der huppe.

—¡Allá arriba!

El paquete había quedado enganchado a una roca saliente, a un centenar de pies por encima de nuestras cabezas. El ágil islandés trepó como un gato y recuperó el paquete.

—Ahora —dijo mi tío—, desayunemos, y hagámoslo como cuadra a quien tiene una buena faena por delante.

Comimos las galletas y la carne seca, regándolas con unos cuantos tragos de agua mezclada con ginebra.

Terminado el desayuno, mi tío sacó de su bolsillo su cuaderno de notas. Tras consultar diversos instrumentos, escribió los siguientes datos:

Lunes, 29 de junio.
Cronómetro: 8 h. 17 m. de la mañana.

Barómetro: 29 p. 7 l.
Termómetro: 6° C.
Dirección: E.-S.-E.

Esta última observación se aplicaba a la oscura galería y fue indicada por la brújula.

—Ahora, Axel —exclamó el profesor con entusiasmo—, vamos a hundirnos verdaderamente en las entrañas del Globo. He aquí el momento preciso en que comienza nuestro viaje.

Dicho esto, mi tío cogió con una mano el aparato de Ruhmkorff, que llevaba colgado del cuello, y con la otra puso en comunicación la corriente eléctrica con la serpentina de la linterna. Una luz muy viva disipó las tinieblas de la galería.

Hans llevaba el segundo aparato. Se encendió también. Esta ingeniosa aplicación de la electricidad nos permitiría durante mucho tiempo crear una claridad artificial incluso en medio de los gases más inflamables.

—Adelante —dijo mi tío.

Cada cual cargó con su fardo. Hans se encargó de ir empujando el paquete de cuerdas y de ropas. Entramos en la galería. Yo iba cerrando la marcha.

Antes de meterme en el oscuro corredor levanté la cabeza y vi, por el inmenso tubo, ese cielo de Islandia que «no debía volver a ver». En su última erupción de 1229 la lava se había abierto paso a través de aquel túnel. Había dejado tapizado su interior de un barniz espeso y brillante, en el que se multiplicaban los reflejos de la luz eléctrica, centuplicando su intensidad.

La dificultad del camino consistía en no resbalar demasiado rápidamente sobre una pendiente de unos cuarenta y cinco grados de inclinación. Afortunadamente, algunas erosiones e irregularidades del terreno nos permitían fijarnos mejor al mismo, y no teníamos más que descender dejando bajar nuestros bultos sujetos por una larga cuerda.

Pero lo que de vez en cuando servía de escalones bajo nuestros pies se hacía estalactitas en las demás paredes.

La lava, porosa en algunos sitios, formaba pequeñas ampollas redondas, cristales de cuarzo opaco, adornados de límpidas gotas de vidrio, suspendidos como lámparas de la bóveda y que parecían encenderse a nuestro paso. Se diría que los genios del abismo hubiesen iluminado su palacio para recibir a los huéspedes de la tierra.

—¡Es magnífico! —exclamé, involuntariamente—. ¡Qué espectáculo, tío! ¿Ha visto estos matices de la lava, que van del rojo oscuro al amarillo brillante, a través de degradaciones insensibles? ¿Y estos cristales que parecen globos luminosos?

—¡Ah! Empiezas ya a darte cuenta, Axel. Así que esto te parece espléndido, muchacho. Pues aún has de ver otras maravillas. ¡Adelante! ¡Andemos!

Más apropiado habría sido decir «resbalemos», dada la inclinación de la pendiente por la que nos dejábamos ir cómodamente. Era el *facilis descensus Averni* de Virgilio. La brújula, que yo consultaba con frecuencia, indicaba con imperturbable rigor la dirección Sudeste. La colada de lava no se desviaba ni a un lado ni a otro. Tenía la inflexibilidad de la línea recta.

El calor no aumentaba de forma sensible, lo que parecía dar razón a las teorías de Davy. Más de una vez consulté el termómetro con asombro. A las dos horas de la partida indicaba únicamente 10°, es decir, un aumento de 4°, lo que me autorizaba a pensar que nuestro descenso era más horizontal que vertical.

En cuanto al conocimiento exacto de la profundidad alcanzada, nada más fácil. El profesor iba midiendo con exactitud los ángulos de desviación y de inclinación del camino, pero se guardaba para sí el resultado de sus observaciones.

Hacia las ocho de la tarde, mi tío dio la señal de alto. Hans se sentó inmediatamente. Colgamos las lámparas de una esquirla de lava. Estábamos en una especie de caverna, en la que no faltaba el aire. Al contrario, algunas bocanadas llegaban hasta nosotros. ¿De dónde provenían? ¿A qué agitación atmosférica atribuir su origen? No traté de resolver el problema en ese momento, pues el hambre y la fatiga me incapacitaban para razonar. No se hace impunemente una marcha durante siete horas consecutivas. Estaba extenuado. Así, oí con gran placer la palabra «alto».

Hans dispuso las provisiones sobre un bloque de lava. Comimos con apetito. Pero había algo que me inquietaba. Nuestras reservas de agua estaban ya consumidas a medias. Mi tío esperaba reponerlas gracias a las fuentes subterráneas, pero hasta entonces no habíamos hallado ninguna. No pude impedirme atraer su atención a este respecto.

—¿Te sorprende la ausencia de fuentes?

—Sí, y me inquieta. Ya sólo nos queda agua para cinco días.

—Tranquilízate, Axel; te garantizo que encontraremos agua, y más de la que podamos necesitar.

—¿Cuándo?

—Cuando hayamos salido de este terreno de lava. ¿Cómo quieres que surjan fuentes a través de estas paredes?

—Pero ¿y si esta colada se prolongara hasta una gran profundidad? Me parece que no hemos progresado mucho en vertical.

—¿Qué es lo que te hace suponer tal cosa?

—Pues que si nos hubiéramos adentrado mucho en el interior de la Tierra el calor sería mucho más elevado.

—Según tu sistema. ¿Qué indica el termómetro?

—Apenas quince grados, lo que tan sólo da un aumento de nueve grados desde nuestra partida del fondo del cráter.

—¿Y cuál es tu conclusión?

—Hela aquí: según las observaciones más exactas, el aumento de la temperatura en el interior del Globo es de un grado por cada cien pies. Cierto es que las condiciones locales pueden modificar esta proporción, como se ha observado en Yakust, en Siberia, donde el aumento de un grado de temperatura corresponde a cada treinta y seis pies. Estas diferencias dependen evidentemente de la conductibilidad de las rocas. Añadiré que se ha observado que en la proximidad de un volcán apagado y a través del gneis la elevación de la temperatura es tan sólo de un grado por cada ciento veinticinco pies. Tomemos, pues, esta hipótesis, que es la más favorable, y calculemos.

—Calcula, muchacho.

—Nada más fácil —dije, escribiendo mis cifras en mi cuaderno—. Nueve veces ciento veinticinco pies dan mil ciento veinticinco pies de profundidad.

—Exactamente.

—¿Entonces?

—Entonces, según mis observaciones, hemos llegado a una profundidad de diez mil pies bajo el nivel del mar.

—¿Es posible?

—Sí, a menos que mientan las cifras.

Los cálculos del profesor eran exactos. Habíamos sobrepasado ya en seis mil pies las mayores profundidades alcanzadas por el hombre, en las minas de Kitz-Bahl, en el Tirol, y en las de Wuttemberg, en Bohemia.

La temperatura, que hubiera debido ser de ochenta y un grados en tal lugar, ascendía apenas a quince. Una singularidad que daba mucho que pensar.

19

A las seis de la mañana del día siguiente, martes, 30 de junio, reanudamos el descenso.

Continuamos siguiendo por la galería de lava, una verdadera rampa natural, suave como esos planos inclinados que hacen las veces de escalera en las casas antiguas. Seguimos así hasta las doce y diecisiete minutos, el preciso momento en que alcanzamos a Hans, que acababa de detenerse.

—Hemos llegado a la extremidad de la chimenea —dijo mi tío.

Miré en torno mío, y vi que nos hallábamos en el centro de una encrucijada de la que partían dos caminos oscuros y estrechos. ¿Cuál escoger? He ahí la dificultad. Sin embargo, mi tío no quiso parecer vacilante ante nosotros, y designó el túnel del Este, por el que inmediatamente nos metimos los tres.

Además, toda vacilación ante el doble camino se habría prolongado indefinidamente, puesto que, en la ausencia de indicio alguno que pudiera determinar la elección de uno u otro, preciso era entregarse absolutamente al azar.

La pendiente de esta nueva galería era poco sensible y muy desigual su sección. A veces se desarrollaba ante nosotros una sucesión de arcos como las contranaves de una catedral gótica. Los artistas de la Edad Media hubieran podido estudiar allí todas las formas de esta arquitectura religiosa que tiene su origen en la ojiva. Una milla más adelante debimos inclinar las cabezas bajo arcos de estilo románico. Grandes pilares adosados al macizo sostenían el peso de las bóvedas. De vez en cuando desaparecía esta disposición, para dar lugar a bajas aglomeraciones que semejaban las obras de los castores. Más de una vez debimos pasar reptando a través de estrechos pasajes.

El calor continuaba siendo soportable. No podía evitar pensar en su intensidad cuando las lavas vomitadas por el Sneffels se precipitaban por esta galería, a la sazón tan tranquila. Imaginaba los torrentes de fuego canalizados por la galería y la acumulación de los recalentados vapores, y me decía: «¡Con tal de que el viejo volcán no tenga la fantasía de reanimarse!»

Inútil hubiera sido comunicar estas reflexiones al tío Lidenbrock. No las hubiera comprendido. Su único pensamiento era continuar avanzando. Andaba, resbalaba, y se caía de vez en cuando, con una convicción que forzaba la admiración.

A las seis de la tarde, después de una caminata no muy penosa, habíamos avanzado unas dos leguas en dirección Sur, pero no más de un cuarto de milla en profundidad.

Mi tío dio la señal de descanso. Comimos casi en silencio y nos dormimos sin pensar demasiado.

Eran muy sencillas nuestras disposiciones para pasar la noche. Se reducían a envolvernos en una manta de viaje, ya que no teníamos que temer ni al frío ni a un visitante inoportuno. Los viajeros que se adentran en los desiertos africanos o en las selvas del Nuevo Mundo se ven obligados a montar la guardia durante el sueño de sus compañeros. Pero allí donde estábamos nuestra absoluta soledad nos garantizaba una seguridad completa. No eran de temer ni salvajes ni fieras feroces.

Nos despertamos al día siguiente frescos y en buena disposición, y proseguimos nuestra ruta, siguiendo, como la víspera, un camino de lava. Era imposible reconocer la naturaleza de los terrenos que atravesábamos. En vez de hundirse en las entrañas del Globo, el túnel tendía a hacerse absolutamente horizontal. Incluso creí observar que ascendía hacia la superficie de la Tierra. Esta orientación se hizo poco a poco tan manifiesta que, hacia las diez de la mañana, ya muy fatigado, tuve que moderar la marcha.

—¿Qué te pasa, Axel? —dijo, impaciente, el profesor.

—Que no puedo más.

—¡Cómo! ¡Al cabo tan sólo de tres horas de marcha por un camino tan fácil!

—No digo que no sea fácil, pero sí fatigoso.

—¡Pero si vamos bajando!

—Subiendo, mal que le pese.

—¡Subiendo! —dijo mi tío, alzándose de hombros.

—Sin duda alguna. Desde hace media hora ha cambiado el sentido de las pendientes, y si continuamos así volveremos a la tierra de Islandia.

El profesor movió la cabeza, como hombre que no quiere dejarse convencer. Traté de proseguir la conversación, pero él no me respondió y ordenó continuar la marcha. Comprendí que su silencio obedecía a un mal humor reconcentrado.

Cogí animosamente mi hatillo y seguí rápidamente a Hans, que iba precediendo a mi tío, para no quedarme distanciado. Mi mayor preocupación era la de no perder a mis compañeros de viaje. Me estremecía la idea de extraviarme en las profundidades de aquel laberinto. Por otra parte, aunque el sentido ascendente de la galería hiciera más penosa nuestra marcha, me consolaba pensar que me acercaba a la superficie de la Tierra. Cada paso confirmaba esta esperanza, y me alegraba también la idea de volver a ver a mi pequeña Grauben.

A mediodía cambió el aspecto de las paredes de la galería. Me di cuenta al ver cómo se debilitaba el reflejo en las murallas de la luz eléctrica. Al revestimiento de lava sucedía la roca viva. El macizo se componía de capas inclinadas y dispuestas a menudo verticalmente. Estábamos en plena época de transición, en pleno período silúrico [1].

—Es evidente —dije— que los sedimentos de las aguas formaron, en la segunda época de la Tierra, estos esquistos, estas calizas, estas areniscas. Hemos dejado atrás el macizo granítico y nos hallamos en la situación de quien para ir de Hamburgo a Lubeck tomara el camino de Hannover.

Hubiera debido guardar para mí estas observaciones, pero mi temperamento de geólogo prevaleció sobre la prudencia, y el tío Lidenbrock oyó mis palabras.

—¿Qué te ocurre? —preguntó.

—¡Mire! —respondí, mostrándole la sucesión variada de areniscas, de calizas y los primeros indicios de terrenos pizarrosos.

—¿Y qué?

—Pues que hemos llegado al período durante el que aparecieron las primeras plantas y los primeros animales.

—¡Ah!, ¿sí?

—Pero ¡mire, examine, observe!

Obligué al profesor a pasear su lámpara sobre las paredes de la galería, en la esperanza de que dijera algo. Pero, sin decir palabra, continuó su camino.

¿Me había comprendido o no? ¿Es que el amor propio de su autoridad como tío o como sabio le impedía admitir que se había equivocado al escoger el túnel del Este, o es que quería reconocer este pasaje hasta su extremidad? Era evidente que habíamos dejado el camino de las lavas y que aquella galería no podía conducirnos al foco del Sneffels.

* Así llamado por la abundancia de estos terrenos en Inglaterra, en las comarcas habitadas antiguamente por la tribu céltica de los Siluros.

Sin embargo, me pregunté a mí mismo si no estaría concediendo demasiada importancia a esta modificación del terreno. ¿Me habría equivocado? ¿Estábamos atravesando realmente esas capas de roca que se superponen al macizo granítico?

«Si tengo razón —pensé— no dejaré de encontrar algún resto de planta primitiva, y entonces habrá que rendirse a la evidencia. Busquemos, pues.»

No había andado aún cien pasos cuando ya me había topado con pruebas incontrovertibles. Natural es que así fuera, pues en el período silúrico los mares contenían más de mil quinientas especies vegetales o animales. Mis pies, acostumbrados al duro suelo de las lavas, pisaron de repente un polvo hecho de residuos de plantas y de conchas. Se veían claramente en las paredes huellas de fucos y de licopodios. El profesor Lidenbrock no podía equivocarse, pero era evidente que hacía la vista gorda mientras proseguía su camino con un paso invariable.

Ante tan irracional empecinamiento, no pude contenerme más y, recogiendo un caparazón perfectamente conservado, perteneciente a un animal semejante a la actual cochinilla, se lo mostré a mi tío.

—¡Mire!

—Es el caparazón de un crustáceo del orden desaparecido de los trilobites, simplemente —dijo con toda tranquilidad.

—Pero ¿qué infiere usted de eso?

—Lo mismo que tú. Sí, efectivamente. Hemos abandonado la capa de granito y el camino de las lavas. Es posible que me haya equivocado. Pero no estaré seguro de mi error hasta que haya alcanzado la extremidad de esta galería.

—Tiene usted razón en proceder así, tío, y yo estaría de acuerdo con usted si no cupiese temer un peligro cada vez más alarmante.

—¿Cuál?

—La falta de agua.

—Pues habrá que racionarla, Axel.

20

En efecto, tuvimos que racionarnos. Nuestra provisión de agua no podía durar más de tres días, según el cálculo que pude hacer al disponernos a cenar. Y lo peor era que cabían pocas esperanzas de hallar una fuente viva en esos terrenos de la época de transición.

Durante todo el día siguiente, la galería continuaba desarrollando sus interminables arcos. Andábamos casi sin decir palabra. Hans nos había contagiado su mutismo.

El camino no subía, o al menos en forma sensible, e incluso parecía, a veces, inclinarse. Pero esta tendencia, poco acusada, además, no tranquilizaba al profesor, al no modificarse la naturaleza de las capas cuya pertenencia al período de transición se iba acentuando.

La luz eléctrica hacía centellear espléndidamente los esquistos, las calizas y las viejas areniscas rojizas de las paredes. Hubiéramos podido creernos en una zanja abierta en medio del Devonshire, que dio su nombre a esta clase de terrenos. Las paredes estaban revestidas de magníficos especímenes de mármoles, unos de un gris ágata con venas blancas caprichosamente acusadas, otros de color encarnado o de un amarillo veteado de placas rojas. Más allá, trozos de jaspe de colores oscuros, en los que resaltaban los vivos matices de las calizas.

La mayor parte de los mármoles tenían impresas las huellas de animales primitivos. Desde el día anterior, la creación había progresado espectacularmente. En vez de rudimentarios trilobites, veía residuos de un orden más perfecto, entre otros los de los peces ganoides y los sauropterios, que revelaron a la mirada del paleontólogo las primeras formas del reptil. Los mares devónicos estuvieron habitados por un gran número de animales de esta especie, que quedaron depositados por millares en las rocas de nueva formación.

Era evidente que estábamos remontando la escala de la vida animal, cuya cima ocupa el hombre.

Pero el profesor Lidenbrock no parecía poner atención en ello. El profesor Lidenbrock esperaba dos cosas: o bien que se abriese a sus pies un pozo vertical, por el que poder continuar el descenso, o bien que un obstáculo le impidiese continuar por aquel camino. Pero la noche llegó sin que ninguna de estas esperanzas se hubiese realizado.

El viernes, tras una noche en la que comencé a sentir los tormentos de la sed, nos hundimos de nuevo en el laberinto de la galería. Tras diez horas de marcha, observé que disminuía singularmente la reverberación de nuestras lámparas sobre las paredes. Los mármoles, los esquistos, las calizas, las areniscas de las paredes habían sido reemplazadas por un revestimiento mate y oscuro. Llegados a un pasaje en el que se estrechaba el túnel, me apoyé en el muro de la izquierda. Al retirar la mano vi que estaba completamente negra. Miré atentamente y me di cuenta de que estábamos en una hullera.

—¡Una mina de carbón! —exclamé.

—Una mina sin mineros —respondió mi tío.

—¡Quién sabe!

—Yo lo sé —replicó tajantemente el profesor—, y estoy seguro de que esta galería horadada a través de estas capas de hulla no lo ha sido por la mano del hom-

bre. Pero me importa muy poco que sea obra de la naturaleza o no. Es hora de cenar. Cenemos.

Hans preparó la cena. Yo comí muy poco y bebí las
escasas gotas de agua que constituían mi ración. La cantimplora del guía, ya mediada, era todo lo que quedaba
para desalterar a tres hombres.

Después de cenar, mis dos compañeros se envolvieron
en sus mantas y hallaron en el sueño el remedio a su fatiga. A mí me fue imposible dormir, y pasé la noche
contando las horas.

El sábado, a las seis, reemprendimos la marcha. Veinte
minutos más tarde hallábamos una excavación tan vasta
que hube de reconocer que la mano del hombre le era
ajena, pues las bóvedas hubieran debido ser apuntaladas,
ya que se mantenían en equilibrio por milagro. Aquella
especie de caverna medía unos cien pies de ancho y unos
ciento cincuenta de altura. El terreno había sido violentamente sacudido por una conmoción subterránea. Ce-
diendo a un poderoso empuje, el macizo terrestre se había dislocado, creando ese gran espacio vacío en el que
penetraban por vez primera los habitantes de la Tierra.

Toda la historia del período carbonífero se hallaba es-
crita en aquellas oscuras paredes. Un geólogo podía seguir fácilmente en ellas sus diversas fases. Los lechos de
carbón estaban separados por estratos compactos de are-
nisca o de arcilla, y como aplastados por las capas superiores.

En aquella edad del mundo que precedió a la época
secundaria, la Tierra se cubrió de inmensas vegetaciones,
debidas a la doble acción de un calor tropical y de una
humedad persistente. Una atmósfera de vapores envolvía
al Globo por todas partes, hurtándole los rayos del sol.
De ahí que se pudiera mantener que las altas tempera-
turas no provenían del sol, que quizá no estuviera aún
en disposición de desempeñar su brillante papel. Los
«climas» no existían todavía, y un calor tórrido se extendía por la superficie entera del Globo, igual en el
ecuador que en los polos. ¿De dónde venía el calor? Del
interior del Globo.

Pese a las teorías del profesor Lidenbrock, un fuego violento ardía en las entrañas del esferoide, y su acción se manifestaba hasta las últimas capas de la corteza terrestre. Las plantas, privadas de los beneficiosos efluvios del sol, no daban flores ni aromas, pero sus raíces extraían una fuerte vitalidad de los ardientes terrenos de los primeros días.

Había pocos árboles, pero abundaban las plantas herbáceas, los inmensos céspedes, los helechos, los licopodios, las sigillarias, las asterofilitas, familias raras cuyas especies se contaban entonces por millares.

La hulla debe su origen a esta exuberancia vegetal. La corteza aún elástica del Globo obedecía a los movimientos de la masa líquida que lo recubría. Por eso se produjeron tan numerosos hundimientos y fisuras. Las plantas, sumergidas en las aguas, formaron poco a poco considerables acumulaciones.

Intervino entonces la acción de la química natural. En el fondo de los mares las masas vegetales se convirtieron en turba para, seguidamente, gracias a la influencia de los gases y al fuego de la fermentación, sufrir una completa mineralización.

Así se formaron estas inmensas capas de carbón, cuyo excesivo consumo puede llevarlo a su total agotamiento en menos de tres siglos si los países industriales no toman medidas para evitarlo.

Acudían a mi mente estas reflexiones al considerar las riquezas hulleras acumuladas en aquella porción del macizo terrestre, que, sin duda, no habrían de salir a luz nunca. La exploración de una mina tan profunda requeriría sacrificios excesivos e inútiles, ya que la hulla está extendida, por así decirlo, por la superficie de la Tierra en un gran número de comarcas. Así, en la última hora del mundo esas capas estarían tan intactas como yo las veía.

Mientras tanto, seguíamos caminando, y yo parecía ser el único de la comitiva que olvidaba la longitud del camino para perderme en consideraciones geológicas. La temperatura continuaba siendo la misma que habíamos conocido al pasar por las lavas y los esquistos. Súbitamente, mi olfato registró el olor muy pronunciado del protocarburo de hidrógeno. Había en la galería una notable cantidad de ese peligroso gas, que los mineros denominan grisú, y cuyas explosiones han causado tantas espantosas catástrofes.

Afortunadamente, íbamos alumbrándonos con los ingeniosos aparatos de Rumhkorff. Si, imprudentemente, hubiésemos explorado esa galería con antorchas, una terrible explosión hubiera puesto fin al viaje y a los viajeros.

La excursión por la hullera duró hasta la noche. Mi tío contenía a duras penas la impaciencia que le causaba la horizontalidad del camino. Las tinieblas, insondables a veinte pasos de distancia, nos impedían estimar la longitud de la galería. Yo empezaba a creerla interminable cuando súbitamente, hacia las seis, topamos inopinadamente con un muro. Ni un solo paso a la derecha, a la izquierda, por arriba o por abajo. Habíamos llegado al fondo de un túnel sin salida.

—Bueno, tanto mejor —exclamó mi tío—; ahora sé al menos a qué atenerme. No estamos en el camino de Saknussemm, y no hay más remedio que volver. Tomemos una noche de descanso, y en tres días estaremos en el punto en que se bifurcaba el camino.

—Eso será si podemos —dije.

—¿Y por qué no?

—Porque mañana nos faltará ya totalmente el agua.

—¿Y nos faltará también el valor? —dijo el profesor, mirándome con severidad.

No me atreví a responderle.

21

Partimos muy de madrugada, al día siguiente. Debíamos apresurarnos. Estábamos a cinco días de marcha de la encrucijada.

No insistiré demasiado en los sufrimientos de nuestro regreso. Mi tío los soportó con la cólera de quien se siente humillado; Hans, con la resignación de su pacífica naturaleza; yo, lo confieso, quejándome y desesperándome ante tanto infortunio.

Tal como lo había previsto, el agua se acabó al final del primer día. Nuestra provisión de líquido se reducía a la ginebra, pero este licor infernal quemaba la garganta y yo no podía ni verla. Encontraba asfixiante la temperatura. La fatiga me paralizaba. Más de una vez estuve a punto de caerme. Entonces hacíamos una breve parada, y mi tío y el islandés hacían lo que podían para reconfortarme. Pero yo veía que el primero reaccionaba ya difícilmente ante el cansancio y las torturas de la sed.

Al fin, el martes, 7 de julio, arrastrándonos ya a gatas, medio muertos, llegamos al punto de intersección de las dos galerías. Eran las diez de la mañana. Quedé postrado, como una masa inerte, sobre el suelo de lava.

Hans y mi tío, recostados en la pared, trataban de comer unas galletas. De mis labios tumefactos se escapaban largos gemidos hasta que caí en un profundo sopor.

Mi tío se me acercó y, levantándome en sus brazos, murmuró con un verdadero tono de compasión:

—¡Pobre muchacho!

Me conmovieron profundamente sus palabras, por no estar acostumbrado a la ternura del hosco profesor. Estreché sus manos temblorosas entre las mías. El me miraba. Y vi que sus ojos estaban humedecidos.

Le vi entonces coger la cantimplora que llevaba colgada del cinto y, ante mi estupefacción, acercármela a los labios.

—Bebe —dijo.

¿Había oído bien? ¿Estaba loco mi tío? Yo le miraba, atontado. No quería comprenderle.

—Bebe —repitió.

Y alzando la cantimplora la vació enteramente entre mis labios.

¡Oh, placer infinito! Un sorbo de agua humedeció mi boca ardiente; uno solo, pero suficiente para devolverme la vida que me abandonaba.

Expresé mi gratitud juntando mis manos.

—Sí —dijo mi tío—, un sorbo de agua. El último, ¿lo oyes?: el último. Lo había guardado preciosamente en el fondo de mi cantimplora. Veinte, cien veces he tenido que resistir el espantoso deseo de beberla. Pero lo estaba reservando para ti, Axel.

—¡Tío! ¡Tío! —murmuré, los ojos llenos de lágrimas.

—Sí, hijo mío; sabía que a tu llegada aquí caerías medio muerto, y he conservado mis últimas gotas de agua para reanimarte.

—¡Gracias, gracias! —exclamé.

Aunque distara mucho de haber apaciguado mi sed, aquel sorbo me había devuelto el aliento. Los músculos de mi garganta, contraídos hasta entonces, se relajaron, y se suavizó la inflamación de mis labios. Ya podía hablar.

—Ahora —dije—, no nos queda otro partido que regresar. Nos falta el agua.

Mi tío me escuchaba, pero rehuía mi mirada y bajaba la cabeza.

—Hay que regresar —repetí—, desandar el camino del Sneffels. ¡Que Dios nos dé fuerzas para llegar hasta la cima del cráter!

—Retroceder —dijo mi tío, como dirigiéndose más a sí mismo que a mí.

—Sí, retroceder, y sin perder un instante.

Hubo un largo momento de silencio.

—Así pues, Axel —dijo el profesor, en un tono extraño—, esas gotas de agua, ¿no te han devuelto el coraje y la energía?

—¡El coraje!

—Te veo abatido como antes y profiriendo palabras de desesperación.

Pero ¿qué clase de hombre era mi tío? ¿Qué proyectos podía aún concebir su ánimo audaz?

—¿Cómo? ¿No quiere usted...?

—¿Renunciar a esta expedición, cuando todo indica que el éxito puede coronarla? ¡Jamás!

—Entonces, ¿hay que resignarse a perecer?

—No, Axel, no. Regresa. Yo no quiero tu muerte. Que te acompañe Hans. Déjame solo.

—¡Abandonarle!

—Déjame —te digo—. He empezado este viaje y he de realizarlo hasta el fin o perecer en él. Vete, Axel, vete.

Mi tío hablaba con una extrema sobreexcitación. Su voz, un instante enternecida, se había tornado dura y amenazadora. Con una sombría determinación luchaba con lo imposible. Yo no quería abandonarle en el fondo de ese abismo; pero, por otro lado, el instinto de conservación me impulsaba a huirle.

El guía seguía la escena con su indiferencia habitual. Comprendía perfectamente el debate entre sus compañeros. Nuestros gestos indicaban claramente las diferentes vías por las que cada uno de nosotros trataba de arrastrar al otro, pero Hans parecía interesarse muy poco en una cuestión en la que su existencia se hallaba en juego, tan dispuesto a regresar a la menor indicación como a quedarse si su patrón así lo quería.

¡Qué no hubiera dado yo en ese momento por poder explicar a Hans la situación! Mis palabras, mis gemidos, mi acento hubieran sabido vencer a su fría naturaleza. Le hubiera hecho comprender y palpar esos peligros que él parecía no sospechar. Y entre los dos quizá podríamos convencer al testarudo profesor. Y si necesario fuera, le obligaríamos a la fuerza a regresar a las alturas del Sneffels.

Me acerqué a Hans y cogí su mano. El no se movió. Le mostré la ruta del cráter. Continuó inmóvil. Mi rostro y mi respiración jadeante expresaban mis sufrimientos. El islandés movió suavemente la cabeza y, designando tranquilamente a mi tío, dijo:

—*Master*.

—¡El patrón! ¡Insensato! No; él no puede ser el dueño de tu vida. ¡Hay que huir! ¡Hay que obligarle a huir!, ¿me oyes?, ¿me comprendes? —grité, zarandeando a Hans por el brazo.

Quería obligarle a levantarse. Luché con él.

—Calma, Axel —intervino mi tío—. No obtendrás nada de este impasible servidor. Así que escucha lo que voy a proponerte.

Me crucé de brazos y miré fijamente a mi tío.

—La falta de agua es el único obstáculo a la realización de mi proyecto. En esta galería del Este, hecha de lavas, de esquistos, de hullas, no hemos encontrado una sola molécula líquida. Pero es muy posible que seamos más afortunados al seguir el túnel del Oeste.

Sacudí la cabeza, en señal de profunda incredulidad.

—Escúchame hasta el fin —dijo, elevando la voz—. Mientras tú yacías inánime aquí he ido a reconocer la conformación de esta galería. Se hunde directamente en las entrañas de la Tierra. En pocas horas nos conducirá al macizo granítico. En él debemos hallar fuentes en abundancia. La naturaleza de la roca así lo quiere, y el instinto está de acuerdo con la lógica para apoyar mi convicción.

Ahora bien: he aquí lo que voy a proponerte. Cuando Colón pidió tres días a sus tripulaciones para hallar las tierras nuevas, sus tripulaciones, a pesar de estar enfermas, espantadas, accedieron a su demanda, y él pudo descubrir el Nuevo Mundo. Yo, el Colón de estas regiones subterráneas, no te pido más que un día más. Si transcurrido este tiempo no he encontrado el agua que nos falta regresaremos a la superficie de la Tierra, te lo juro.

Pese a mi irritación, me emocionaron sus palabras y la violencia que mi tío se hacía a sí mismo al decir tal cosa.

—Bien —dije—. Hágase su voluntad, y que Dios recompense su energía sobrehumana. No le quedan más que algunas horas para desafiar a la suerte. ¡Adelante!

22

Volvimos a emprender el descenso, esta vez por la nueva galería. Como de costumbre, Hans iba delante. No habíamos andado aún cien pasos cuando el profesor, paseando su lámpara a lo largo de las paredes, exclamó:

—¡He aquí los terrenos primitivos! Estamos en el buen camino. ¡Adelante! ¡Adelante!

Cuando en los primeros días del mundo la Tierra fue enfriándose poco a poco, la disminución de su volumen produjo en su corteza dislocaciones, rupturas, grietas y contracciones. La galería por la que avanzábamos era una de esas fisuras por las que en otro tiempo era impelido el granito eruptivo. Sus mil recodos formaban un inextricable laberinto a través del suelo primitivo.

A medida que íbamos descendiendo aparecía con más nitidez la sucesión de las tres capas que componen el terreno primitivo, considerado por la geología como la base de la corteza mineral, integradas por los esquistos, los gneis y los micaesquistos, y que se sustentan en la inquebrantable roca llamada granito.

Nunca mineralogista alguno gozó de condiciones tan maravillosas como aquellas en las que nos encontrábamos nosotros para estudiar la Naturaleza en su propio seno. La textura interna del Globo, que la sonda, máquina ciega y brutal, no puede elevar a la superficie, la teníamos allí ante nuestros ojos y nuestras manos.

A través de los esquistos, irisados por bellos matices verdosos, serpenteaban filones metálicos de cobre y de manganeso, con algunos indicios de oro y platino. Pensaba yo en las riquezas sepultadas en las entrañas del Globo, por siempre fuera del alcance de la avidez humana. Las conmociones de los primeros días enterraron esos tesoros a tales profundidades que jamás podrá el hombre arrancarlos de su tumba.

A los esquistos sucedían los gneis, de estructura estratiforme, notables por la regularidad y el paralelismo de sus hojas, y a éstos, los micaesquistos, dispuestos en grandes láminas, que brillaban en los centelleos de la mica blanca.

La luz de las lámparas, reflejada por las pequeñas facetas de la masa rocosa, entrecruzaba sus múltiples resplandores en todos los ángulos, dándome la ilusión de viajar por el interior de un diamante hueco en que los rayos se rompieran en mil destellos deslumbrantes.

Hacia las seis, la fiesta de luz comenzó a disminuir sensiblemente, hasta casi cesar. Las paredes tomaron un tono cristalizado, pero oscuro. La mica se mezclaba ya más íntimamente al feldespato y al cuarzo, para formar la roca por excelencia, la más dura de las piedras, la que sin romperse soporta los cuatro pisos de terrenos del Globo. Nos hallábamos encerrados en la inmensa prisión de granito.

Eran las ocho de la tarde, y continuábamos sin agua. Yo sufría horriblemente. Mi tío proseguía su marcha, sin detenerse un momento, tendiendo continuamente el oído al acecho de los murmullos de alguna fuente. Inútilmente.

Las piernas se negaban ya a sostenerme. Pero continuaba resistiendo la tortura para no obligar a mi tío a

detenerse, lo que le hubiera asestado el golpe de la desesperación, pues ya estaba terminando la jornada, la última
de que disponía.

Pero las fuerzas me abandonaron, y caí, lanzando un
grito:

—¡Me muero!

Mi tío retrocedió. Me miró fijamente, los brazos cruzados, y, con voz sorda, dijo:

—¡Todo ha concluido!

Un espantoso gesto de cólera golpeó por última vez
mi mirada. Cerré los ojos.

Cuando volví a abrirlos vi a mis dos compañeros inmóviles, envueltos en sus mantas. ¿Dormían? A mí me
era imposible conciliar el sueño. Sufría demasiado para
poder hacerlo, y lo intensificaba aún más la conciencia
de que no tenía remedio. Aún resonaban en mis oídos
las últimas palabras de mi tío. Todo había terminado,
en efecto, pues impensable era ya volver a la superficie en
el estado de debilidad en que me hallaba.

Sobre nosotros pesaba una legua y media de corteza
terrestre. Y me parecía llevar sobre mis hombros el peso
de esa masa inmensa. Me sentía aplastado, y me agotaban
los violentos esfuerzos que hacía para volverme de un
lado a otro en mi lecho de granito.

Pasaron algunas horas. Reinaba en torno nuestro un
profundo silencio, un silencio sepulcral. Ni el más mínimo sonido llegaba a través de aquellas murallas, la
más delgada de las cuales debía tener un espesor de cinco
millas.

De repente, en medio de mi amodorramiento, creí oír
un ruido. El túnel estaba muy oscuro. Miré atentamente
y me pareció ver al islandés que desaparecía con la lámpara en la mano.

¿Por qué se iba? ¿Nos abandonaba? Mi tío estaba
dormido. Quise gritar, pero mi voz no halló paso entre
mis labios resecos. La oscuridad se había hecho ya insondable y se apagaban los últimos ruidos.

—Hans nos abandona —grité—. ¡Hans! ¡Hans!

Gritos proferidos en mí mismo, gritos inaudibles.

Pasado el primer instante de terror, me avergoncé de las sospechas concebidas contra un hombre cuya conducta hasta entonces no tenía nada de sospechosa. Su partida no podía ser una fuga, pues en vez de subir por la galería había ido hacia abajo. Este razonamiento me calmó un poco y orientó mis ideas hacia otro orden de cosas. Tan sólo un grave motivo podía haber arrancado de su sueño a un hombre tan tranquilo como Hans. ¿Qué iba a buscar? ¿Habría oído durante la noche algún murmullo que yo no había advertido?

23

Durante una hora pasaron por mi delirante imaginación todas las hipótesis posibles sobre las razones que habían podido instigar a Hans a partir. Las más absurdas ideas se agitaban en mi cabeza. Creí que iba a volverme loco.

Por fin, un ruido de pasos provino de las profundidades del abismo. Hans ascendía. La incierta luz de su lámpara se deslizó por las paredes antes de aparecer, con su portador, por la abertura de la galería.

Hans se acercó a mi tío y, cogiéndole por el hombro, le despertó suavemente. Mi tío se incorporó.

—¿Qué pasa?

—*Vatten* —respondió el cazador.

Hay que creer que bajo la inspiración de violentos dolores se hace uno políglota. Sin saber una sola palabra de danés había comprendido instintivamente al guía.

—¡Agua! ¡Agua! —grité, palmoteando y gesticulando como un insensato.

—¡Agua! —repitió mi tío—. *Hvar?* —preguntó al islandés.

—*Nedat* —respondió Hans.

¿Dónde? ¡Abajo! Lo comprendía todo.

Yo había tomado y estrechado entre las mías las manos del cazador, que me miraba con calma.

Breves fueron los preparativos de la marcha, y pronto nos hallamos caminando por una galería cuya pendiente era de dos pies por toesa. Una hora después, recorridas ya unas mil toesas y descendido unos dos mil pies, oí claramente un sonido insólito, una especie de sordo mugido, como un trueno lejano, que corría por los flancos de la muralla granítica.

Durante la primera hora, no habiendo encontrado la fuente anunciada, me había asaltado nuevamente la angustia, hasta que mi tío me indicara el origen del ruido.

—Hans no se ha equivocado; lo que oyes es el mugido de un torrente.

—¿Un torrente?

—No cabe la menor duda. Un río subterráneo circula en torno nuestro.

Apresuramos el paso, sobreexcitados por la esperanza. Ya no sentía mi fatiga. Me refrescaba ya el mero rumor del agua, cuya intensidad iba en aumento. El torrente, que durante largo tiempo había pasado por encima de nuestras cabezas, corría ahora por la pared de la izquierda, mugiendo y saltando. Yo pasaba frecuentemente la mano por la pared, esperando hallar en ella rastros de rezumamiento o de humedad, pero en vano.

Pasó aún otra media hora, durante la que recorrimos media legua. Se hizo evidente que durante su ausencia Hans no había podido prolongar su búsqueda más allá de donde estábamos. Guiado por el particular instinto de los montañeses, de los hidróscopos, había «sentido» el torrente a través de la roca, pero no había llegado a verla ni, claro, a beberla.

Se evidenció también que de continuar nuestra marcha nos alejaríamos de la corriente, ya que su murmullo tendía a disminuir.

Forzoso fue, pues, que retrocediéramos. Hans se detuvo en el lugar en que el torrente parecía más próximo.

Me senté cerca de la muralla, tras de la que corría el agua con una violencia extrema. Pero un muro de granito nos separaba de ella. Sin reflexionar, sin preguntarme si podía existir algún medio de procurarnos ese agua, me dejé invadir por la desesperación.

Hans me miró, y creí ver una sonrisa en sus labios. Se levantó y cogió la lámpara. Le seguí. El se dirigió hacia la muralla, a la que aplicó su oído, que empezó a desplazar lentamente, en una escucha llena de avidez. Comprendí que estaba buscando el punto preciso en el que el sonido del torrente fuera más intenso. Lo encontró en la pared lateral izquierda, a unos tres pies del suelo.

¡Cuán conmovido estaba yo! No me atrevía a adivinar lo que quería el cazador. Pero lo comprendí, entusiasmado hasta abrumarlo con mis efusiones, cuando le vi tomar el pico y aprestarse a atacar con él la roca.

—¡Salvados! —exclamé.

—Sí —dijo mi tío, con no menos entusiasmo—. Hans tiene razón. A nosotros no se nos hubiera ocurrido hacerlo.

Yo estaba de acuerdo. Creo que por elemental que fuese su procedimiento, no se nos hubiera ocurrido recurrir a él. Nada más peligroso que dar un golpe de pico en el armazón del Globo. El peligro de provocar un derrumbamiento que nos aplastase o el de una inundación torrencial que nos arrastrase entre las aguas enfurecidas no tenían nada de quiméricos. Pero nuestra sed era tan intensa que no podían detenernos los temores de un derrumbamiento o de una inundación. Y por apaciguar la sed hubiéramos sido capaces hasta de excavar en el mismo lecho del océano.

Hans acometió este trabajo, que ni mi tío ni yo hubiésemos podido emprender, pues, llevados de nuestra impaciencia, habríamos hecho saltar la roca a pedazos con nuestros golpes precipitados. Por el contrario, el guía, tranquilamente, metódicamente, iba profundizando poco a poco en la roca con una serie de golpes breves y repetidos. Cuando ya había conseguido crear una abertura de unas seis pulgadas de anchura, oímos intensificarse el ruido del torrente. Yo creía sentir ya el agua bienhechora en mis labios.

Al cabo de una hora de trabajo, el pico había ganado ya unos dos pies de profundidad a la muralla de granito. Me agitaba la impaciencia. Mi tío quería ya recurrir a los grandes medios, y me costó no poco trabajo disuadirle. Ya se disponía él a tomar su pico, cuando, súbitamente, se oyó un silbido y salió de la muralla un fuerte chorro de agua que fue a estrellarse en la pared opuesta.

—¡Agua a cien grados! —grité.

—Bueno, ya se enfriará —dijo mi tío.

La galería se llenó de vapor. Empezó a formarse un arrollo que iba perdiéndose por las sinuosidades subterráneas. Pronto pudimos beber en él nuestro primer trago.

¡Ah! ¡Qué placer! ¡Qué incomparable voluptuosidad! ¿Qué agua era aquélla? ¿De dónde venía? Poco importaba. Era agua, y aunque caliente aún, devolvía al corazón la vida que le iba abandonando. Bebí sin parar, sin paladearla siquiera. Tan sólo después de un minuto de delectación pude darme cuenta de su gusto.

—¡Pero si es agua ferruginosa!

—Excelente para el estómago —replicó mi tío—, y con una elevada mineralización. Nada tiene que envidiar este agua a las de Spa o de Toeplitz.

—¡Ah! ¡Qué buena está!

—Ya lo creo. ¡Un agua surgida bajo dos leguas de profundidad! Tiene un gusto a tinta que no es desagradable. Un agua excelente la que nos ha procurado Hans. Propongo dar su nombre a este arroyo salvador.

—¡De acuerdo! —dije.

Y se adoptó el nombre de *Hans-bach*.

No pareció que eso envaneciera a Hans, quien con su calma habitual, tras haberse desalterado moderadamente, se había recostado en la pared.

—No deberíamos dejar que se pierda el agua —dije.

—¿Por qué? —respondió mi tío—. Me parece que esta fuente es inagotable.

—No importa. Llenemos el odre y las cantimploras y tratemos de tapar el agujero.

Siguiendo mi consejo, Hans trató de obstruir la abertura con piedras y estopa. No era fácil. Nos quemábamos las manos sin lograrlo. La presión era excesiva y nuestros esfuerzos fueron infructuosos.

—Es evidente —dije— que, a juzgar por la fuerza del chorro, las capas superiores de este manantial deben estar situadas a una gran altitud.

—No cabe duda —replicó mi tío—. Si esta columna de agua tiene treinta y dos mil pies de altura, su presión debe ser de unas mil atmósferas. Pero tengo una idea.

—¿Cuál?

—¿Por qué empeñarnos en tapar esta abertura?

—Pues porque...

En verdad, no hallaba yo una razón válida.

—¿Es que tenemos la seguridad de poder llenar nuestras cantimploras cuando queden vacías?

—No; es cierto.

—Pues bien; dejemos correr este agua, que descenderá naturalmente y nos guiará a la vez que nos desalterará por el camino.

—Buena idea —dije—; y con este arroyo por compañero no hay ya razón alguna que nos impida alcanzar nuestro objetivo.

—¡Ah! Ya vas convenciéndote, muchacho —dijo el profesor, riendo satisfecho.

—Mejor aún. No voy convenciéndome. Ya lo estoy.

—Bien. Pues comencemos por tomar unas horas de descanso.

Había olvidado que era de noche. El cronómetro me lo recordó. Y ya reconfortados y refrescados, nos dormimos todos profundamente.

24

Al día siguiente, habíamos olvidado ya nuestros sufrimientos. Me preguntaba cuál sería la razón de no sentir ya la sed. La respuesta la hallé en el arroyuelo que murmuraba a mis pies.

Regamos el desayuno con ese excelente agua ferruginosa. Me sentía vigoroso y animado, dispuesto a todo. ¿Por qué razón no habría que triunfar en su empeño un hombre tan convencido como mi tío, con un guía tan industrioso como Hans y un sobrino tan *determinado* como yo? Tan grande era mi optimismo que si me hubieran propuesto regresar a la cima del Sneffels lo hubiera rechazado con indignación.

Pero, afortunadamente, no se trataba más que de descender.

—¡Partamos! —dije, despertando con mi voz entusiasta los viejos ecos del Globo.

Reanudamos la marcha el jueves a la ocho de la mañana. La galería de granito, muy tortuosa, presentaba inesperados recodos que hacían de ella un verdadero laberinto, pero su dirección principal era siempre la del sudeste. Mi tío no cesaba de consultar su brújula para saber la dirección.

La galería se hundía casi horizontalmente, con una pendiente que, como máximo no excedía de dos pies por toesa. El arroyo corría sin precipitación a nuestros pies. Yo lo veía como un genio familiar que nos guiara a través de la tierra, y con la mano acariciaba a la tibia náyade, cuyo canto acompañaba nuestros pasos Mi buen humor había tomado un giro mitológico.

Mi tío maldecía de la horizontalidad del camino que ofendía en él al *hombre de las verticales* que era. Su camino se alargaba así indefinidamente, y en lugar de deslizarse a lo largo del radio terrestre, iba, según su expresión, por la hipotenusa. Pero no teníamos opción, y a fin de cuentas, por poco que avanzáramos hacia el centro no cabía quejarse. Por otra parte, de vez en cuando las pendientes se hacían más acusadas; la náyade se precipitaba por ellas mugiendo, y nosotros descendíamos con ella.

Durante aquel día y el siguiente hicimos así mucho camino horizontal y relativamente poco camino vertical.

Pero el viernes por la tarde, 10 de julio, cuando debíamos estar, según nuestra estimación a unas treinta leguas al sudeste de Reykjavik y a unas dos leguas y media de profundidad, se abrió de repente a nuestros pies un pozo espantoso. Mi tío palmoteó de gozo al ver su profundidad y la inclinación de sus pendientes.

—Nos llevará lejos, y con facilidad, pues los salientes de las paredes forman una verdadera escalera.

Hans dispuso las cuerdas para evitar todo accidente. Comenzamos el descenso, que no me atreveré a calificar de peligroso, pues ya estaba yo familiarizado con este género de ejercicio.

El pozo era una hendidura abierta en el macizo, del género de las llamadas fallas, producida seguramente por la contracción del armazón terrestre en la época de su enfriamiento. Si en otro tiempo había dado paso a las materias eruptivas vomitadas por el Sneffels, era inexplicable que no hubieran dejado ninguna huella.

Bajamos por una especie de escalera de caracol que se hubiera dicho tallada por la mano del hombre.

Cada cuarto de hora debíamos detenernos para descansar y recuperar la elasticidad de las corvas. Nos sentábamos entonces en un saliente, dejando colgar las piernas; charlábamos o comíamos algo y bebíamos el agua del arroyo. Obvio es decir que el Hansbach se había convertido en una cascada, en detrimento de su volumen. Pero aún bastaba y sobraba para apagar la sed. El arroyo volvería a recuperar su curso apacible cuando el declive se hiciera menos acusado. En estos momentos el Hansbach me recordaba la cólera y la impaciencia de mi tío, así como la calma del cazador islandés cuando discurría por suaves pendientes.

Los días 11 y 12 de julio seguimos las espirales de la falla, descendiendo dos leguas más, lo que nos situó a unas cinco leguas por debajo del nivel del mar. Pero el día 13, a mediodía, la falla tomó una inclinación mucho menos pronunciada, de unos cuarenta y cinco grados, en dirección sudeste.

El camino se tornó entonces mucho más fácil y monótono. No podía ser de otro modo, pues en un viaje como el nuestro no podíamos contar con las amenidades del paisaje.

El miércoles, 15, nos hallábamos a siete leguas bajo tierra y a unas cincuenta leguas del Sneffels. Aunque estuviésemos un poco fatigados, nuestra salud se mantenía en buen estado. El botiquín estaba aún intacto.

Mi tío anotaba hora por hora las indicaciones de la brújula, del manómetro y del termómetro. Tales anotaciones son las que figuran en el relato científico del viaje por él publicado. Por ello estaba continuamente al corriente de la situación. Cuando me informó que nos hallábamos a una distancia horizontal de cincuenta leguas, no pude contener una exclamación.

—¿Qué te ocurre?

—Nada; sólo que la idea de...

—¿Qué idea, muchacho?

—La de que, si sus cálculos son exactos, no estamos ya bajo Islandia.

—¿Tú crees?

—Fácil es saberlo.

Tomé con el compás mis medidas sobre el mapa.

—En efecto, no me equivocaba. Hemos dejado atrás el cabo Portland, y estas cincuenta leguas al sudeste nos sitúan en el mar.

—Bajo el mar —precisó mi tío, frotándose las manos.

—Así que el océano se extiende por encima de nosotros.

—Nada más natural, Axel. ¿No existen en Newcastle minas de carbón que penetran bastante bajo el mar?

El profesor podía hallar muy natural esta situación, pero a mí no dejaba de preocuparme la idea de estar paseándome bajo la masa de las aguas. Y, sin embargo, bien mirado, igual daba tener sobre nuestras cabezas las llanuras y montañas de Islandia que las aguas del Atlántico, con tal que fuera suficientemente sólido el armazón de granito. Por lo demás, tuve que acostumbrarme a esta idea, ya que la galería, ora recta, ora sinuosa, tan caprichosa en sus pendientes como en sus revueltas, pero siempre en dirección sudeste, y cada vez más profunda, nos conducía rápidamente a grandes profundidades.

Cuatro días más tarde, el sábado 18 de julio, llegamos por la noche a una vasta gruta. Allí pagó mi tío a Hans sus tres rixdales semanales. Y se decidió que el día siguiente sería un día de descanso.

25

El domingo por la mañana me desperté, pues, sin la habitual preocupación de la partida inmediata, lo que, aun en el más profundo de los abismos, no dejaba de ser agradable.

Nos habíamos acostumbrado ya a esta existencia de trogloditas. Yo no pensaba ya apenas en el sol, las estrellas, la luna, los árboles, las casas, las ciudades, en todas esas superfluidades terrestres de las que los sublunares han hecho una necesidad. En nuestra calidad de fósiles no echábamos de menos esas inútiles maravillas.

La gruta formada una vasta sala. Nuestro fiel arroyo corría por su suelo granítico. A tan gran distancia de sus fuentes, sus aguas corrían ya a la temperatura ambiente y se dejaban beber sin dificultad.

Después del desayuno, el profesor anunció que iba a dedicar unas horas a poner en orden sus notas cotidianas.

—Ante todo —dijo—, voy a hacer mis cálculos para determinar con exactitud nuestra situación. A nuestro regreso quiero poder trazar un mapa de nuestro viaje, una especie de sección vertical del globo que dé el perfil de la expedición.

—Será curioso, tío. Pero ¿tendrán sus observaciones un grado suficiente de precisión?

—Sí. He anotado muy escrupulosamente los ángulos y las pendientes. Estoy seguro de no equivocarme. Veamos primero dónde estamos. Toma la brújula y observa qué dirección indica.

Miré el instrumento y, tras un atento examen, dije:

—Este-cuarto-sur-este.

—Bien —dijo el profesor, anotando la observación y procediendo a efectuar algunos cálculos—. Resulta que hemos recorrido ochenta y cinco leguas desde nuestro punto de partida.

—O sea, que estamos viajando bajo el Atlántico

—En efecto.

—Donde quizá en estos momentos se haya desencadenado una tempestad, y por encima de nosotros los barcos se hallen sacudidos por el huracán y las olas.

—Es posible.

—También lo es que las ballenas vengan a golpear con sus colas las murallas de nuestra prisión.

—Tranquilízate, Axel; no lograrán conmoverla. Pero volvamos a nuestros cálculos. Estamos a ochenta y cinco leguas, al sudeste de la base del Sneffels, y, según mis notas precedentes, estimo en dieciséis leguas la profundidad alcanzada.

—¡Dieciséis leguas!

—Así es.

—¡Pero si éste es el límite extremo asignado por la ciencia al espesor de la corteza terrestre!

—No digo que no.

—Y aquí según la ley del aumento de la temperatura, debería hacer un calor de mil quinientos grados.

—*Debería,* muchacho.

—Con lo que este granito no podría mantenerse en estado sólido y debería estar en fusión.

—Como ves, no ocurre así, y los hechos, según su costumbre, vienen a desmentir las teorías.

—Obligado me veo a convenir en ello, pero no deja de asombrarme.

—¿Qué indica el termómetro?

—Veintisiete grados y seis décimas.

—Pues no faltan más que mil cuatrocientos setenta y cuatro grados y cuatro décimas [8] para que los sabios tengan razón. Luego el aumento proporcional de la temperatura es un error. Luego Humphry Davy no se equivocaba. Luego he hecho bien en escucharle. ¿Qué tienes que decir tú?

—Nada.

A decir verdad, sí tenía muchas cosas que decir. Yo no admitía la teoría de Davy en absoluto, y continuaba creyendo en el calor central, aunque no sintiera sus efectos. Prefería admitir que esa chimenea de un volcán apagado, cubierta por las lavas de un material refractario, no permitía la propagación de la temperatura a través de sus paredes.

Pero, absteniéndome de buscar nuevos argumentos, me limité a tomar la situación como era.

—Tío, sus cálculos me parecen exactos, pero le ruego me permita deducir de ellos una consecuencia rigurosa.

—Adelante, muchacho.

—En el punto en que nos hallamos, bajo la latitud de Islandia, el radio terrestre mide aproximadamente mil quinientas ochenta y tres leguas, ¿no es así?

—Mil quinientas ochenta y tres leguas y un tercio.

—Pongamos mil seiscientas leguas, en números redondos. Y de un viaje de mil seiscientas leguas, hemos recorrido ya dieciséis, ¿no es así?

—Así es.

—Y estas dieciséis leguas las hemos pagado al precio de ochenta y cinco leguas en diagonal, ¿no es así?

—Así es.

—¿En unos veinte días?

—En veinte días.

—Pues bien, dieciséis leguas son tan sólo la centési-

---

[8] Lidenbrock comete un error de dos grados.

ma parte del radio terrestre. Lo que quiere decir que, de continuar así, invertiremos en el descenso dos mil días, o sea, casi cinco años y medio.

El profesor no respondió.

—Y ello sin contar que si una vertical de dieciséis leguas requiere una horizontal de ochenta, a mil seiscientas leguas de verticalidad corresponderían ocho mil leguas de horizontalidad, sudeste, con lo que mucho tiempo antes de alcanzar el centro habríamos salido por un punto de la circunferencia.

—¡Al diablo tus cálculos! —replicó mi tío, en un movimiento de cólera—. ¡Al diablo tus hipótesis! ¿En qué se basan? ¿Quién te ha dicho que esta galería no vaya directamente a nuestro objetivo? Además, hay un precedente. Lo que yo estoy haciendo, otro lo ha hecho ya, y donde él triunfó, yo triunfaré a mi vez.

—Así lo espero; pero, en fin, me permitirá que...

—Te permitiré que te calles, Axel, para no oírte desbarrar así.

Al ver que el terrible profesor amenzaba reaparecer bajo la piel del tío, me replegué a la prudencia.

—Ahora —dijo sin transición— consulta el manómetro. ¿Qué indica?

—Una presión considerable.

—Bien. Como ves, descendiendo así, paulatinamente, vamos acostumbrándonos poco a poco a la densidad de esta atmósfera sin experimentar ningún sufrimiento.

—Con la salvedad de algunos dolores de oídos.

—Eso no es nada, y puede hacer desaparecer esa molestia poniendo el aire exterior en rápida comunicación con el contenido en tus pulmones.

—Muy bien —respondí, decidido a no llevarle la contraria—. Incluso se siente cierto placer en esa atmósfera más densa. ¿Ha notado usted la intensidad con que se propaga aquí el sonido?

—Naturalmente. Un sordo acabaría por oír aquí maravillosamente.

—Pero, sin duda, esta densidad irá en aumento...

—Sí, según una ley no muy bien determinada. Es

cierto también que la intensidad de la gravedad irá disminuyendo a medida que descendamos. Como sabes, es en la superficie donde más se deja sentir su acción, en tanto que en el centro de la Tierra los objetos no pesan nada.

—Lo sé. Pero dígame, ¿no acabará este aire adquiriendo la densidad del agua?

—Sin duda, bajo una presión de setecientas diez atmósferas.

—¿Y más abajo?

—Más abajo, la densidad será aún mayor.

—¿Cómo descenderemos entonces?

—Meteremos piedras en nuestros bolsillos.

—Tío, tiene usted respuesta para todo.

No me atreví a ir más adelante en el campo de las hipótesis, porque, de hacerlo, habría de topar con alguna imposibilidad que no podría por menos de sacar al profesor de sus casillas.

Era evidente, sin embargo, que el aire, bajo una presión que podría alcanzar millares de atmósferas, terminaría por solidificarse, y entonces, aun admitiendo que nuestros cuerpos pudiesen resistirlo, habríamos de detenernos, pese a todos los razonamientos del mundo. Pero me abstuve de oponer este argumento. Mi tío no habría dejado de invocar a su eterno Saknussemm, precedente sin valor, pues, aun teniendo por cierto el viaje del sabio islandés, había algo muy sencillo que recordar, y era que en el siglo XVI no se había inventado aún ni el barómetro ni el manómetro. ¿Cómo habría podido Saknussemm determinar su llegada al centro de la Tierra?

Pero me guardé esta objeción y decidí esperar los acontecimientos. El resto de la jornada transcurrió entre cálculos y conversaciones. Me manifesté en todo momento de acuerdo con el profesor Lidenbrock. Envidiaba yo la perfecta indiferencia de Hans, quien, sin buscar los efectos ni las causas, iba ciegamente adonde le conducía el destino.

26

Debo reconocer que no cabía quejarse de cómo iba transcurriendo el viaje. De no aumentar el «promedio» de las dificultades, nada podría impedirnos cubrirnos de gloria con la consecución de nuestro objetivo. Así había llegado yo a razonar, a lo Lidenbrock. Y con toda seriedad. ¿Había que atribuir esto al extraño medio en que vivía? Era muy probable.

Durante algunos días, una serie de rápidas pendientes, algunas de ellas espantosamente verticales, nos adentraron profundamente en el macizo interno. Días había en que progresábamos de una legua y media a dos leguas hacia el centro. La destreza y la maravillosa sangre fría de Hans nos eran de gran utilidad en los más peligrosos descensos. El impasible islandés se sacrificaba con esa especie de abnegación indiferente que le era propia, y, gracias a él, pudimos salvar más de un obstáculo que para nosotros hubiera sido infranqueable.

Su mutismo aumentaba de día en día y empezaba a contagiárnoslo. Los objetos exteriores ejercen una acción real sobre el cerebro. Quien se encierra entre cuatro paredes acaba por perder la facultad de asociar las ideas a las palabras. ¡Cuántos prisioneros celulares se han vuelto imbéciles o locos por la falta de ejercicio de las facultades pensantes!

Ningún incidente digno de mención se produjo durante las dos semanas que siguieron a nuestra última conversación. No encuentro en mi memoria más que un solo acontecimiento, pero de tal gravedad que imposible sería haber olvidado el menor detalle.

El 7 de agosto, nuestro ininterrumpido descenso nos había llevado a una profundidad de treinta leguas, lo que quería decir que pendían sobre nosotros treinta leguas de rocas, de océano, de continentes y de ciudades. Debíamos hallarnos entonces a unas doscientas leguas de Islandia.

Aquel día, el túnel seguía un plano poco inclinado. Yo iba delante. Mi tío llevaba uno de los aparatos de Ruhmkorff y yo el otro. Yo iba examinando las capas de granito.

De repente, al volverme, me di cuenta de que estaba solo.

«Bueno —me dije—, he debido andar demasiado de prisa, o tal vez ellos se han detenido. Voy a reunirme con ellos. Afortunadamente, el camino no sube sensiblemente.»

Volví sobre mis pasos y anduve durante un cuarto de hora, sin ver a nadie. Llamé, sin obtener respuesta. Mi voz se perdía en medio de los cavernosos ecos que suscitaba.

Empecé a sentirme inquieto. Un escalofrío me recorrió el cuerpo.

—Calma, calma —me dije en alta voz—. Estoy seguro de encontrarlos. No hay dos caminos. Y yo iba delante. Continúa, pues.

Continué subiendo durante media hora, siempre al acecho de una llamada que, en la densidad de esa atmósfera, podía provenir de lejos. Pero el silencio más ominoso reinaba en la inmensa galería.

Me detuve. No podía creer en mi aislamiento. Aceptaba haberme extraviado, pero no perdido.

«Vamos, puesto que no hay más que un camino, puesto que ellos lo van siguiendo, forzoso es que los encuentre. Bastará con que continúe retrocediendo. A menos que, al no verme, y habiendo olvidado quizá que yo les precedía, hayan retrocedido a su vez. Pero si es así, apresurándome he de darles alcance. Es evidente.»

Repetí estas últimas palabras con la insistencia de quien necesita convencerse. Además, la asociación de ideas tan sencillas en forma de razonamiento me llevó mucho tiempo.

Me asaltó repentinamente la duda de si verdaderamente iba yo delante. Sí, estaba seguro de que Hans iba detrás de mí, precediendo a mi tío. Recordé incluso que Hans se había detenido momentáneamente para mejor fijar a su espalda el bulto que llevaba. Y debió ser ése el momento en que yo me había adelantado excesivamente.

«Pero tengo a mi disposición un medio seguro para no extraviarme, un hilo para guiarme por este laberinto, un hilo que no puede romperse, mi fiel arroyo. No tengo más que remontar su curso para, necesariamente, encontrar las huellas de mis compañeros.»

Este razonamiento me reanimó a la vez que me decidió a reemprender la marcha sin pérdida de tiempo.

Bendije entonces la previsión de mi tío al impedir a Hans que obstruyera el boquete horadado en la pared de granito. El arroyo bienhechor que nos había salvado y desalterado durante el camino iba a guiarme ahora a través de las sinuosidades de la corteza terrestre.

Pensé que me sentaría bien una ablución antes de continuar y me agaché para hundir mi frente en el agua del Hans-bach.

¡Júzguese cuál sería mi estupefacción al tocar con el rostro un granito áspero y seco! ¡El arroyo había desaparecido!

27

No puedo describir mi desesperación. No hay palabra en ninguna lengua humana que pueda restituir mis sentimientos. Estaba enterrado vivo, sin otra perspectiva que la de morir entre los tormentos del hambre y de la sed.

Maquinalmente pasé mis manos ardientes por el suelo, por la sequedad de la roca.

¿Cómo podía haber abandonado el curso del arroyo? Comprendí entonces la razón de aquel silencio que me había parecido tan extraño al ponerme a la escucha de alguna llamada de mis compañeros.

No había notado yo la ausencia del arroyo al dar mi primer paso por el imprudente camino. Era evidente que en ese momento se había abierto ante mí una bifurcación de la galería, mientras que el Hans-bach, obedeciendo a los caprichos de otra pendiente, se iba con mis compañeros hacia desconocidas profundidades.

¿Cómo regresar? Los pies no dejaban huella alguna en el granito. Me devanaba los sesos en busca de una solución al insoluble problema. Mi situación se resumía en una sola palabra: ¡Perdido!

Sí, perdido en una profundidad inconmensurable. Treinta leguas de corteza terrestre abrumaban mis hombros con su peso espantoso. Me sentía literalmente aplastado.

Traté de pensar en la vida al aire libre y apenas si pude conseguirlo. Hamburgo, la casa de la Königstrasse, mi pobre Grauben, todo ese mundo bajo el que yo me hallaba perdido desfiló rápidamente por mi memoria despavorida. Una viva alucinación me restituyó la visión de los incidentes del viaje, la travesía, Islandia, el señor Fridriksson, el Sneffels. Y me dije que, en mi situación, la más mínima sombra de esperanza equivaldría a un síntoma de locura, y que más valía desesperar.

Pues, ¿qué potencia humana podría devolverme a la superficie del Globo y separar aquellas inmensas bóvedas que pendían sobre mi cabeza? ¿Quién podría conducirme al camino de retorno para reunirme con mis compañeros?

«¡Oh, tío!» —exclamé, desesperado.

Fue la única palabra de reproche que me vino a la boca, pues comprendí que el desventurado debía estar sufriendo en busca mía.

Al verme así privado de todo socorro humano e incapaz de toda tentativa de salvación, pensé en la ayuda del Cielo. Volvieron a mi memoria los recuerdos de la infancia, de mi madre, tan tempranamente desaparecida. Y por pocos que fuesen mis derechos a hallar audiencia en un Dios al que me dirigía tan tardíamente, recé con fervor.

El retorno a la Providencia me trajo un poco de calma, y pude concentrar todas las fuerzas de mi inteligencia en la situación.

Mi cantimplora estaba llena, y tenía víveres para tres días. No podía permanecer solo más tiempo. Pero ¿debía subir o descender? Subir, evidentemente. ¡Continuar subiendo! Debía llegar al punto en que había abandonado al aroyo, a la funesta bifurcación. Una vez allí, con el arroyo a mis pies, podría intentar volver a la cima del Sneffels.

¿Cómo no se me había ocurrido antes? La única posibilidad de salvación estaba en eso. Lo más urgente era, pues, encontrar el curso del Hans-bach.

Me levanté y apoyándome en mi bastón subí por la galería. La pendiente se había tornado muy dura. Andaba con esperanza y resueltamente, como hombre a quien no le queda otro camino que seguir.

Ningún obstáculo detuvo mis pasos durante la primera media hora. Yo trataba de reconocer el camino por la forma del túnel, por los saledizos de las rocas, por la disposición de las anfractuosidades. Pero no hallé ninguna señal particular y pronto debí reconocer que esta galería no podía conducirme a la bifurcación. Era una vía sin salida, como pude comprobar al topar con un muro impenetrable y caer al suelo. No puedo expresar el espanto y la desesperación que me embargaron. Quedé anonadado. Mi última esperanza acababa de romperse contra aquella muralla de granito.

Perdido en un laberinto cuyas sinuosidades se cruzaban en todos los sentidos, toda tentativa de huida era tan imposible como inútil. Sólo me quedaba esperar la muerte, una muerte espantosa. Extrañamente, me vino entonces a la mente la singular idea de que si un día se hallara mi cuerpo fosilizado, a treinta leguas de la superficie de la Tierra, habría de suscitar las más graves cuestiones científicas.

Quise hablar en alta voz, pero mis labios resecos sólo dieron paso a roncos gemidos. Estaba jadeante.

En medio de mi terror, me sobrecogía el ánimo una nueva angustia. Mi lámpara se había estropeado al caer y no tenía posibilidad alguna de repararla. Su luz iba palideciendo, amenazándome con la oscuridad. Veía disminuir la intensidad luminosa en la serpentina del aparato. Una procesión de sombras movedizas se desplegaba por las oscuras paredes. No me atrevía ni a bajar los párpados, ante el temor de perder el menor átomo de aquella claridad fugitiva. A cada instante me parecía que iba a desvanecerse y me sentía cada vez más invadido por *lo negro*.

Pronto tembló en la lámpara un último resplandor. Lo seguía, lo aspiré con la mirada, concentrando en él toda la potencia de mis ojos, ávidos de la última sensación de luz que les era dado ver, hasta que me quedé hundido en las inmensas tinieblas.

Lancé un grito terrible.

Sobre la Tierra, aun en las noches más profundas, la luz no pierde nunca enteramente sus derechos. Por difusa y sutil que sea, por poco que de ella quede, la retina del ojo acaba por percibirla. Allí, nada. La total oscuridad hacía de mí un verdadero ciego.

Entonces perdí la cabeza. Me levanté, extendí los brazos hacia adelante palpando dolorosamente las paredes y huí al azar por el inextricable laberinto, descendiendo, corriendo a través de la corteza terrestre, como un habitante de las fallas subterráneas, llamando, gritando, aullando, destrozándome en los salientes de las rocas, cayéndome y levantándome ensangrentado, bebiéndome la sangre que me inundaba el rostro, y esperando a cada momento romperme la cabeza contra un muro.

¿Adónde me condujo aquella insensata carrera? Lo ignoraré siempre. Después de varias horas, agotadas, sin duda, mis fuerzas, caí al suelo como una masa inerte y perdí el conocimiento.

28

Cuando volví a la vida, mi rostro estaba mojado, pero mojado de lágrimas. Me sería imposible decir cuánto tiempo permanecí inconsciente. No tenía ya ningún medio para darme cuenta del tiempo. Jamás hubo soledad semejante a la mía, jamás un abandono tan completo como el mío.

Había perdido mucha sangre, tras de mi caída. Me sentía inundado de sangre. ¡Cuánto lamenté no haber muerto, y tener todavía ese «trago» por delante de mí. No quería pensar. Expulsé de mí toda idea y, vencido por el dolor, me ovillé cerca de la pared opuesta.

Sentí que iba a desvanecerme nuevamente. Cuando me parecía ya llegado el momento de la suprema aniquilación, un violento ruido golpeó mis oídos. Sonaba como el prolongado retumbo del trueno. Luego oí las ondas sonoras perderse poco a poco en las lejanas profundidades del abismo.

¿De dónde provenía tal ruido? De algún fenómeno sobrevenido en el macizo terrestre, de la explosión de un gas o de la caída de un inmenso bloque de piedra.

Escuché, en espera de que se renovara el ruido. Pasó un tiempo sin que nada turbara el silencio de la galería. Ni tan siquiera oía los latidos de mi corazón.

De repente, creí oír unas palabras vagas, inaprehensibles, lejanas. Me estremecí, pensando que era una alucinación. Pero, no. Escuchando con más atención, oí realmente un murmullo, un rumor de voces. Mi extremada debilidad no me permitía comprender lo que decían. Pero estaba seguro de oír voces.

Por un momento temí que las palabras que oía fuesen las mías, devueltas por el eco. Quizá hubiera gritado sin darme cuenta. Cerré fuertemente la boca y apliqué de nuevo la oreja a la pared.

—Sí, es cierto. ¡Hablan! ¡Hablan!

Me alejé unas cuantos pies a lo largo de la muralla y entonces pude oír con más claridad, llegando a percibir algunas palabras inciertas, raras, incomprensibles. Me llegaban como si hubiesen sido pronunciadas en voz baja, murmuradas. La palabra *forloräd* fue varias veces repetido en un tono de angustia.

—¿Qué significaba? ¿Quién la pronunciaba? Mi tío o Hans, eso era evidente. Pero si yo les oía, ellos podían oírme también.

—¡Socorro! —grité con todas mis fuerzas— ¡Socorro!

Escuché, aceché en la oscuridad una respuesta, un grito, un suspiro. No hubo respuesta. Pasaron unos minutos. Todo un mundo de ideas se agitaba en mi mente. Pensé que mi voz debilitada no podía llegar hasta mis compañeros. «Pues son ellos. ¿Quién sino ellos podría estar sepultado a treinta leguas bajo tierra?»

Volví a escuchar. Al recorrer la pared con la oreja, hallé un punto matemático en el que las voces parecían alcanzar su máximo de intensidad. La palabra «forloräd» llegó nuevamente a mi oído, antes de que retumbara otro ruido atronador como el que me había sacado de mi amodorramiento.

«No —me decía—; no. Esas voces no me llegan a través del macizo. Ni la más fuerte detonación podría atravesar la pared de granito. El ruido llega por la misma galería. Debe haber un extraño efecto acústico. Escuché de nuevo, y esta vez ¡sí!, esta vez oí claramente mi nombre, lanzado al espacio. Era mi tío quien lo gritaba. Hablaba con el guía, y la palabra «forloräd» era una palabra danesa.

Todo lo comprendí entonces. Para hacerme oír debía hablar precisamente a lo largo de la muralla que conduciría mi voz como el alambre conduce la electricidad.

Pero no tenían tiempo que perder. Pues bastaría que mis compañeros se alejasen unos pasos para que el fenómeno acústico quedara destruido. Me acerqué a la muralla y articulé tan claramente como pude mi grito:

—¡Tío Lidenbrock!

Esperé, en la más viva ansiedad. El sonido no es muy rápido, y la densidad de las capas de aire contribuye a aumentar su intensidad, pero no su velocidad. Pasaron unos segundos, unos siglos, antes de que me llegaran estas palabras:

... ...
—¡Axel! ¡Axel! ¿Estás ahí?
... ...
—¡Sí! ¡Sí! —respondí.
... ...
—¿Dónde, hijo mío?
... ...
—Perdido, en la más profunda oscuridad.
... ...
—¿Y tu lámpara?
... ...
—Apagada.
. . . .
—¿El arroyo?
... ...
—Desaparecido.
... ...
—Axel, mi pobre Axel, ¡valor!
... ...
—Espere un poco. Estoy agotado y no tengo ni fuerzas para responderle. Pero hábleme.

... ...

—Animo. No hables. Escúchame. Te hemos buscado subiendo y bajando por la galería. Imposible encontrarte. ¡Ah, cómo te he llorado, hijo mío! Suponiendo que te hallabas en el camino del Hans-bach, hemos vuelto a bajar, disparando nuestros fusiles. Ahora, aunque nuestras voces puedan reunirse, por un puro efecto de acústica, nuestras manos no pueden tocarse. Pero no desesperes, Axel. Ya es algo que podamos oírnos.

... ...

Mientras le escuchaba, había estado reflexionando. Una cierta esperanza, vaga aún, iba ganando mi corazón. Ante todo, había algo que importaba saber. Acerqué mis labios a la muralla y dije:

—Tío.

... ... ,... ... ...

—Di, hijo mío —oí al cabo de algunos instantes.

... ...

—Hay que saber qué distancia nos separa

... ...

—Eso es fácil.

... ...

—¿Tiene usted el cronómetro?

... ...

—Sí.

... ...

—Tómelo, y pronuncie mi nombre, anotando exactamente el segundo en que lo diga. Yo lo repetiré apenas llegue a mí, para que observe usted el preciso momento en que le llegue mi respuesta.

... ...

—De acuerdo, y la mitad del tiempo comprendido entre mi pregunta y tu respuesta indicará el tiempo que emplea mi voz para llegar hasta ti.

... ...

—Eso es, tío.

... ...

—¿Estás preparado?

... ...

—Sí.

… … … … … … … … … … … … … … … … … …

—¡Atención! Voy a pronunciar tu nombre.

… … … … … … … … … … … … … … … … … …

Apreté aún más la oreja contra la pared, y nada más llegarme su «Axel», respondí inmediatamente «Axel» y esperé.

… … … … … … … … … … … … … … … … … …

—Cuarenta segundos —dijo mi tío—. Han transcurrido cuarenta segundos entre las dos voces. Así, pues, el sonido ha empleado veinte segundos en subir. Ahora bien, a mil veinte pies por segundo, da veinte mil cuatrocientos pies, o sea, una legua y media y un octavo.

… … … … … … … … … … … … … … … … … …

—¡Una legua y media! —exclamé, desanimado.

… … … … … … … … … … … … … … … … … …

—¡Bah! Una legua y media se anda, Axel.

… … … … … … … … … … … … … … … … … …

—Pero ¿hay que subir o bajar?

… … … … … … … … … … … … … … … … … …

—Bajar, y verás por qué. Hemos llegado a un vasto espacio en el que confluyen un gran número de galerías. La que tú has seguido no puede dejar de conducirte aquí, pues parece ser que todas estas hendiduras y fracturas irradian de la enorme caverna en que estamos. Levántate y reemprende el camino. Anda, arrástrate si es preciso; déjate resbalar por las pendientes rápidas, y al fin del camino hallarás nuestros brazos para recibirte. Adelante, muchacho; adelante.

… … … … … … … … … … … … … … … … … …

Estas palabras me reanimaron.

—Adiós, tío; parto. Ya no nos podremos comunicar desde el momento en que abandone este sitio. Adiós, pues.

… … … … … … … … … … … … … … … … … …

—Hasta la vista, Axel; hasta pronto.

… … … … … … … … … … … … … … … … … …

Tales fueron las últimas palabras que oí

Esta sorprendente conversación, mantenida a través de la masa terrestre a más de una legua de distancia, terminó con esas palabras de esperanza.

Di gracias a Dios por haberme conducido entre esas inmensas tinieblas al único punto al que podía llegarme la voz de mis compañeros.

Este asombroso efecto de acústica se explicaba fácilmente por las solas leyes físicas inherentes a la forma del corredor y a la conductibilidad de la roca. Muchos son los ejemplos de esta propagación del sonido no perceptible en los espacios intermedios. Recuerdo que se ha observado este fenómeno en muchos lugares, entre ellos en la galería interior de la cúpula de San Pablo, en Londres, y sobre todo en medio de esas curiosas cavernas de Sicilia, esas canteras de las cercanías de Siracusa, de las que la llamada Oreja de Dionisio es la más maravillosa en este género.

Al venirme estos recuerdos, comprendí que el hecho de que la voz de mi tío hubiera llegado hasta mí significaba que ningún obstáculo existía entre nosotros, y que, siguiendo el camino del sonido, lógicamente, debía llegar como él. Si no me traicionaban las fuerzas. Me levanté y me puse en marcha. Me arrastraba más que andaba. La pendiente era bastante rápida, y me iba dejando resbalar por ella.

Pronto la velocidad de mi descenso aumentó tanto, tan espantosamente, que parecía una caída. No podía pararme. De repente, me faltó el terreno bajo los pies y caí rebotando sobre las asperezas de una galería casi vertical, de un verdadero pozo, hasta que mi cabeza golpeó una aguda roca, y perdí el conocimiento.

29

Cuando volví en mí, me hallé acostado sobre unas mantas. En la semioscuridad en que estaba, vi a mi tío en vela, buscando en mi rostro un resto de existencia. A mi primer suspiro, me cogió la mano; a mi primera mirada, lanzó un grito de alegría:

—¡Vive! ¡Vive!

—Sí —respondí con débil voz.

—Hijo mío, ¡estás salvado! —dijo mi tío, estrechándome contra su pecho. Me conmovió vivamente el tono en que pronunció esas palabras, y más aún los cuidados de que las acompañaba. Había que llegar a esas extremidades para provocar en el protesor tales efusiones.

En aquel momento llegó Hans. Cuando vio mi mano en la de mi tío, sus ojos expresaron una viva satisfacción, me atrevería a afirmarlo.

—*God dag* —dijo.

—Buenos días, Hans; buenos días —murmuré—. Y ahora, tío, dígame dónde estamos.

—Mañana, Axel; mañana. Ahora estás demasiado débil todavía. Te he puesto en la cabeza unas compresas,

que no debes mover. Duerme, pues, muchacho, y mañana lo sabrás todo.

—Pero dígame, al menos, qué hora es y a qué día estamos.

—Son las once de la noche, y hoy es domingo, 9 de agosto. No te permito más preguntas hasta mañana.

Verdad era que estaba muy débil. Mis ojos se cerraron involuntariamente. Me hacía falta una noche de reposo. Me adormecí pensando en que mi aislamiento había durado cuatro largos días.

Al despertarme, al día siguiente, miré en torno mío. Mi cama, hecha con todas las mantas de viaje de que disponíamos, estaba instalada en una encantadora gruta ornada de magníficas estalagmitas, con un suelo de arena fina. Reinaba en ella una semioscuridad extraña. Ninguna antorcha, ninguna lámpara se hallaba encendida, y, sin embargo, una inexplicable claridad venía de fuera a través de una estrecha abertura de la gruta. Oía también un murmullo vago e indefinido, como el gemido de las olas que mueren suavemente en una playa, y, a veces, como los silbidos de la brisa.

Me pregunté si estaría despierto o si aún soñaba; si mi cerebro lesionado en la caída no registraba ruidos puramente imaginarios. Sin embargo, ni mis ojos ni mis oídos podían engañarme hasta tal punto.

«Es un rayo de luz —pensé— que se cuela por esta hendidura de las rocas. Y ese murmullo de las olas. Y ese silbido de la brisa. ¿Me engaño, o es que hemos retornado a la superficie de la Tierra? ¿Ha renunciado mi tío a la expedición o la ha culminado felizmente?» Tales eran las preguntas que me planteaba, cuando entró el profesor.

—Buenos días, Axel —dijo alegremente—. Apostaría algo a que te encuentras muy bien.

—Sí —dije, incorporándome.

—Tenía que ser así, pues has dormido tranquilamente. Te hemos velado toda la noche, Hans y yo, y hemos visto que te restablecías rápidamente.

—En efecto, me encuentro bien, y la prueba es que pienso rendir honores al desayuno que van a ofrecerme.

—Comerás, muchacho. Ya no tienes fiebre. Hans ha frotado tus heridas con no sé qué ungüento islandés, y se han cicatrizado a las mil maravillas. ¡Qué hombre, nuestro guía!

Mientras hablaba, mi tío me preparaba el desayuno, que devoré con un ansia excesiva a pesar de sus consejos, al tiempo que lo abrumaba a preguntas, a las que fue dando respuesta.

Supe entonces que mi providencial caída me había llevado precisamente a la extremidad de una galería casi perpendicular; que había caído envuelto en un torrente de piedras, la menor de las cuales hubiese bastado para aplastarme, de lo que él deducía que una parte del macizo se había precipitado conmigo. Tan espantoso «vehículo» me transportó así hasta sus brazos, en los que caí ensangrentado e inánime.

—Verdaderamente —me dijo—, es increíble que no te hayas matado mil veces. Pero, ¡por Dios!, no nos separemos más, pues arriesgaríamos no volver a vernos jamás.

«No nos separemos más.» ¿No había acabado, pues, el viaje? El asombro que expresaban mis ojos le hizo pre-preguntarme:

—¿Qué te ocurre, Axel?

—Quiero hacerle una pregunta. ¿Dice usted que estoy sano y salvo?

—Así es.

—¿Tengo todos los miembros intactos?

—Sí.

—¿Y mi cabeza?

—Tu cabeza, salvo algunas contusiones, está exactamente en su lugar, sobre tus hombros.

—Temo tener el cerebro trastornado.

—¿Trastornado?

—Sí. ¿No hemos regresado a la superficie del Globo?

—No; claro que no.

—Entonces debo estar loco, pues veo la luz del día, oigo el ruido del viento y del mar.

—¡Ah! ¿Es eso lo que te trastorna?

—¿Puede usted explicármelo?

—No puedo explicártelo, porque es inexplicable. Pero cuando lo veas, comprenderás que la ciencia geológica no ha dicho aún su última palabra.

—Salgamos —dije, incorporándome brúscamente.

—No, Axel; no. El aire libre puede perjudicarte.

—¿El aire libre?

—Sí; el viento es bastante violento, y no quiero que te expongas.

—Pero si le aseguro que me encuentro muy bien.

—Un poco de paciencia, muchacho. Una recaída nos dificultaría las cosas, y no hay que perder tiempo, pues la travesía puede ser larga.

—¿La travesía?

—Sí; descansa hoy todo el día, y mañana nos embarcaremos.

—¿Embarcaremos?

Esta palabra me hizo saltar de la cama. ¿Cómo? ¡Embarcaremos! ¿Teníamos, pues, a nuestra disposición, un río, un lago, un mar? ¿Un barco fondeado en un puerto interior?

Mi curiosidad estaba excitada al máximo. Vanamente trató mi tío de retenerme. Cuando vio que mi impaciencia me sería más perjudicial que la satisfacción de mis deseos, cedió. Me vestí rápidamente y, para mayor precaución, me envolví en una manta y salí de la gruta.

30

Al principio, no vi nada. Mis ojos, acostumbrados a la oscuridad, no pudieron resistir la luz y, deslumbrados, se cerraron bruscamente. Cuando pude abrirlos, me quedé aún más estupefacto que maravillado.

—¡El mar! —grité.

—Sí —respondió mi tío—; el mar Lidenbrock, pues creo que ningún navegante podrá disputarme el honor de haberlo descubierto ni el derecho de darle mi nombre.

Una vasta extensión de agua, el comienzo de un lago o de un océano, se prolongaba más allá de los límites de la vista. La orilla, muy escotada, ofrecía a las últimas ondulaciones de las olas una arena fina, dorada, sembrada de las pequeñas conchas en las que vivieron los primeros seres de la creación. Las olas morían en la orilla con el peculiar murmullo sonoro que produce el agua en los grandes espacios cerrados. Un viento moderado arrancaba al agua una ligera espuma que me salpicó la cara. En aquella playa ligeramente inclinada, a unas cien toesas del borde de las olas, terminaban los contrafuertes de las enormes rocas que se elevaban, ensanchándose, a una inconmensurable altura. Algunos peñascos, desgarrando la orilla con sus agudas aristas, formaban cabos y promontorios roídos por los dientes de la resaca. Más lejos, la vista seguía su masa, que se perfilaba netamente sobre el brumoso fondo del horizonte.

Era un verdadero océano, caprichosamente contorneado por las orillas terrestres, pero desierto y con un aspecto terriblemente salvaje.

Que mis ojos pudieran pasearse a lo lejos por aquel mar se debía a una luz *especial* que iluminaba sus menores detalles. No la luz del sol con sus haces deslumbrantes y la espléndida irradiación de sus rayos, ni la pálida y vagarosa claridad del astro nocturno, que no es más que un reflejo sin calor. No. La potencia fulgurante de aquella luz, su temblorosa difusión, su blancura, clara y seca, la escasa elevación de su temperatura y su brillantez, superior a la de la luz lunar, denunciaban evidentemente un origen eléctrico. Era como una aurora boreal, un fenómeno cósmico continuo, lo que irradiaba sobre aquella caverna, capaz de contener un océano.

La bóveda suspendida por encima de mi cabeza, el «cielo», por así decir, parecía hecha de grandes nubes, vapores móviles y cambiantes que, al condensarse, debían producir de vez en cuando lluvias torrenciales. Yo creía que la evaporación del agua no podría producirse bajo una presión atmosférica tan fuerte, pero por alguna razón física que no alcanzaba a comprender había grandes nubes extendidas en el aire. Pero en ese momento hacía «buen tiempo». La electricidad producía asombrosos juegos de luz en las nubes más elevadas. Vivas sombras se dibujaban en sus volutas inferiores, y, de vez en cuando, entre dos capas separadas, se deslizaba hasta nosotros un rayo de luz de una gran intensidad. Pero no cabía hacerse la ilusión de que fuera un rayo de sol, pues era una luz sin calor. Todo producía una impresión de tristeza, de soberana melancolía. En vez de un firmamento refulgente de estrellas, era una bóveda de granito lo que había por encima de las nubes, una bóveda que me aplastaba con todo su peso. Y por inmenso que fuese aquel espacio no hubiera bastado al paseo del menos ambicioso de los satélites.

Esta idea me recordó la teoría de un capitán inglés que veía en la Tierra una inmensa esfera hueca, en cuyo interior el aire se hacía luminoso a causa de su presión, y por el que dos astros, Plutón y Proserpina, trazaban sus misteriosas órbitas. ¿Tendría razón? [9] Estábamos realmente encarcelados en una enorme excavación, de cuya anchura no podíamos hacernos una idea, ya que la orilla se alargaba hasta perderse de vista, así como tampoco de su longitud, al detenerse la mirada en la línea de un horizonte indeciso. En cuanto a su altura, debía sobrepasar varias leguas. Era imposible discernir dónde la bóveda hallaba apoyo en los contrafuertes de granito. Pero había una nube suspendida en la atmósfera cuya elevación debía ser por lo menos de unas dos mil toesas, altitud superior a la de los vapores terrestres y debida sin duda a la considerable densidad del aire.

La palabra «caverna» no traduce, evidentemente, lo que yo querría expresar para pintar ese mundo. Pero las palabras de las lenguas humanas no pueden bastar al que se aventura por los abismos del Globo.

No sabía yo, por otra parte, de ningún hecho geológico que pudiera explicar la formación de semejante excavación. ¿Era posible atribuirla al enfriamiento del Globo? Por los relatos de los viajeros, tenía conocimiento de algunas cavernas célebres, pero ninguna de ellas ofrecía tales dimensiones.

Aunque la gruta de Guachara, en Colombia, visitada por Humboldt, no hubiera revelado el secreto de su profundidad al sabio, pese a haberse adentrado éste en unos dos mil quinientos pies, cabe conjeturar con toda verosimilitud que su profundidad no se extiende mucho más allá. La inmensa caverna del Mammouth, en el Kentucky, es de proporciones gigantescas, puesto que su bóveda se

---

[9] El capitán Synnes. Vernes da noticia de él y de esta teoría en el capítulo XXIV de *El desierto de hielo,* segunda parte de *Aventuras del capitán Hatteras.*

eleva a quinientos pies por encima de un lago insondable.
y que ha sido recorrida en más de diez leguas, sin llegar
a su extremidad, por varios viajeros. Pero ¿qué son
esas cavidades comparadas con la que yo admiraba entonces, con su cielo de vapores, sus irradiaciones eléctricas y un vasto mar encerrado en sus flancos? Mi imaginación se sentía impotente ante tal inmensidad.

Falto de palabras para expresar mis sensaciones ante
tales maravillas, las contemplaba en silencio. Creía hallarme en un planeta lejano, en Urano o en Neptuno,
asistiendo a fenómenos que mi naturaleza «terrícola» no
podía comprender. A sensaciones nuevas debían corres-
ponder palabras nuevas, mi imaginación no me las procuraba. Miraba, pensaba, admiraba con una estupefacción mezclada de espanto.

La imprevisto del espectáculo había devuelto a mi rostro los colores de la salud. El asombro constituía mi
tratamiento. Y mi curación iba produciéndose mediante
esta nueva terapéutica. Además, la vivacidad de un aire
muy denso me reanimaba, al procurar más oxígeno a mis
pulmones.

Se comprenderá que tras una reclusión de cuarenta y
siete días en una estrecha galería experimentara un placer
infinito al aspirar una brisa cargada de emanaciones salinas.

No tuve, pues, que arrepentirme de haber salido de mi
gruta oscura. Mi tío, acostumbrado ya a esas maravillas,
no manifestaba extrañeza alguna.

—¿Te encuentras con fuerzas para dar un paseo?
—me preguntó.

—Sí, y con mucho gusto.

—Pues apóyate en mi brazo, Axel, y vayamos por la
orilla.

Echamos a andar por la playa. A la izquierda, unos
enormes peñascos, amontonados unos sobre otros, formaban una prodigiosa construcción titánica. Sobre sus
flancos corrían innumerables cascadas límpidas y resonan-
tes. Algunas volutas de vapor indicaban los lugares de
las fuentes termales. Varios arroyos corrían dulcemente

hacia el común depósito, murmurando agradablemente
por las pendientes. Reconocí entre ellos al Hans-bach,
que venía a perderse tranquilamente en el mar, como si
no hubiera hecho otra cosa desde el comienzo del mundo.

—De aquí en adelante, lo echaremos de menos —dije,
con un suspiro.

—¡Bah! Ese u otro cualquiera, igual da.

Me pareció bastante ingrata su respuesta. Pero en ese
momento atrajo mi atención un espectáculo inesperado,
a unos quinientos pasos, a la vuelta de un elevado promontorio, apareció ante nuestros ojos un bosque alto
y espeso. Lo formaban árboles de regular tamaño, cuyas
copas parecían quitasoles regular y geométricamente tra-
zados. Insensible su follaje a la brisa, los árboles estaban
absolutamente inmóviles, como un macizo de cedros
petrificados.

Apresuré el paso. No era capaz de hallar el nombre de
esa singular masa arbórea. ¿No formaban parte de las
doscientas mil especies vegetales conocidas hasta entonces? ¿Habría que concederles un lugar especial en la
flora de las vegetaciones lacustres? No. Cuando llegamos
a orillas del bosque, mi sorpresa se transmutó en admiración. En efecto, me hallaba en presencia de productos
de la Tierra, pero cortados según un patrón gigantesco.
Mi tío les dio inmediatamente el nombre que les correspondía.

—No es más que un bosque de hongos.

Y no se equivocaba. Júzguese cuál sería el desarrollo
adquirido por esas plantas, tan familiares a los terrenos
cálidos y húmedos. No ignoraba yo que el «Lycoperdon
giganteum» alcanza, según Bulliard, de ocho a nueve pies
de circunferencia, pero ésos eran hongos blancos de treinta a cuarenta pies de altura, con un casquete de parecido
diámetro. Había allí millares. La luz no lograba atravesar
aquella masa y la más completa oscuridad reinaba bajo
aquellas cúpulas yuxtapuestas como las redondas techumbres de un poblado africano.

Al penetrar en el «bosque», sentí el frío mortal que
descendía de las carnosas bóvedas. Erramos durante una

media hora entre las húmedas tinieblas. Experimenté una verdadera sensación de bienestar al volver a las orillas del mar.

Pero la vegetación de esta comarca subterránea no se limitaba a esos hongos. Más allá se elevaban, por grupos, numerosos árboles de follajes descoloridos y de fácil identificación: eran los humildes arbustos de la Tierra. Pero allí tenían dimensiones fenomenales. Licopodios de unos cien pies de altura, sigillarias gigantescas, helechos arborescentes tan grandes como los pinos de las altas latitudes, lepidodéndrons de tallos cilíndricos bifurcados y terminados en hojas largas y erizadas de agudos pelos como plantas monstruosas.

—¡Asombroso! ¡Magnífico! ¡Espléndido! —exclamó mi tío—. He aquí toda la flora de la segunda época del mundo, de la época de transición. He aquí esas humildes plantas de nuestros jardines que se hacían árboles en los primeros siglos del Globo. ¡Mira, Axel; admira esto! Nunca a un botánico le fue dado asistir a una fiesta semejante.

—Tienes razón, tío. La Providencia para haber querido conservar en este inmenso invernadero estas plantas antediluvianas que con tanto acierto ha reconstruido la sagacidad de los sabios.

—Bien dices, muchacho, al llamar a esto un invernadero; pero mejor dirías aún si también lo llamaras un zoo.

—¿Un zoo?

—Sí, sin duda. Mira este polvo que vamos pisando, esos huesos diseminados por el suelo.

—¡Son osamentas! ¡Sí! Son osamentas de animales antediluvianos —me precipité sobre esos restos seculares hechos de una sustancia mineral indestructible *. Y fui nombrando sin vacilar cada uno de los huesos gigantescos que parecían troncos de árboles secos.

—La mandíbula inferior del mastodonte Los molares del dinoterio. Un fémur que no puede haber pertenecido

* Fosfato de cal.

más que al más grande de todos estos animales, el megaterio. Sí, es un zoo. Estas osamentas no han podido
caer aquí por un cataclismo. Los animales a los que per-
tenecieron debieron vivir a orillas de este mar subterráneo, a la sombra de estas plantas arborescentes. Mire, ahí
veo esqueletos enteros. Y, sin embargo...

—¿Qué?

—No comprendo la presencia de semejantes cuadrúpedos en esta caverna de granito.

—¿Por qué?

—Porque la existencia de la vida animal sobre la
Tierra data tan sólo de los períodos secundarios, cuando
los aluviones formaron los terrenos sedimentarios que
reemplazaron a las rocas incandescentes de la época primitiva.

—Pues bien, Axel; tu objeción tiene una respuesta
muy sencilla, y es la de que este terreno es precisamente
un terreno secundario.

—¡Cómo! ¡A semejante profundidad!

—Sin duda, y el hecho admite una explicación geológica. En una determinada época, la Tierra no estaba
formada más que por una corteza elástica, sometida, en
virtud de las leyes de la atracción, a una serie de movimientos alternativos de dilatación y de contracción. Es
muy probable que se produjeran hundimientos del suelo
y que una parte de los terrenos sedimentarios fuera
arrastrada al fondo de los abismos súbitamente abiertos.

—Bien, ¿por qué no? Pero si vivieron aquí animales
antediluvianos, ¿quién podría decir que no ande todavía
alguno de aquellos monstruos por esos bosques sombríos
o tras esas escarpadas rocas?

La sola enunciación de la idea me hizo escrutar, no
sin cierta inquietud, nuestro entorno. Pero ningún ser
viviente parecía haber en aquella soledad.

Un poco fatigado, fui a sentarme en la cumbre de un
promontorio en cuya base se rompían las olas con estrépito. Desde allí dominaba toda la bahía que, formada
por una escotadura de la costa, terminaba en un pequeño
puerto encajonado entre las rocas piramidales. En sus

aguas tranquilas, que dormían al abrigo del viento, hubieran podido fondear fácilmente un bergantín y dos o tres goletas. Yo casi esperaba de un momento a otro ver zarpar un barco a toda vela, aprovechando la brisa del sur. Pero tal ilusión duró sólo un instante. Eramos las únicas criaturas vivientes de aquel mundo subterráneo. En algunos momentos en que el viento se calmaba, el silencio, un silencio más profundo que el del desierto, oprimía las áridas rocas y la superficie del océano. Mis ojos pugnaban por perforar las lejanas brumas, por desgarrar aquella cortina corrida sobre el misterioso fondo del horizonte. Y en mis labios se agolpaban las preguntas: ¿dónde terminaría el mar? ¿A dónde conducía? ¿Podríamos llegar a reconocer las orillas opuestas?

Mi tío no parecía dudarlo. En cuanto a mí, lo deseaba tanto como lo temía.

Después de pasar una hora en la contemplación del maravilloso espectáculo regresamos a la gruta. Fue bajo el imperio de las más extrañas ideas como, aquella noche, caí en el sueño más profundo.

31

Al día siguiente me desperté completamente restable-cido. Pensando que un buen baño habría de tonificarme, nadé durante algunos minutos en las aguas de aquel Mediterráneo, nombre que se merecía más que ninguno.

Regresé a desayunar con un excelente apetito. Hans estaba preparando el desayuno. Como tenía agua y fuego a su disposición pudo variar un poco nuestro ordinario. Culminamos el desayuno con algunas tazas de café, y puedo decir que nunca degusté tan deliciosa bebida con tanto placer como aquel día.

—Es la hora de la marea —dijo mi tío—. No per-damos la ocasión de estudiar este fenómeno.

—¿Cómo? ¿La marea? —pregunté, estupefacto.

—En efecto.

—¿Hasta aquí llegan la influencia de la Luna y del Sol?

—¿Y por qué no? ¿No están sometidos todos los cuerpos en su conjunto a la atracción universal? ¿Por qué habría de sustraerse esta masa de agua a la ley ge-neral? Así, y pese a la presión atmosférica que soporta su superficie, vas a verla levantarse como lo hace el mismísimo Atlántico.

Mientras así hablábamos íbamos ya pisando las arenas de la orilla, que las olas iban invadiendo poco a poco.

—Ya sube —exclamé.

—Sí, Axel, y por el avance de las olas verás cómo el mar se elevará en unos diez pies.

—¡Es maravilloso!

—No. Es natural.

—Usted dirá lo que quiera, tío, pero a mí todo esto me parece extraordinario, y apenas puedo creer lo que veo. ¡Quién hubiera podido imaginar en el interior de la Tierra la existencia de un verdadero océano, con sus flujos y reflujos, con sus brisas, con sus tempestades!

—Y ¿por qué no? ¿Hay alguna razón física que se oponga a ello?

—Puesto que hay que abandonar la teoría del calor central, no veo ninguna.

—O sea que hasta ahora se confirma la teoría de Davy.

—Cierto; y siendo así, nada contradice la existencia de mares o de comarcas en el interior del Globo.

—Sin duda, pero deshabitados.

—Bueno, y ¿por qué no habrían de dar asilo estas aguas a peces de una especie desconocida?

—Lo cierto es que hasta ahora no hemos visto ninguno.

—Pues propongo que fabriquemos unos aparejos para ver si los anzuelos son aquí tan eficaces como en los océanos sublunares.

—Me parece bien, Axel, pues debemos inquirir todos los secretos de estas regiones nuevas.

—Pero permítame hacerle una pregunta que ha debido ya encontrar respuesta en sus instrumentos: ¿dónde estamos, tío?

—Horizontalmente, a trescientas cincuenta leguas de Islandia.

—¿Tan lejos ya?

—Estoy seguro de no equivocarme en más de quinientas toesas.

—Y la brújula, ¿sigue indicando el sudeste?

—Sí. Con una declinación occidental de diecinueve grados y cuarenta y dos minutos, exactamente como arriba, en la superficie. Pero su inclinación indica un hecho curioso que he observado con la mayor atención.

—¿Qué es?

—Pues que la aguja, en vez de inclinarse hacia el polo, como lo hace en el hemisferio boreal, se eleva al contrario.

—De lo que cabe inferir que el punto de atracción magnética se halla situado entre la superficie del Globo y el lugar en que nos hallamos, ¿no es así?

—En efecto, y es probable que si llegáramos a las regiones polares, hacia los setenta grados, donde James Ross descubrió el polo magnético, veríamos levantarse verticalmente la aguja. Lo que quiere decir que ese misterioso centro de atracción no se halla situado a una gran profundidad.

—Evidentemente. He aquí un hecho no sospechado por la ciencia.

—La ciencia, hijo mío, está hecha de errores, pero de unos errores en los que es bueno haber incurrido, porque son ellos los que nos conducen poco a poco a la verdad.

—¿A qué profundidad estamos?

—A una profundidad de treinta y cinco leguas.

—Así pues —dije, mirando el mapa—, estamos bajo la parte montañosa de Escocia, en la que los montes Grampianos elevan a una prodigiosa altura sus cimas cubiertas de nieve.

—Sí —respondió el profesor, riendo—. Nuestra carga es algo pesada, pero la bóveda es sólida. El gran arquitecto del universo [10] la ha construido con buenos materiales. Nunca el hombre hubiera podido darles tal dimensión. Pues ¿qué son los arcos de puentes y catedrales comparados con esta nave de tres leguas de radio, que da cabida a un océano con sus tempestades?

---

[10] Cautelosa y maliciosa alusión a la Masonería. Escocia, rito escocés.

—¡Oh! Yo no temo que el cielo se despeñe sobre mi cabeza. Pero dígame, tío, cuáles son sus proyectos. ¿No piensa volver a la superficie del Globo?

—¿Volver? ¡Vamos, vamos! Muy al contrario: continuar nuestro viaje, puesto que tan satisfactoriamente se ha desarrollado hasta ahora.

—Pero... no veo cómo poder penetrar bajo el agua.

—No seré yo quien me sumerja en ella. Pero si los océanos son lagos, propiamente hablando, puesto que están rodeados de tierra, con mayor razón debe hallarse circunscrito por el granito este mar interior.

—Eso no es dudoso.

—Lo que me da la seguridad de hallar nuevos caminos en las orillas opuestas.

—¿Y qué longitud le supone a este océano?

—Treinta o cuarenta leguas.

—¡Ah! —dije, silenciando mis dudas sobre la exactitud de tal estimación.

—Así que no tenemos tiempo que perder, y mañana mismo nos haremos a la mar.

Involuntariamente, busqué con la mirada el barco que debía trasladarnos.

—Así que vamos a embarcarnos. Muy bien. Pero ¿en qué barco hallaremos pasaje?

—No será en un barco, muchacho, sino en una buena y sólida balsa.

—¡Una balsa! —exclamé—. Una balsa es tan imposible de construir aquí como un navío, y yo no veo cómo...

—Tú no ves, Axel; pero si escucharas podrías oír.

—¿Oír?

—Sí. Oír los martillazos de Hans, que ya está poniendo manos a la obra.

—¿Construyendo la balsa?

—Sí.

—¡Cómo! ¿Ha derribado a hachazos los árboles?

—Los árboles estaban ya abatidos. Ven y lo verás al trabajo.

Nos dirigimos hacia el otro lado del promontorio que formaba el pequeño puerto natural, y al cabo de un cuarto de hora de marcha pude ver a Hans trabajando. Pronto me hallé a su lado, y vi, sorprendido, que la balsa se hallaba ya hecha a medias, con unas vigas de una madera muy particular. A su lado, diseminados por la arena, un gran número de planchas, de curvas y de cuadernas de todas clases. Había allí material suficiente para construir toda una flota.

—Tío, ¿qué madera es ésta?

—Madera de pino, de abeto, de cedro, todas las especies de coníferas del Norte, mineralizadas por la acción de las aguas del mar.

—¿Es posible?

—Es lo que se llama el «surtarbrandur» o madera fosilizada.

—Pero si es así debe tener la dureza de la piedra, como los lignitos, y no podrá flotar.

—Así sucede, a veces. Hay maderas que se han convertido en verdadera antracita. Pero otras, como ésta, no han sufrido más que un comienzo de fosilización. Obsérvalo tú mismo —dijo mi tío, a la vez que lanzaba al mar un trozo de madera. Este, tras desaparecer en el agua, salió a la superficie, y se quedó flotando, mecido por las olas.

—¿Convencido?

—Convencido de que es increíble.

Al día siguiente, por la noche, gracias a la habilidad del guía, la balsa estaba terminada. Tenía diez pies de largo por cinco de ancho. Las tablas de «surtarbrandur», unidas entre sí por fuertes cuerdas, ofrecían una superficie sólida. Una vez lanzada al agua, la improvisada embarcación flotó tranquilamente sobre las olas del mar Lidenbrock.

32

Madrugamos bastante el 13 de agosto. Ibamos a inaugurar un nuevo género de locomoción, rápido y cómodo.

Un mástil hecho con dos palos acoplados, una verga realizada con otro y una vela improvisada con una de nuestras mantas constituían el aparejo de la balsa, cuya solidez reforzaban las abundantes cuerdas.

El profesor ordenó el embarque a las seis de la mañana. Los víveres, los equipajes, los instrumentos, las armas y una considerable cantidad de agua dulce obtenida de los manantiales se hallaban ya a bordo.

Hans se puso al timón que había instalado para dirigir su balsa. Yo largué la amarra que nos retenía a la orilla. Orientamos la vela y zarpamos rápidamente.

En el momento de abandonar el pequeño puerto, mi tío, aferrado a sus nomenclaturas geográficas, quiso darle un nombre, y, entre otros, propuso que fuera el mío.

—Yo le propondría otro, tío.

—¿Cuál?

—El nombre de Grauben. Puerto Grauben no sonaría mal en el mapa.

—De acuerdo. Puerto Grauben, pues.

Así es como el recuerdo de mi querida virlandesa quedó asociado a nuestra aventurada expedición.

Soplaba una brisa del nordeste que nos impulsaba con gran rapidez. Las muy densas capas de la atmósfera ejercían un considerable empuje, actuando sobre la vela como un poderoso ventilador.

Al cabo de una hora, mi tío había podido estimar con bastante exactitud nuestra velocidad.

—De continuar así —dijo—, haremos por lo menos treinta leguas en veinticuatro horas, y no tardaremos en ver las orillas opuestas.

No respondí, y fui a situarme en la proa de la balsa. Ya la costa septentrional se desvanecía en el horizonte. Los dos brazos de las orillas se abrían ampliamente como para facilitar nuestra partida. Ante mis ojos se extendía un mar inmenso, sobre cuya superficie paseaban las grandes nubes su sombra grisácea, que parecía abatirse sobre las plomizas aguas. Los plateados rayos de la luz eléctrica, reflejados de vez en cuando por alguna gota, hacían brotar puntos luminosos en los remolinos originados por la embarcación. Pronto se perdió de vista la costa, y con ella todo punto de referencia, y de no ser por la estela de espuma que formaba la balsa hubiera podido creerse que ésta se hallaba completamente inmóvil.

Hacia el mediodía vimos ondular por la superficie de las olas unas algas inmensas. Conocía yo bien la potencia vegetativa de esas plantas, que reptan a una profundidad de más de doce mil pies en el fondo de los mares, se reproducen bajo presiones de cuatrocientas atmósferas y forman a menudo grandes bancos que dificultan la marcha de los navíos. Pero nunca en parte alguna, que yo sepa, se han visto algas tan gigantescas como las del mar Lidenbrock.

Nuestra balsa pasó junto a bancos de fucus de tres a cuatro mil pies de longitud, inmensas serpientes que se desarrollaban hasta perderse de vista. Me divertía seguir con la mirada sus cintas infinitas, en la creencia de hallar sus límites de un momento a otro, para ver, en cambio, al cabo de algunas horas, engañada mi paciencia y aumentado mi asombro.

¿Qué fuerza natural podría producir tales plantas? ¿Qué aspecto tendría la Tierra en los primeros siglos de su formación, cuando, bajo la acción del calor y la humedad, se desarrollaba el reino vegetal en su superficie?

Llegó la noche y, como había podido comprobarlo la víspera, el estado luminoso del aire no sufrió ninguna disminución. Podíamos, pues, contar con la permanencia constante del fenómeno.

Después de cenar me tendí al pie del mástil, y no tardé en dormirme, sumido en una indolente ensoñación.

Inmóvil, al timón, Hans dejaba correr la balsa, que, impelida por el viento de popa, no necesitaba apenas de dirección.

A nuestra partida de Puerto Grauben el profesor Lidenbrock me había encomendado la responsabilidad de llevar el «diario de a bordo», en el que anotar las menores observaciones, consignar los fenómenos interesantes, tales como la dirección del viento, la velocidad adquirida, la distancia recorrida...; en una palabra, todos los incidentes de esta extraña navegación. Me limitaré, pues, a reproducir aquí aquellas notas cotidianas, escritas, por así decirlo, al dictado de los acontecimientos, a fin de dar un relato más exacto de nuestra travesía.

Viernes, 14 de agosto.—Brisa sostenida del NO. La balsa marcha con rapidez y en línea recta. La costa queda a unas treinta leguas de sotavento. Nada en el horizonte. La intensidad de la luz no varía. Buen tiempo, es decir, que las nubes están muy altas, poco densas y bañadas en una atmósfera blanca como de plata en fusión. Termómetro: 32° C. A mediodía, Hans ha preparado un anzuelo en la extremidad de una cuerda; le ha puesto como cebo un trocito de carne y lo ha echado al mar. Han pasado dos horas, sin nada. ¿Están deshabitadas estas aguas? No. Hans nota una sacudida, tira de la cuerda y saca un pez que se debate vigorosamente.

—¡Un pez! —exclama mi tío.

—¡Es un esturión! ¡Un esturión pequeño!

El profesor mira atentamente el pez y no parece compartir mi opinión. El pez tiene la cabeza plana, redondeada. La parte anterior del cuerpo está cubierta de placas óseas. La boca, privada de dientes. Las aletas pectorales, muy desarrolladas, están ajustadas al cuerpo, desprovisto de cola. El animal pertenece ciertamente al orden en que los naturalistas han clasificado al esturión, pero difiere de éste en caracteres esenciales.

Mi tío no se ha equivocado, pues; tras un corto examen, dice:

—Este pez pertenece a una familia extinguida desde hace siglos y de la que únicamente se hallan sus huellas fósiles en los terrenos devonianos.

—¿Es posible que hayamos cogido vivo a uno de los habitantes de los mares primitivos?

—Sí —responde el profesor, prosiguiendo su examen—, y ya ves que estos peces fósiles no tienen ninguna identidad con las especies actuales. ¡Qué felicidad para un naturalista tener vivo uno de estos seres!

—Pero ¿a qué familia pertenece?

—Al orden de los ganoides, familia de los cefalaspidos, género...

—¿Sí?

—Género de los pterychtis, lo juraría. Pero este pez ofrece una particularidad que, se dice, se encuentra en los peces de las aguas subterráneas.

—¿Qué particularidad es ésa?

—Es ciego.

—¡Ciego!

—Y no sólo ciego, sino que carece por completo del órgano de la vista.

Una mirada me lo confirma. Pero quizá sea sólo un caso particular. Se ceba nuevamente el anzuelo y se echa al mar. Hay aquí una pesca abundante, pues en dos horas recogemos una gran cantidad de pteryctis, así como de peces pertenecientes a una familia igualmente extinguida, la de los dipteridos, cuyo género no es capaz mi tío de identificar. Todos están desprovistos del órgano de la vista.

Esta inesperada pesca ha renovado ventajosamente nuestras provisiones.

Así pues, parece confirmarse que este mar no contiene más que especies fósiles, en las que los peces, como los reptiles, son tanto más perfectos cuanto más antigua es su creación.

¿Encontraremos quizá alguno de esos saurios que ha sabido reconstituir la ciencia a partir de un solo fragmento de hueso o de un cartílago? Tomo el anteojo y examino el mar. Desierto. Quizá nos hallamos todavía demasiado cerca de la costa.

Miro al espacio, en busca de los pájaros reconstruidos por el inmortal Cuvier. ¿Por qué no habrían de batir sus alas por estas pesadas capas atmosféricas? Los peces les proporcionarían alimento suficiente. Observo el espacio, pero el aire está deshabitado, como las orillas.

No obstante, la imaginación me lleva por las maravillosas hipótesis de la paleontología. Sueño despierto. Creo ver en la superficie de las aguas a los enormes quersitos, esas tortugas antediluvianas, semejantes a islotes flotantes. Por las sombrías orillas pasan los grandes mamíferos de los primeros días: el leptoterio, hallado en las cavernas del Brasil; el mericoterio, venido de las heladas regiones de Siberia. Más allá, el paquidermo lofiodon, ese gigantesco tapir, se oculta tras las rocas, dispuesto a disputar su presa al anoploterio, extraño animal que participa de la forma del rinoceronte, del caballo, del hipopótamo y del camello, como si el Creador, llevado de la prisa en las primeras horas del mundo, hubiese reunido varios animales en uno solo. El mastodonte gigante voltea su trompa y destroza con sus colmillos las rocas de las orillas, en tanto que el megaterio, apuntalado en sus enormes patas, hurga en la tierra, despertando con sus rugidos el eco de los granitos sonoros. Más arriba, el protopiteco, el primer mono aparecido en la superficie de la Tierra, escala las arduas cimas. Y más arriba aún, el pterodáctilo, de manos aladas, se desliza como un enorme murciélago por el aire comprimido. En fin, en las últimas capas, pájaros inmensos, más poderosos que el casuario, más grandes que el avestruz, despliegan sus vastas alas y rozan con sus cabezas la pared de la bóveda granítica.

Todo este mundo fósil renace en mi imaginación y me retrotrae a las épocas bíblicas de la creación, mucho antes del nacimiento del hombre, cuando la Tierra incompleta no podía bastarle aún. Mi sueño se anticipa a la aparición de los seres animados. Desaparecen los mamíferos; luego, los pájaros; luego, los reptiles de la época secundaria, y, por último, los peces, los crustáceos, los moluscos, los articulados. Los zoofitos del período de transición regresan a la nada, a su vez. Toda la vida de la Tierra se resume en mí, y mi corazón es lo único que late en este mundo despoblado. No hay ya estaciones, ni climas. El calor propio del Globo aumenta sin cesar hasta neutralizar al del astro radiante. La vegetación se exagera. Paso como una sombra entre los helechos arborescentes, hollando con mi paso incierto las irisadas margas, los abigarrados gres del suelo. Me apoyo en los troncos de las inmensas coníferas. Me tiendo a la sombra de los esfenófilos, de los asterófilos y de los licopodios, elevados a más de cien pies.

¡Los siglos pasan como días! Me remonto por la serie de las transformaciones terrestres. Desaparecen las plantas. Pierden su pureza las rocas graníticas. El estado líquido va a reemplazar al estado sólido bajo la acción de un calor más intenso. Las aguas corren por la superficie del Globo, hierven, se volatilizan. Los vapores envuelven a la Tierra, que, poco a poco, se convierte en una masa gaseosa, incandescente, grande y brillante como el Sol.

En el centro de esta nebulosa, un millón cuatrocientas mil veces más grande que el Globo que formará un día, me siento arrastrado a los espacios planetarios. Mi cuerpo se sutiliza, se sublima a su vez, y se mezcla como un átomo imponderable a estos inmensos vapores que trazan en el infinito su órbita inflamada.

¡Qué sueño! ¿A dónde me lleva? Mi mano febril va vertiendo en el papel estos extraños detalles. Me he olvidado de todo, del profesor, del guía y de la balsa, en la alucinación que se ha apoderado de mi espíritu.

—¿Qué te ocurre? —pregunta mi tío.

Mis ojos, desmesuradamente abiertos, se fijan en él sin verlo.

—¡Cuidado, Axel; vas a caerte al mar! —grita, al mismo tiempo que la mano vigorosa de Hans me sostiene. Sin su ayuda, me hubiera precipitado al agua, bajo el imperio de mi sueño.

—¿Es que se ha vuelto loco? —exclama mi tío.

—¿Qué pasa? —pregunto, al fin vuelto en mí.

—¿Estás enfermo?

—No; sólo una alucinación momentánea. ¿Todo va bien?

—Sí; buena brisa y mar tranquilo. Navegamos rápidamente y, si no me he equivocado en mi estimación, no podemos tardar en tocar tierra.

Al oír estas palabras me levanto y escruto el horizonte. Pero la línea del agua continúa confundiéndose con la de las nubes.

33

Sábado, 15 de agosto.—El mar conserva su monótona uniformidad. No hay tierra a la vista. El horizonte parece excesivamente lejano.

Tengo la cabeza aún pesada por la violencia de mi sueño.

Mi tío no ha soñado, pero está de muy mal humor. Recorre todos los puntos del espacio con su catalejo y se cruza de brazos con aire colérico.

Observo que el profesor Lidenbrock tiende a recobrar su carácter impaciente, y lo consigno en el diario. Mis pasados peligros y sufrimientos consiguieron arrancar de él un chispazo de humanidad, pero desde mi curación ha vuelto a prevalecer en él su naturaleza. Y ¿qué razón hay para encolerizarse cuando el viaje se está desarrollando en las más favorables circunstancias? ¿Cuando nuestra balsa va navegando con una maravillosa rapidez?

—Parece usted inquieto, tío —le digo, al ver que lleva a menudo el catalejo a sus ojos.

—¿Inquieto? No.

—¿Impaciente, entonces?

—Motivos sobrados hay para estarlo.

—Sin embargo, la velocidad con que navegamos...

—¿Y qué importa eso? No me quejo de que la velocidad sea demasiado pequeña, sino de que el mar sea demasiado grande.

Ahora recuerdo que antes de nuestra partida el profesor había estimado en unas treinta leguas la longitud de este océano subterráneo. Y ocurre que hemos recorrido ya más de tres veces esa longitud sin avistar aún las orillas del Sur.

—Y no estamos descendiendo —prosigue el profesor—. Estamos perdiendo el tiempo, pues, a fin de cuentas, no he venido hasta aquí para dar un paseo en barca sobre un estanque.

¡Un paseo en barca esta travesía y un estanque este mar!

—Pero —le digo— puesto que estamos siguiendo la ruta indicada por Saknussemm...

—Ahí está la cuestión. ¿Hemos seguido realmente su camino? ¿Encontró Saknussemm esta extensión de agua? ¿La atravesó? ¿No nos habrá extraviado el arroyo que tomamos por guía?

—En todo caso, no podemos lamentar haber venido hasta aquí. Es magnífico este espectáculo y...

—No se trata de ver nada. Yo me he asignado un objetivo y quiero alcanzarlo. Así que no me hables de admirar nada.

Me doy por enterado, y dejo al profesor morderse los labios de impaciencia. A las seis de la tarde, Hans reclama su paga y obtiene sus tres rixdales.

Domingo 16 de agosto.—Sin novedad. Tiempo idéntico al de ayer, aunque el viento tiende ligeramente a refrescar. Mi primer cuidado al despertarme ha sido el de comprobar si la intensidad de la luz se mantiene constante. Continúo temiendo que el fenómeno eléctrico se oscurezca y acabe por apagarse. No ocurre así. La sombra de la balsa se dibuja netamente en la superficie del agua.

Verdaderamente, este mar es infinito. Debe tener la extensión del Mediterráneo, si no la del Atlántico. ¿Por qué no?

Mi tío lo ha sondeado varias veces, atando uno de los picos a la extremidad de una cuerda de unas doscientas brazas de longitud. No hallamos fondo. Nos cuesta mucho trabajo izar la sonda. Al extraer el pico, Hans me hace notar en la superficie del hierro unas señales muy acusadas. Se diría que este trozo de hierro ha estado vigorosamente apretado por dos cuerpos duros.

Miro al cazador.

—*Tander* —dice.

No comprendo. Me vuelvo hacia mi tío, a quien veo enteramente absorto en sus reflexiones. No me atrevo a molestarle. Miro nuevamente al islandés, quien, abriendo y cerrando varias veces la boca, me hace comprender su pensamiento.

—¡Dientes! —exclamo, estupefacto, y examinando más atentamente la pieza de hierro.

Sí; son dientes los que han dejado incrustada esta huella en el metal. Dientes de una mandíbula que debe tener una fuerza prodigiosa. ¿Es un monstruo de las especies extinguidas, más voraz que el escualo, más temible que la ballena, el que se agita en las capas profundas de las aguas? No puedo apartar mis ojos de esta barra medio roída. ¿Va a hacerse realidad mi sueño de la víspera?

Este incidente me ha tenido muy agitado durante todo el día. Mi imaginación ha hallado la calma en un sueño de algunas horas.

Lunes, 17 de agosto.—Trato de recordar los peculiares instintos de los animales antediluvianos de la época secundaria que, sucediendo a los moluscos, a los crustáceos y a los peces, precedieron a la aparición de los mamíferos en la Tierra. El mundo pertenecía entonces a los reptiles. Estos monstruos ejercían su soberanía en los mares jurásicos *. La naturaleza les había concedido la más completa organización. ¡Qué gigantesca estructura, qué fuerza prodigiosa! Los saurios actuales, aun los más grandes y temibles caimanes y cocodrilos, no son más que débiles miniaturas de sus padres de las primeras edades del mundo.

La sola evocación de esos monstruos me hace estremecer. Ningún hombre los ha visto vivos. Aparecieron sobre la Tierra mil siglos antes que el hombre, pero sus osamentas fosilizadas, halladas en las calizas arcillosas que los ingleses llaman «lias», han permitido reconstruirlos anatómicamente y conocer así su colosal conformación.

He visto en el Museo de Hamburgo el esqueleto de uno de esos saurios que mide treinta pies de longitud. ¿Estaré destinado yo, habitante de la Tierra, a hallarme frente a frente con estos representantes de una familia antediluviana? ¡No, imposible! Y, sin embargo, la marca de unos dientes poderosos está grabada en la barra de hierro, y en ella reconozco unos dientes cónicos, como son los de los cocodrilos.

Mis ojos miran, espantados, el mar, del que temo ver surgir a un habitante de las cavernas submarinas.

Supongo que el profesor Lidenbrock debe estar compartiendo mis ideas, si no mis temores, pues le veo recorrer el océano con la mirada, tras haber examinado el pico.

«¡Maldita sea la idea que ha tenido de lanzar la sonda! —me digo para mí—. Ha debido molestar a algún animal en su retiro. ¡Con tal de que no nos ataque en el camino!...»

Echo una ojeada a las armas para cerciorarme de que están en buen estado. Mi tío me mira y me hace un gesto de aprobación.

---

* Mares del período secundario que han formado los terrenos que integran las montañas del Jura.

Ya la fuerte agitación de la superficie del agua indica la perturbación de sus capas profundas. El peligro se acerca. Hay que estar vigilantes.

Martes, 18 de agosto.—Llega la noche, o mejor dicho, el momento en que el sueño nos pesa en los párpados, pues no hay noche en este océano, y la luz implacable nos fatiga obstinadamente los ojos, como si navegásemos bajo el sol de los mares árticos. Hans está al timón. Mientras él asegura la guardia, yo me duermo.

Una espantosa sacudida me despierta, dos horas después. La balsa ha sido levantada por encima de las olas con una enorme potencia y lanzada a una distancia de unas veinte toesas.

—¿Qué pasa? —grita mi tío—. ¿Hemos tocado?

Hans muestra con el dedo una masa negruzca que se eleva y desciende alternativamente, a una distancia de unas doscientas toesas.

—¡Es una marsopa colosal! —exclamo.

—Sí —dice mi tío—, y ahí tienes también un lagarto de mar de un tamaño poco común.

—¡Y más allá un cocodrilo monstruoso! Mire su ancha mandíbula y las hileras de dientes de que está armada. ¡Oh! ¡Ha desaparecido!

—¡Una ballena! ¡Una ballena! —grita el profesor—. Veo sus enormes aletas. ¡Y mirad cómo echa aire y agua!

En efecto, dos columnas líquidas se elevan a una considerable altura por encima del mar. La presencia de esta manada de monstruos marinos nos deja sorprendidos, estupefactos, espantados. Sus dimensiones son sobrenaturales, y el más pequeño de ellos es capaz de destrozar la balsa de una sola dentellada. Hans intenta virar para huir de tan peligrosa vecindad, pero renuncia al ver a popa otros enemigos no menos temibles: una tortuga de unos cuarenta pies de ancho y una serpiente de unos treinta pies de longitud, que lanza su enorme cabeza por encima de las olas. La huida es imposible. Los reptiles se acercan, giran en torno a la balsa, trazando círculos concéntricos con una rapidez que no podría

igualar un tren lanzado a toda velocidad. He cogido mi fusil. Pero ¿qué efecto puede causar una bala en las escamas de que se recubren los cuerpos de estos animales?

Vemos, mudos de espanto, cómo se acercan. Por un lado, el cocodrilo; por el otro, la serpiente. El resto de la manada marina ha desaparecido. Me dispongo a tirar cuando Hans me contiene con un gesto. Los dos monstruos pasan a unas cincuenta toesas de la balsa y se precipitan uno contra otro. Su furor les impide advertir nuestra presencia.

El combate se libra a unas cien toesas de la balsa. Vemos a los dos monstruos acometerse.

Ahora parece que los demás animales vienen a tomar parte en la lucha: la marsopa, la ballena, el lagarto y la tortuga. Los entreveo a cada instante y se los señalo al islandés. Pero éste mueve la cabeza en gesto de negación.

—*Tva* —dice.

—¿Cómo? ¿Sólo dos? Pretende que sólo hay dos.

—Tiene razón —dice mi tío, que no suelta el catalejo ni un instante.

—¡Vamos, hombre!

—Sí. El primero de esos monstruos tiene el hocico de una marsopa, la cabeza de un lagarto, los dientes de un cocodrilo. Eso es lo que nos ha engañado. Es el más temible de los reptiles antediluvianos: el ictiosaurio.

—¿Y el otro?

—El otro es una serpiente escondida en el caparazón de una tortuga, el más terrible enemigo del ictiosaurio: el plesiosaurio.

Hans tiene razón. Sólo dos monstruos agitan así la superficie del mar. Son dos reptiles de los océanos primitivos lo que tengo ante mis ojos. Veo el ojo sangriento del ictiosaurio, tan grande como la cabeza de un hombre. La naturaleza lo ha dotado de un aparato óptico de una extremada potencia y capaz de resistir a la presión de las capas de agua en las profundidades en que habita. Con toda propiedad se le ha denominado la ballena de los saurios, pues de ella tiene la rapidez y el

volumen. Este debe medir no menos de cien pies, y me
es dado juzgar de su tamaño cuando le veo levantar por
encima de las olas las aletas verticales de su cola. Su
mandíbula es enorme, y, según los naturalistas, no cuenta
con menos de ciento ochenta y dos dientes.

El plesiosaurio, serpiente de tronco cilíndrico, de cola
corta, tiene las palas dispuestas en forma de remos. Su
cuerpo está enteramente recubierto de un caparazón, y su
cuello, flexible como el de un cisne, se levanta a unos
treinta pies por encima de las olas.

Los monstruos continúan atacándose con terrible furia.
Levantan montañas líquidas que una y otra vez nos po-
nen en peligro de zozobrar. Oímos unos silbidos de
una prodigiosa intensidad. Enlazadas las dos bestias, no
se puede distinguir una de la otra. Cabe temerlo todo
de la rabia del vencedor.

La lucha continúa encarnizadamente durante una hora,
dos horas. Los combatientes se acercan y se alejan alternativamente de la balsa. Permanecemos inmóviles, dispuestos a hacer fuego.

Súbitamente, el ictiosaurio y el plesiosaurio desaparecen, abriendo una verdadera sima en la superficie de
las aguas. Pasan varios minutos. ¿Va a terminar el combate en las profundidades del mar?

De repente, resurge una cabeza enorme: la del plesiosaurio. El monstruo está herido de muerte. No se ve su
inmenso caparazón. Unicamente su largo cuello que se
levanta, se abate, se eleva nuevamente, se curva, azota
las olas como un látigo gigantesco y se retuerce como un
gusano cortado, despidiendo el agua hasta una distancia
considerable en trombas que nos ciegan. Pero ya la ago-
nía del reptil toca a su fin; sus movimientos disminuyen;
se apaciguan sus contorsiones, y pronto el largo trozo de
serpiente se extiende como una masa inerte sobre las
olas ya tranquilas.

¿Qué ha sido del ictiosaurio? ¿Ha regresado a su caverna submarina o se dispone a reaparecer en la superficie del mar?

34

Miércoles, 19 de agosto.—Afortunadamente, el viento, que sopla con fuerza, nos ha permitido huir rápidamente del escenario del combate. Hans continúa llevando el timón. Mi tío, arrancado un momento a sus absorbentes ideas por los incidentes de la lucha, ha vuelto a su impaciente contemplación del mar.

El viaje recobra su monótona uniformidad. Una monotonía que no deseo romper al precio de los peligros de ayer.

Jueves, 20 de agosto.—Brisa N.-NE., bastante desigual. Temperatura cálida. Navegamos a una velocidad de tres leguas y media por hora. Hacia mediodía oímos un ruido muy alejado. Consigno aquí el hecho sin poder hallarle explicación. Es como un mugido continuo.

—Debe haber a lo lejos —dice el profesor— alguna roca o islote en el que se rompe el mar.

Hans se encarama a lo alto del mástil, pero no distingue ningún escollo en la lisa superficie del océano que limita con la línea del horizonte.

Transcurren tres horas. El mugido parece provenir de una cascada lejana. Se lo comunico a mi tío, que se limita a mover la cabeza. Estoy seguro, sin embargo, de no equivocarme. ¿Corremos hacia una catarata que nos precipitará en el abismo? Es posible que esa manera de descender gustará a mi tío, en la medida en que le acercaría a la vertical, pero lo que es a mí...

En todo caso, debe haber a algunas leguas, en la dirección del viento, un ruidoso fenómeno, pues ahora el mugido se deja oír con mayor violencia.

¿Ese fragor procede del «cielo» o del océano?

Dirijo mis ojos hacia los vapores suspendidos en la atmósfera, tratando de sondear su profundidad. El cielo está tranquilo. Las nubes, situadas en lo más alto de la bóveda, parecen inmóviles, y se pierden en la intensa irradiación de la luz. Hay que buscar, pues, en otra parte la causa del fenómeno.

Escudriño el horizonte, puro y exento de toda bruma. Su aspecto no ha cambiado. Pero si este fragor viene de una caída, de una catarata, si todo este océano se precipita hacia un nivel inferior, si los mugidos son producidos por una masa de agua que cae, la corriente debe activarse y su creciente velocidad darnos la medida del peligro que nos amenaza. Examino la corriente. Es nula, y el lanzamiento de una botella vacía me lo confirma.

Hacia las cuatro, Hans se levanta y se encarama por el mástil. Desde lo alto del mismo su mirada recorre el arco de círculo que traza el océano ante la balsa. Su mirada se detiene en un punto. Su rostro no expresa ninguna sorpresa, pero su mirada se ha hecho fija.

—Ha visto algo —dice mi tío.

—Creo que sí.

Hans desciende. Extendiendo su brazo hacia el Sur, dice:

—*Der nere.*

—¿Allí? —pregunta mi tío.

Y cogiendo su anteojo mira atentamente durante un minuto que a mí me parece un siglo.

—Sí, sí —exclama.

—¿Qué ve usted?

—Un inmenso surtidor de agua que se eleva por encima de las olas.

—¿Algún otro monstruo marino?

—Tal vez.

—Entonces pongamos rumbo más al Oeste, pues ya sabemos a qué atenernos sobre el peligro de un encuentro con esos monstruos antediluvianos.

—Sigamos —responde mi tío.

Me vuelvo hacia Hans y le veo mantener el rumbo con un inflexible rigor.

Y, sin embargo, si desde la considerable distancia que nos separa de tal animal, distancia que pueda quizá estimarse en unas doce leguas, podemos ver la columna de agua por él expulsada, quiere decir que el monstruo debe ser de un tamaño sobrenatural. Huir sería, por lo tanto, conformarse a las leyes de la más elemental prudencia. Pero no parece que hayamos venido aquí a ser prudentes.

Continuamos, pues, adelante. Y a medida que nos acercamos va aumentando el volumen del surtidor. ¿Qué monstruo puede llenarse así de tal cantidad de agua y expulsarla sin interrupción?

A las ocho de la tarde nos hallamos ya a menos de dos leguas de él. Su cuerpo negruzco, enorme, montuoso, se extiende en el mar como un islote. ¿Es una ilusión nacida del espanto? Su longitud me parece sobrepasar mil toesas. ¿Qué clase de cetáceo es ésta que no han previsto ni los Cuvier ni los Blumembach? Está inmóvil y como dormido. El mar parece no poder levantarlo y sus olas ondulan en sus flancos. La columna de agua, proyectada a una altura de unos quinientos pies, baja en forma de lluvia con un estrépito ensordecedor. Como unos insensatos, corremos hacia esta poderosa masa, a la que cien ballenas no bastarían para alimentar en un solo día.

Me sobrecoge el terror. ¡No quiero ir más lejos! ¡Cortaré la driza de la vela si es preciso! Me rebelo contra el profesor, pero no me hace ni caso.

De repente, Hans se levanta y, señalando el punto amenazador con el dedo, dice:

—*Holme.*

—¡Una isla! —exclama mi tío.

—¡Una isla! —repito yo, alzándome de hombros.

—Evidentemente —responde el profesor, prorrumpiendo en una carcajada.

—¿Y la columna de agua?

—*Geyser* —explica Hans.

—Sí; un géiser, sin duda —replica mi tío—; un géiser parecido a los de Islandia *.

Me resisto a creer que haya podido equivocarme tan groseramente. ¡Tomar un islote por un monstruo marino! Pero no hay más remedio que rendirse a la evidencia de que nos hallamos ante un fenómeno natural.

A medida que vamos acercándonos se hacen más grandiosas las dimensiones del surtidor. El islote tiene una gran semejanza con un cetáceo inmenso, cuya cabeza dominara las olas a una altura de unas diez toesas. El géiser, palabra que los islandeses pronuncian «geysir», y que significa «furor», se alza majestuoso. De vez en cuando estallan sordas detonaciones, y el enorme chorro, acometido de cóleras más violentas, sacude su penacho de vapores, saltando entonces hasta la primera capa de nubes. Solo en su grandeza, no está rodeado de fumarolas ni de fuentes termales, y toda la potencia volcánica se resume en él. Los rayos de la luz eléctrica inciden en el deslumbrante surtidor, iluminando cada gota de agua con todos los colores del prisma.

—Atraquemos —dice el profesor.

Pero hay que evitar cuidadosamente esta tromba de agua, que en un instante echaría a pique a la balsa. Maniobrando hábilmente, Hans nos lleva a la extremidad del islote.

Salto a tierra, seguido de mi tío. El cazador permanece en su puesto, como un hombre por encima del asombro.

---

* Célebre manantial que brota con gran fuerza al pie del Hecla.

Andamos sobre un granito mezclado con toba silícea.
El suelo se estremece bajo nuestros pies, como las paredes de una caldera llena de vapor sobrecalentado. El
suelo está ardiente. Nos acercamos a la fuente de la que
brota el géiser. Meto en el agua, que brota hirviendo, un
termómetro de declinación. Marca una temperatura de
163 grados.

El agua sale, pues, de un foco ardiente, en singular
contradicción con las teorías del profesor Lidenbrock.
No me puedo impedir hacérselo notar.

—Y ¿qué es lo que eso prueba contra mi doctrina?

—Nada —le respondo, en un tono seco, al ver que
tengo que hacer frente a una testarudez absoluta.

Sin embargo, debo reconocer que hasta aquí nos hemos visto singularmente favorecidos y que, por una razón que no llego a comprender, nuestro viaje está transcurriendo en unas particulares condiciones de temperatura, pero no por ello me parece menos evidente, menos
seguro, que un día u otro habremos de llegar a las regiones en que el calor central alcanza los más elevados
límites y sobrepasa todas las graduaciones termométricas.

En fin, eso es algo que se verá, como dice el profesor,
quien tras haber bautizado este islote volcánico con el
nombre de su sobrino ordena el embarque.

Me quedo algunos minutos aún contemplando el géiser. Observo que el fuerte chorro es irregular en sus accesos, que disminuye a veces en intensidad, para recobrar seguidamente su vigor, lo que yo atribuyo a las
variaciones de presión de los vapores acumulados en su
depósito.

Partimos, al fin, costeando las muy escarpadas rocas
del Sur. Hans ha aprovechado el alto para controlar el
estado de la balsa.

Antes de alejarnos hago las observaciones necesarias
al cálculo de la distancia recorrida, y lo anoto en el diario. Hemos atravesado 270 leguas marinas desde Puerto
Grauben, y nos hallamos a 620 leguas de Islandia, debajo de Inglaterra.

35

Viernes, 21 de agosto.—Hemos perdido de vista el magnífico géiser. El viento ha refrescado y nos ha alejado rápidamente del islote Axel. Los mugidos del géiser son ya imperceptibles.

El tiempo, si es lícito expresarse así, va a cambiar dentro de poco. La atmósfera se carga de electricidad y de brumas formadas por la evaporación de las aguas salinas. Las nubes descienden sensiblemente y toman un tinte uniformemente oliváceo. Los rayos eléctricos apenas pueden atravesar este opaco telón corrido sobre el teatro en que se va a representar el drama de las tempestades.

Me siento particularmente impresionado, como lo está en la superficie de la Tierra toda criatura ante la inminencia de un cataclismo. Los «cumulus» amontonados hacia el Sur presentan un aspecto siniestro, con esa apariencia «implacable» que he observado a menudo al comienzo de las tempestades. El aire está pesado; el mar, tranquilo.

A lo lejos, las nubes parecen gruesas balas de algodón amontonadas en un pintoresco desorden. Van hinchán-

dose poco a poco, ganando en volumen lo que pierden
en número. Su pesadez es tal que no pueden despegarse
del horizonte, pero al impulso de las elevadas corrientes
se funden poco a poco y se ensombrecen para formar
pronto una capa única de siniestro aspecto. A veces, una
bola de vapores, aún iluminada, rebota sobre el grisáceo
tapiz para perderse pronto en la masa opaca.

La atmósfera está saturada de un fluido que me im-
pregna por completo y me eriza los cabellos, como si estuviera cerca de una máquina eléctrica. Creo que si mis
compañeros me tocaran ahora recibirían una violenta
descarga.

A las diez de la mañana, los síntomas de la tempestad
son más decisivos. Se diría que el viento ha amainado
para recuperar el aliento. Las nubes ya compactas parecen un odre inmenso en el que se acumulan los huracanes.

Me resisto a creer en las amenazas del cielo, pero no
puedo impedirme anunciar:

—Mal tiempo se avecina.

El profesor no responde, y se limita a encogerse de
hombros, exasperado de ver cómo el océano se prolonga
indefinidamente ante sus ojos.

—Tendremos tormenta —digo, señalando el horizonte—. Esas nubes bajan sobre el mar como si quisieran
aplastarlo.

Silencio general. El viento está inmóvil. La naturaleza,
la respiración contenida, parece una naturaleza muerta.
A lo largo del mástil, en el que veo ya el comienzo de
un ligero fuego de San Telmo, cae, fláccida, la vela en
pesados pliegues. La balsa está inmóvil en medio de un
mar espeso, sin oleaje. Pero si no nos movemos, ¿para
qué conservar la vela, que puede causar nuestra perdición al primer embate de la tempestad?

—Sería prudente arriar la vela y desarbolar la balsa
—digo.

—¡No, maldita sea; cien veces no! —grita mi tío—.
Que nos lleve el viento, que nos empuje la tempestad,
con tal de que vea yo al fin las rocas de la orilla, aun
cuando la balsa se rompa en mil pedazos.

No ha acabado aún de proferir esas palabras cuando veo la súbita transformación del aspecto del horizonte por el lado del Sur. Los vapores acumulados se resuelven en agua, y el aire, violentamente solicitado para colmar los vacíos producidos por la condensación, se transforma en huracán. Viene de los más remotos confines de la caverna. La oscuridad aumenta y apenas puedo apuntar algunas notas incompletas.

La balsa se levanta de un salto que derriba a mi tío. Me arrastro hacia él, que ha conseguido agarrarse fuertemente a un cable, y le veo observar, complacido, el espectáculo de los elementos desencadenados.

Hans no se mueve. Sus largos cabellos desordenados por el viento le dan una extraña fisonomía, al erizarse sus puntas de haces luminosos. La espantosa máscara en que así se transforma su rostro hacen de él un hombre antediluviano, contemporáneo de los ictiosaurios y de los megaterios.

El mástil resiste, a pesar de todo. La vela se hincha como un globo a punto de reventar. La balsa avanza con una celeridad que no puedo calcular, pero inferior a la de las gotas de agua que se desplazan bajo ella, y cuya rapidez traza líneas rectas y netas.

—¡La vela! ¡La vela! —grito, haciendo señas para arriarla.

—¡No! —responde mi tío.

—*Nej* —dice Hans, moviendo tranquilamente la cabeza.

La lluvia forma una catarata estruendosa ante el horizonte hacia el que nos precipitamos como unos insensatos. Pero antes de llegar a ella se produce súbitamente un desgarrón en la masa de nubes; el mar entra en ebullición, y la electricidad, producida por una poderosa acción química que se opera en las capas superiores, entra en juego. A los estampidos del trueno se mezclan ahora las vivísimas fulguraciones del rayo. Innumerables relámpagos se entrecruzan en medio de las detonaciones. La masa de vapores se hace incandescente. Los granizos que golpean el metal de nuestras armas y herramientas

despiden luz. Las olas levantadas parecen montes ignívomos en cuyas entrañas arde el fuego, y sus crestas parecen llamas.

Tengo los ojos deslumbrados por la intensidad de la
luz y los oídos rotos por el fragor de los truenos. Debo
mantenerme abrazado al mástil, que, bajo la violencia
del huracán, se comba como una caña.

... ...

(Mis notas de viaje están muy incompletas a partir de
aquí. No he encontrado más que algunas observaciones
fugitivas, anotadas maquinalmente, por así decir. Pero
su misma brevedad y oscuridad denuncian la emoción
que me dominaba y restituyen la situación mejor que
pueda hacerlo la memoria.)

... ...

Domingo, 23 de agosto.—¿Dónde estamos? Nos vemos arrastrados con una inconmensurable rapidez.

La noche ha sido espantosa. La tempestad no cede.
Vivimos en medio de un ruido ensordecedor, entre cons-
tantes estampidos. Nuestros oídos sangran y no podemos
hablar.

Los relámpagos no cesan. Veo sus fulgurantes zig-
zags en un vaivén continuo de arriba abajo y de abajo
arriba hasta golpear la bóveda de granito. ¡Si se desplo-
mara la bóveda! Algunos relámpagos se bifurcan o toman
la forma de globos de fuego que estallan como bombas.
El estrépito no parece aumentar, pues ha superado ya
el límite de intensidad que puede percibir el oído humano. Así, aunque todos los polvorines del mundo sal-
taran a la vez no podríamos oírlos.

Hay una emisión continua de luz en la superficie de
las nubes. De sus moléculas se libera incesantemente la
materia eléctrica. Los principios gaseosos del aire están
evidentemente alterados. Innumerables columnas de agua
se lanzan a la atmósfera y espumeando. ¿A dónde vamos?... Mi tío está echado cuan largo es en la extremidad de la balsa.

El calor aumenta. Miro el termómetro. Indica... (La cifra está borrada.)

Lunes, 24 de agosto.—¡Esto no tendrá fin! ¿Y no cabe temer que una vez modificado se haga definitivo el estado de esta atmósfera tan densa?

Estamos rotos de fatiga. Hans, como siempre. La balsa avanza invariablemente hacia el Sudeste. Hemos debido recorrer más de doscientas leguas desde el islote Axel.

A mediodía redobla la violencia del huracán. Hay que amarrar sólidamente todos los objetos de nuestro cargamento. Nosotros nos atamos también. Las olas pasan por encima de nuestras cabezas.

Imposible intercambiar una sola palabra desde hace tres días. Abrimos la boca, sí; movemos los labios, sí; pero somos incapaces de producir un sonido audible. Ni aun hablándonos al oído podemos entendernos.

Mi tío se acerca a mí y articula algunas palabras. Creo haberle oído decir: «Estamos perdidos», pero no estoy seguro de ello. Yo me decido a escribirle esta frase: «Arriemos la vela.» Y le veo hacer un signo de asentimiento.

En ese mismo momento aparece un disco de fuego al borde de la balsa. El mástil y la vela, arrancados de un golpe, se elevan a una prodigiosa altura, como un pterodáctilo, ese fantástico pájaro de los primeros siglos.

Permanecemos helados de espanto. El disco, blanco y azulado, del espesor de una bomba de diez pulgadas, gira con una sorprendente velocidad. Se acerca, asciende sobre uno de los ángulos de la balsa, salta sobre el saco de los víveres, desciende ligeramente, salta, roza la caja de la pólvora. ¡Qué horror! ¡Vamos a saltar! No. El deslumbrante disco se aparta y se acerca a Hans, que lo mira con fijeza; a mi tío, que se arrodilla para evitarlo; a mí, haciéndome palidecer y temblar por la intensidad de su luz y calor, y da vueltas en torno a mi pie, que yo trato de retirar sin conseguirlo.

Un olor a gas nitroso llena la atmósfera, penetrando en nuestras gargantas y pulmones, asfixiándonos.

¿Por qué no puedo levantar el pie? Está clavado a la balsa. La caída del globo eléctrico ha imantado todo el hierro de a bordo. Los instrumentos, las herramientas y las armas se agitan y chocan entre sí. Los clavos de mi bota se adhieren fuertemente a una plancha de hierro incrustada en la madera. No puedo retirar el pie. Al fin, haciendo un violento esfuerzo, consigo arrancarlo en el momento en que el disco iba a envolverlo en su movimiento giratorio y a arrastrarme a mí mismo, si...

¡Ah! ¡Qué intenso el resplandor causado por el estallido del globo, que se deshace en chorros llameantes!

De repente, todo se apaga. He podido ver a mi tío tumbado en la balsa. Hans sigue al timón, «escupiendo fuego» bajo la influencia de la electricidad que le penetra.

¿A dónde vamos? ¿A dónde vamos?

… … … … … … … … … … … … … … … … … … …

Martes, 25 de agosto.—Salgo de un prolongado desvanecimiento. La tempestad continúa. Los relámpagos se desencadenan como serpientes lanzadas a la atmósfera.

¿Continuamos nuestra travesía? Sí; impulsados a una velocidad incalculable. Hemos pasado debajo de Inglaterra, del Canal de la Mancha, de Francia, de toda Europa quizá.

… … … … … … … … … … … … … … … … … … …

Oímos un ruido nuevo. Seguramente, el del mar rompiéndose en las rocas... Pero, entonces...

36

Aquí termina lo que he llamado el «diario de a bordo», felizmente salvado del naufragio. Reanudo ahora mi relato como antes.

Me es imposible explicar lo que pasó al chocar la balsa con los escollos de la costa. Sólo sé que, lanzado al agua, si escapé a la muerte y si mi cuerpo no se destrozó contra las aristadas rocas fue gracias a los vigorosos brazos de Hans, que me sacó del agua y me depositó sobre una playa ardiente, al lado de mi tío. Hecho esto, Hans volvió a las rocas en que se rompían furiosamente las olas para tratar de salvar algunos restos del naufragio.

Yo no podía hablar. Extenuado por las emociones y las penalidades, tardé más de una hora en reponerme.

Continuaba cayendo un verdadero diluvio, pero ya con esa fuerza que anuncia el fin de las tormentas. En unas rocas superpuestas hallamos abrigo contra los torrentes del cielo.

Hans preparó una colación que no pude ni tocar. Agotados por las tres noches en vela que habíamos pasado, caímos todos en un pesado sueño.

El día siguiente amaneció con un tiempo magnífico. Mar y cielo se habían calmado, de común acuerdo, y todo vestigio de la tempestad había desaparecido. Las alegres palabras del profesor, que manifestaba una alegría terrible, saludaron mi despertar.

—Hola, muchacho; ¿has dormido bien?

Cualquiera diría que nos hallábamos en la casa de la Königstrasse, que yo descendía tranquilamente a desayunar y que en ese mismo día iba a contraer matrimonio con la pobre Grauben. Pero, ¡ay!, por poco que la tempestad hubiese desplazado la balsa hacia el Este, debíamos haber pasado por debajo de Alemania, bajo mi querida Hamburgo, bajo esa calle en la que se hallaba todo lo que yo más quería en el mundo. De todo eso me habrían separado tan sólo cuarenta leguas. Pero ¡cuarenta leguas verticales, de un muro de granito, que suponían, en realidad, más de mil leguas a franquear!

Estas dolorosas reflexiones atravesaron rápidamente mi mente antes de poder responder a mi tío.

—¡Ah! ¿No quieres decirme si has dormido bien?

—Muy bien —respondí—. Estoy molido aún, pero no importa.

—Nada. Un poco de fatiga; eso es todo.

—Muy alegre me parece que está hoy, tío.

—Encantado, muchacho, encantado. Hemos llegado.

—¿Al término de nuestro viaje?

—No; pero sí al término de este mar que parecía no tener fin. Y ahora vamos a reemprender el camino terrestre y a hundirnos verdaderamente en las entrañas del Globo.

—Tío, permítame hacerle una pregunta.

—Permitido, Axel.

—¿Y el retorno?

—¡El retorno! ¿Cómo piensas en volver cuando aún no hemos llegado?

—No; únicamente quiero saber cómo lo efectuaremos.

—De la manera más sencilla del mundo. Una vez llegados al centro del esferoide o bien hallaremos un camino nuevo para volver a su superficie o bien deberemos regresar por el camino ya recorrido. Supongo que no va a cerrarse detrás de nosotros.

—Entonces habrá que reparar la balsa.

—Naturalmente.

—Pero ¿nos quedan bastantes provisiones para poder efectuar todo esto?

—Sí. Confío en que la habilidad de Hans ha debido poner a salvo la mayor parte del cargamento. Pero vamos a asegurarnos, de todos modos.

Abandonamos nuestro refugio, expuesto a todos los vientos. Yo abrigaba una esperanza que era a la vez un temor: imposible me parecía que el terrible choque de la balsa no hubiese aniquilado todo lo que llevaba. Pero me equivocaba. Al llegar a la orilla vimos a Hans en medio de un gran número de objetos colocados con orden. Mi tío le estrechó la mano efusivamente, en expresión de agradecimiento. Ese hombre, de una sobrehumana e inigualada abnegación, había estado trabajando mientras nosotros dormíamos y puesto a salvo, con peligro de su vida, los objetos más preciosos.

No es que no hubiésemos sufrido sensibles pérdidas, no. Entre ellas, las armas. Pero, en fin, podíamos pasarnos sin ellas. La provisión de pólvora, que había estado a punto de saltar durante la tempestad, permanecía intacta.

—Bueno —dijo el profesor—, puesto que faltan los fusiles, tendremos que abstenernos de cazar.

—Pero ¿y los instrumentos?

—Aquí tenemos el manómetro, el más útil de todos y por el que hubiera sacrificado todos los demás. Con él puedo calcular la profundidad y saber si hemos llegado o no al centro. Sin él nos expondríamos a ir más allá y salir por los antípodas.

Había algo de auténtica ferocidad en su alegría.

—¿La brújula? —pregunté.

—Ahí está, sobre esa roca. En perfecto estado, igual que el cronómetro y los termómetros. ¡Ah! Hans es inapreciable.

Forzoso era reconocerlo: no faltaba ningún instrumento. En cuanto a las herramientas, vi esparcidos por el suelo picos, escalas, cuerdas, etc.

Quedaba por elucidar el problema de las provisiones.

—¿Y los víveres?

—Veamos —dijo mi tío.

Las cajas que los contenían estaban en línea sobre la arena, en perfecto estado de conservación. El mar había respetado la mayor parte, y entre galletas, carne salada, ginebra y pescado seco teníamos para cuatro meses.

—Cuatro meses —dijo el profesor—; lo suficiente para ir y volver e incluso ofrecer con los restos una cena a mis colegas del Johanneum.

Por acostumbrado que estuviese yo al carácter de mi tío, éste continuaba asombrándome.

—Ahora —dijo—, vamos a renovar nuestra provisión de agua con la dejada por la lluvia en las concavidades del granito. No es de temer que volvamos a sufrir la sed. En cuanto a la balsa, voy a recomendar a Hans que la repare lo mejor que pueda, aunque creo que no nos será ya de utilidad.

—¿Por qué dice eso?

—No lo sé; una idea o una intuición, muchacho. Creo que no saldremos por donde hemos entrado.

Miré al profesor con cierta desconfianza. Me pregunté si se habría vuelto loco. Y, sin embargo, ni él mismo sabía cuán acertado estaba.

—Ahora, comamos —dijo.

Tras haber dado instrucciones al cazador, nos encaminamos a un elevado promontorio, donde con galletas, cecina y té gocé de uno de los mejores desayunos que he tomado en mi vida. La necesidad, el aire libre y la calma después de tanta agitación me habían abierto un apetito formidable.

Durante el desayuno planteé a mi tío la cuestión de saber dónde nos hallábamos.

—Eso me parece bastante difícil de calcular —le dije.

—Calcularlo exactamente es difícil, sí, por no decir imposible, pues durante estos tres días de tempestad no he podido anotar ni la velocidad ni la dirección de la balsa. Tendremos que contentarnos, pues, con una estimación aproximada.

—La última observación la hicimos en el islote del géiser...

—En el islote Axel, muchacho. No declines el honor de haber dado tu nombre a la primera isla subterránea descubierta.

—Bien; al llegar al islote Axel habíamos recorrido unas doscientas setenta leguas marinas, y nos hallábamos allí a más de seiscientas leguas de Islandia.

—Bien; tomando dicho punto como referencia, y habida cuenta de que durante los cuatro días de tempestad la velocidad no debió ser inferior a ochenta leguas por singladura...

—De acuerdo. Lo que nos permite añadir unas trescientas leguas.

—Sí; lo que da al mar Lidenbrock una extensión aproximada de seiscientas leguas de una a otra orilla. ¿Sabes, Axel, que puede competir en extensión con el Mediterráneo?

—Sí; sobre todo si no lo hemos atravesado más que en su anchura.

—Lo que es muy posible.

—Lo curioso —añadí— es que si nuestros cálculos son exactos debemos tener ahora al Mediterráneo sobre nosotros.

—¿Tú crees?

—Lo creo, pues nos hallamos a novecientas leguas de Reykjavik.

—Como ves, hemos hecho un buen recorrido, muchacho. Pero que estemos bajo el Mediterráneo, en vez de bajo Turquía o bajo el Atlántico, sólo es plausible si no nos hemos desviado de dirección.

—No creo. El viento parecía constante. Creo que esta orilla debe estar situada al sudeste de Puerto Grauben.

—Es fácil comprobarlo con la brújula. Consultémosla. El profesor se dirigió hacia la roca en la que Hans había puesto los instrumentos. Estaba radiante, alegre; se frotaba las manos; iba retozando, como un verdadero chiquillo. Yo le seguí, lleno de curiosidad por saber si me había equivocado en mi estimación.

Llegado a la roca, mi tío tomó el compás, lo puso horizontalmente y observó la aguja, que, tras una oscilación, se detuvo en una posición fija bajo la influencia magnética.

Mi tío miró; luego se frotó los ojos y miró de nuevo. Se volvió hacia mí, estupefacto.

—¿Qué pasa?

Me invitó a examinar el instrumento. Prorrumpí en una exclamación de sorpresa. ¡La aguja marcaba el Norte donde nosotros suponíamos estaba el Sur! ¡Se orientaba hacia la orilla en vez de hacerlo al mar! Moví la brújula y la examiné. Estaba en perfecto estado. Fuere cual fuere su posición, la aguja tomaba obstinadamente esta inesperada dirección.

Así pues, no era posible dudarlo. Durante la tempestad había debido producirse un cambio de viento que nos pasó inadvertido y que había conducido a la balsa a las costas que mi tío creía haber dejado tras de sí.

37

Imposible es describir la sucesión de sentimientos que agitaron al profesor Lidenbrock, desde la estupefacción a la cólera, pasando por la incredulidad. Jamás he visto un hombre tan desconcertado, primero; tan irritado, después. Había que recomenzar todo: las tribulaciones de la travesía, los peligros arrostrados; todo. Habíamos retrocedido en vez de avanzar.

Pero mi tío se rehízo rápidamente.

—¡Ah! La fatalidad juega así conmigo. ¡Los elementos conspiran contra mí¡ El aire, el fuego y el agua combinan sus esfuerzos para oponerse a mi paso. ¡Pues bien: ya se verá lo que puede mi voluntad! ¡No cederé, no retrocederé un paso, y veremos quién podrá más, si el hombre o la naturaleza!

En pie sobre la roca, irritado, amenazador, Otto Lidenbrock, como el feroz Ajax, parecía desafiar a los dioses.

Creí oportuno intervenir y refrenar su ardor insensato.

—Escúcheme —le dije con tono firme—. Hay un límite a la ambición humana. No se puede luchar con lo imposible. Estamos mal pertrechados para una travesía. No se puede navegar quinientas leguas sobre una triste trabazón de tablas con una manta por vela y un bastón por mástil, y contra los vientos desencadenados. No podemos gobernar la balsa; seremos nuevamente el juguete de las tempestades. Es una locura intentar por segunda vez esta imposible travesía.

Que durante diez minutos pudiera desarrollar sin ser interrumpido estas y otras razones irrefutables se debió al hecho de que el profesor no me había escuchado y no había oído una sola palabra.

—¡A la balsa! —gritó.

Tal fue su respuesta. Fueron inútiles mis súplicas, mis objeciones se estrellaron contra una voluntad más dura que el granito.

Hans acababa en aquel momento de reparar la balsa. Se diría que aquel ser extraño adivinaba el pensamiento de mi tío. Con algunos trozos de *surtarbrandur* había consolidado la embarcación. La vela se desplegaba ya al viento.

El profesor dio instrucciones al guía, quien rápidamente procedió a embarcar todos nuestros bienes y a ultimar los preparativos de marcha. La atmósfera era muy pura y continuaba soplando un viento del noroeste.

¿Qué podía hacer yo? ¿Resistir, solo, contra dos? Imposible. Si al menos Hans se hubiese unido a mí. Pero parecía que el islandés hubiese declinado toda voluntad personal y hecho votos de abnegación. Yo no podía obtener nada de un servidor tan enfeudado a su patrón. Había que resignarse a partir.

Me disponía a ocupar mi sitio en la balsa cuando mi tío me contuvo con un gesto.

—No partiremos hasta mañana.

Hice un gesto de resignación.

—No debo omitir nada —explicó—, y puesto que la fatalidad me ha traído a esta parte de la costa, no puedo abandonarla sin haberla explorado.

Esta observación se justificaba por el hecho de que nuestro imprevisible regreso a las costas septentrionales nos había llevado a un punto diferente del que habíamos partido. Puerto Grauben debía estar situado más al Oeste. Nada más razonable, pues, que explorar detenidamente la zona.

—Vayamos a la descubierta, entonces —dije.

Y partimos, dejando a Hans entregado a sus ocupaciones. Amplio era el espacio comprendido entre las orillas del mar y los aledaños de los contrafuertes rocosos, tanto que requería media hora de marcha.

Ibamos pisando innumerables conchas de todas las formas y tamaños, en las que vivieron los animales de las primeras épocas. Se veían también enormes caparazones, cuyos diámetros sobrepasaban a menudo los quince pies. Habían pertenecido a los gigantescos gliptodontes del plioceno, de los que la moderna tortuga no es más que una pequeña reducción. El suelo estaba cubierto de una gran cantidad de guijarros redondeados por el oleaje y dispuestos en líneas sucesivas. Esto me llevó a pensar que el mar debía haber recubierto ese espacio en otro tiempo. Sobre las rocas dispersas, a salvo ya del alcance de las olas, éstas habían dejado claras huellas de su paso.

Eso podía explicar hasta cierto punto la existencia de ese océano a cuarenta leguas de profundidad. En mi opinión, esa masa líquida debía ir perdiéndose poco a poco en las entrañas de la Tierra, así como debía provenir de las aguas del océano introducidas por alguna gran hendidura, actualmente cerrada, pues de no ser así aquella inmensa caverna o depósito se hubiera llenado en poco tiempo. Tal vez, incluso el agua se había evaporado en gran parte, por la acción de los fuegos subterráneos. Eso podría explicar la presencia de las nubes suspendidas sobre nosotros y la liberación de la electricidad causante de tempestades en el interior del macizo terrestre.

Satisfactoria me parecía esta teoría sobre los fenómenos de que habíamos sido testigos, pues por grandes que sean las maravillas de la naturaleza siempre son explicables por razones físicas.

Caminábamos por una especie de terreno sedimentario, formado por las aguas como todos los terrenos de

dicho período, tan ampliamente distribuidos por la superficie del Globo. El profesor examinaba atentamente
cada intersticio rocoso. Era importante para él sondear
la profundidad de toda abertura.

Habíamos recorrido ya una milla a lo largo de las
costas del mar Lidenbrock cuando, súbitamente, el suelo
cambió de aspecto.

Parecía haber sido removido, convulsionado por un violento alzamiento de las capas inferiores. En muchos lugares, hundimientos y alzamientos atestiguaban una fuerte dislocación del macizo.

Avanzábamos con dificultad por las quebraduras del granito, en las que se yuxtaponían sílices, cuarzos y depósitos de aluvión, cuando apareció ante nuestros ojos un campo, o por mejor decir una llanura de osamentas. Parecía un inmenso cementerio en el que hubieran confundido sus restos eternos las generaciones de veinte siglos. Elevados montones de restos óseos se extendían en ondulaciones hasta los límites del horizonte, en los que se confundían con la bruma. Allí, sobre unas tres millas cuadradas, se acumulaba quizá toda la historia de la vida animal, apenas resumida en los terrenos demasiado recientes del mundo habitado.

Nos impulsaba una impaciente curiosidad. Íbamos aplastando, con un ruido seco, los restos de los animales prehistóricos y los fósiles, cuyos raros e interesantes especímenes se disputan los museos de las grandes ciudades. Ni mil Cuviers hubieran bastado para reconstituir los esqueletos de los seres orgánicos desparramados en aquel magnífico osario.

Yo estaba estupefacto. Mi tío, los brazos elevados hacia la espesa bóveda que nos servía de cielo, la boca desmesuradamente abierta, los ojos fulgurantes bajo sus lentes, la cabeza en continuo movimiento, de arriba abajo y de derecha a izquierda, expresaba así, de mil maneras, su asombro sin límites. Se hallaba, nos hallábamos, ante una inapreciable colección de leptoterios, mericoterios, lofodontes, anoploterios, megaterios, mastodontes, protopitecos, pterodáctilos, de todos los monstruos antediluvianos amontonados allí para nuestra satisfacción personal. Piénsese en un apasionado bibliómano transportado de repente a la famosa Biblioteca de Alejandría, a la que un milagro hiciera renacer de las cenizas en que las sumió Omar. Tal maravillamiento era el que sentía el profesor Lidenbrock.

Pero aún mayor fue el que sintió cuando entre aquel polvo orgánico llamó su atención un cráneo, y gritó, trémulamente, estremecidamente:

—¡Axel! ¡Axel! ¡Un cráneo humano!

—¡Un cráneo humano! ¡Tío! —exclamé, no menos atónito.

—Sí, sobrino. ¡Oh, Milne-Edwards! ¡Oh, Quatrefages! ¡Si estuviérais aquí, donde yo, Otto Lidenbrock!

38

La evocación por mi tío de los ilustres sabios franceses se explicaba por el hecho de que poco tiempo antes de nuestra partida se hubiera producido un acontecimiento paleontológico de la mayor importancia.

El 28 de marzo de 1863 los trabajadores de las excavaciones emprendidas por Boucher des Perthes en las canteras de Moulin-Quignon, cerca de Abbeville, en el departamento del Somme, en Francia, hallaron una mandíbula humana a catorce pies de profundidad. Era el primer fósil de esta especie que salía a la luz. En su proximidad se hallaron hachas de piedra y sílex tallados, coloreados y revestidos por el tiempo de una pátina uniforme.

El descubrimiento hizo mucho ruido, y no sólo en Francia, sino también en Inglaterra y en Alemania. Varios sabios del Instituto de Francia, entre ellos Milne-Edwards y Quatrefages, tomaron el asunto muy a pecho, y demostraron la indiscutible autenticidad de la pieza, constituyéndose en los más ardientes defensores de este «proceso de la mandíbula», como lo denominaron los ingleses.

A los geólogos del Reino Unido que se pronunciaron por la autenticidad, tales como Falconer, Busk y Carpenter, se unieron, en Alemania, varios sabios, entre los cuales se situó en primer lugar, por su fogosidad y entusiasmo, el profesor Lidenbrock.

La autenticidad de un fósil humano de la época cuaternaria parecía indiscutiblemente demostrada y admitida.

Cierto es que esta posición había hallado un encarnizado adversario en Elie de Beaumont. Este sabio, de tan alta autoridad, sostenía que el terreno de Moulin-Quignon no pertenecía al «diluvium», sino a una capa menos antigua, y de acuerdo en eso con Cuvier no admitía que la especie humana fuese contemporánea de los animales de la época cuaternaria. Mi tío Lidenbrock, de acuerdo con la mayoría de los geólogos, se había mantenido firme en su convicción, discutido, disputado, y Elie de Beaumont se había quedado aislado.

Conocidos nos eran todos estos detalles del asunto, pero entonces ignorábamos que la cuestión había hecho nuevos progresos con posterioridad a nuestra partida. Otras mandíbulas idénticas, aunque pertenecientes a individuos de tipos diversos y de naciones diferentes, habían aparecido en las tierras muebles de algunas grutas en Francia, así como utensilios, herramientas y huesos de niños, de adolescentes, de adultos y de viejos. La existencia del hombre cuaternario se afirmaba, pues, con más vigor cada día.

Y esto no era todo. Nuevos restos exhumados del plioceno, en el terciario, permitieron a algunos sabios más audaces aún asignar una mayor antigüedad al género humano. Cierto es que tales restos no eran huesos humanos, sino únicamente objetos de su industria, tibias y fémures de animales fósiles regularmente estriados, esculpidos por así decirlo, que llevaban la marca de un trabajo humano.

Así, de un salto, el hombre remontaba muchos siglos en la escala de los tiempos, precedía al mastodonte y se erigía en contemporáneo del *Elephas meridionalis*. El hombre tenía cien mil años de existencia, puesto que ésta es la cronología asignada por los más renombrados geólogos a la formación de los terrenos pliocénicos [11].

Tal era entonces el estado de la ciencia paleontológica, y lo que de ella sabíamos justificaba sobradamente nuestra actitud ante aquel osario del mar Lidenbrock. Se comprenderá, pues, la sorpresa y la alegría de mi tío, sorpresa y alegría elevadas al mayor entusiasmo cuando a unos veinte pasos más allá se encontró en presencia, cara a cara será más justo decir, de uno de los especímenes del hombre cuaternario.

Era un cuerpo humano absolutamente reconocible, que quizá debiera su conservación durante siglos a la naturaleza particular del suelo, semejante tal vez a la del cementerio de San Miguel, de Burdeos. Fuera por lo que fuere, el cadáver, con la piel tensa y apergaminada, los miembros aún casi carnosos, al menos a la vista; los dientes intactos, los cabellos abundantes y las uñas, de una espantosa longitud, de los dedos de manos y pies, se mostraba a nuestros ojos tal como había vivido.

Aquella aparición de otra edad me hizo enmudecer. Mi tío, habitualmente tan locuaz y tan impetuoso, permanecía también callado. Levantamos aquel cuerpo que nos miraba con sus cóncavas órbitas y palpamos su torso sonoro.

Tras algunos instantes de emocionado silencio, el profesor Lidenbrock dominó al tío Otto. Llevado de su temperamente, olvidó las circunstancias de nuestro viaje, el medio en el que nos hallábamos, la inmensa caverna que nos contenía, y creyéndose sin duda en el Johanneum perorando ante sus alumnos, adoptó un tono doctoral y dirigiéndose a su imaginario auditorio dijo:

—Señores, tengo el honor de presentarles un hombre de la época cuaternaria. Eminentes sabios han negado su existencia, en oposición a otros no menos eminentes.

---

[11] Las estimaciones actuales de la edad del hombre varían entre 600.000 y un millón de años.

Si estuviesen aquí los Santo Tomás de la paleontología podrían tocarlo con el dedo y se verían forzados a reconocer su error. No ignoro que la ciencia debe ponerse en guardia ante los descubrimientos de este género. Tampoco ignoro la explotación que de los hombres fósiles han hecho los Barnum y otros charlatanes de la misma calaña. Conozco la historia de la rótula de Ajax, la del supuesto cuerpo de Orestes hallado por los espartanos, y la del enorme cuerpo de Asterio de que habla Pausanias. He leído los informes sobre el esqueleto de Trapani, descubierto en el siglo xiv, en el que se quería identificar a Polifemo, y la historia del gigante desenterrado durante el siglo xvi en las inmediaciones de Palermo. Conocen ustedes, al igual que yo, el examen que se hizo, en 1577, cerca de Lucerna, de los grandes huesos que el célebre médico Félix Plater creía haber pertenecido a un gigante de diecinueve pies. He estudiado los tratados de Cassanion y todos los opúsculos y memorias, los discursos y los contradiscursos publicados sobre el esqueleto del rey de los cimbrios, Teutoboco, el invasor de las Galias, exhumado de un arenal del Delfinado en 1613. En el siglo xviii yo hubiera combatido, con Pierre Campet, la existencia de los preadánicos de Scheuchzer. He tenido entre mis manos la obra titulada *Gigans...*

Al llegar a este punto, reapareció en mi tío ese su habitual defecto de no poder pronunciar en público las palabras difíciles:

—La obra titulada *Gigans...*

Se atascó nuevamente.

—*Giganteo...*

¡Imposible! La condenada palabra se resistía a salir! ¡Lo que se hubieran reído los del Johanneum!

—*Gigansteología* —acabo por decir el profesor Lidenbrosk, entre dos sonoras imprecaciones.

Tras de lo que prosiguió, animándose cada vez más:

—Sí, señor; sé todo esto. Sé también que Cuvier y Blumenbach han reconocido en esas osamentas simples huesos de mamuts y de otros animales de la época cuaternaria. Pero, en este caso, la duda sería una injuria a la ciencia. ¡El cadáver esta aquí! Pueden verlo, tocarlo. No es un esqueleto, es un cuerpo intacto conservado con una finalidad estrictamente antropológica.

Yo me abstuve de contradecir su aserto.

—Si pudiera lavarlo en una solución de ácido sulfúrico, haría desaparecer toda la tierra y las conchas resplandecientes que se han incrustado en él. Pero me falta el precioso disolvente. No obstante, tal como está, este cuerpo nos contará su propia historia.

El profesor cogió el cadáver fósil y lo manejó con esa destreza con que los charlatanes de feria muestran curiosidades.

—Como pueden ver, su estatura no llega a seis pies. Estamos, pues, muy lejos de los supuestos gigantes. En cuanto a la raza a que pertenece, debemos convenir que es indiscutiblemente caucásica. Es la raza blanca, la nuestra. El cráneo de este fósil es regularmente oviforme, sin desarrollo de los pómulos, sin proyección de la mandíbula. No presenta ningún rasgo de ese prognatismo que modifica el ángulo facial. Midan este ángulo; es casi de noventa grados. Pero aún iré más lejos en mis deducciones, y me atreveré a decir que esta muestra pertenece a la familia jafética, extendida desde las Indias hasta los límites de Europa occidental. ¡No sonrían, señores!

Nadie sonreía, pero era tal su costumbre de ver reírse a sus auditores durante sus sabias disertaciones que al profesor se le escapó tal admonición.

—Sí —prosiguió con mayor animación aún, si cabe—; es un hombre fósil, contemporáneo de estos mastodontes cuyos huesos llenan este anfiteatro. Ahora bien, decirles cómo ha llegado aquí, así como revelarles de qué modo estas capas en las que estaba enterrado descendieron a esta enorme cavidad de la Tierra, es algo que no puedo permitirme. Puede pensarse que en la época cuaternaria la corteza terrestre conocía todavía perturbaciones considerables, que el enfriamiento continuo del Globo producía rupturas, fallas y grietas por las que se precipitaba una parte del terreno superior. Es posible. Sobre este punto no voy a pronunciarme. Pero aquí está el hombre, rodeado de las obras de su mano, de esas hachas, de esos sílex tallados que han constituido la edad de piedra, y a menos que no haya venido como yo, de turista, de pionero de la ciencia, no puedo poner en duda la autenticidad de su antiguo origen.

El profesor se calló, y yo le aplaudí enardecidamente. Además, mi tío tenía razón, y a hombres mucho más sabios que yo les hubiese sido imposible rebatirle.

Otro indicio. Aquel cuerpo fosilizado no era el único. A cada paso encontrábamos otros cuerpos, y mi tío podía escoger entre ellos para convencer a los incrédulos.

En verdad que era un asombroso espectáculo el de esas generaciones de hombres y animales confundidos en aquel cementerio. Una cuestión grave se planteaba en nuestras mentes que no osábamos resolver.

Esos seres animados ¿se habían precipitado, por una convulsión del suelo, hacia las orillas del mar Lidenbrock, cuando ya se hallaban reducidos a polvo? O, por el contrario, ¿habrían vivido en ese mundo subterráneo, bajo ese cielo ficticio, naciendo y muriendo en él como los habitantes de la Tierra? Hasta entonces sólo los monstruos marinos y los peces se nos habían aparecido vivos. ¿Sería posible que algún hombre de los abismos errara aún por aquellas desiertas regiones?

39

Durante cerca de media hora anduvimos aún pisando capas de huesos. Avanzábamos, impelidos por una ardiente curiosidad. ¿Qué otras maravillas encerraba la caverna, qué tesoros para la ciencia? Mis ojos estaban a la espera de todas las sorpresas, mi imaginación a la de todos los hallazgos.

Hacía ya mucho tiempo que las orillas del mar habían desaparecido tras de las colinas del osario. El imprudente profesor, sin temor a extraviarse, me arrastraba tras él. Avanzábamos silenciosamente, bañados en la luz de las ondas eléctricas. En virtud de un fenómeno que no puedo explicarme, y gracias a su difusión, completa entonces, la luz iluminaba uniformemente las diversas superficies de los objetos. No provenía de ningún punto determinado del espacio y no producía ningún efecto de sombra. Hubiérase dicho que nos hallábamos bajo la luz cenital del mediodía, en pleno verano, en el ecuador, bajo los rayos verticales del sol. No había la menor huella de vapores. Las rocas, las lejanas montañas, algunas confusas masas forestales a lo lejos, tomaban un extraño aspecto bajo la

igual distribución del fluido luminoso. Nos parecíamos a aquel fantástico personaje de Hoffmann que había perdido su sombra.

Tras haber andado una milla, llegamos al lindero de un bosque inmenso, pero no uno de esos bosques de hongos que habíamos visto en Puerto Grauben; no. Nos hallábamos ante la vegetación de la época terciaria en toda su magnificencia.

Soberbias cicadáceas, grandes palmeras de especies hoy extinguidas, pinos, tejos, cipreses, tuyas, representaban a la familia de las coníferas y se unían entre ellos por una red de inextricables lianas. Una alfombra de musgos y de hepáticas revestía blandamente el suelo. Algunos arroyuelos corrían bajo aquellas espesuras sin sombra. A sus orillas crecían helechos arborescentes semejantes a los de los calientes invernaderos del mundo habitado. Sólo el color faltaba a esos árboles, plantas y arbustos, privados del calor vivificante del sol. Todo se confundía en un tinte uniforme, grisáceo. Las hojas carecían de verdor y las mismas flores, tan numerosas en la época terciaria que las vio nacer, parecían hechas de un papel descolorido.

Mi tío se aventuró bajo la gigantesca vegetación. Yo le seguí, no sin una cierta inquietud. ¿Es que no cabía temer el encuentro de temibles mamíferos en unos parajes en los que la naturaleza había producido una tan espléndida vegetación? En los claros que dejaban los árboles abatidos y roídos por el tiempo veía leguminosas, aceríneas rubiáceas y otras mil plantas comestibles que han alimentado a los rumiantes de todos los períodos. Aparecían también entremezclados árboles de las más diferentes comarcas del mundo. El roble se levantaba al lado de la palmera, el eucalipto australiano se apoyaba en el pino noruego, el abedul del norte confundía sus ramas con las del kauris neozelandés. Aquella promiscuidad hubiera hecho perder la razón a los más hábiles clasificadores de la botánica terrestre. Me detuve súbitamente, conteniendo también a mi tío.

La luz difusa permitía ver los menores objetos en la profundidad de la vegetación. Había creído ver... No; realmente estaba viendo, con mis propios ojos, formas inmensas moverse entre los árboles. En efecto, eran animales gigantescos, toda una manada de mastodontes, no fósiles, sino vivos, semejantes a aquellos cuyos restos fueron hallados en 1801 en los pantanos del Ohio. Sí, veía aquellos enormes elefantes cuyas trompas bullían bajo los árboles como una legión de serpientes y oía el ruido que hacían sus largas defensas de marfil al aterrajar los viejos troncos, y el estallido de las ramas descuajadas, y el crujir de las hojas que devoraban los monstruos en masas enormes.

Se estaba realizando el sueño en que había visto renacer el mundo de los tiempos prehistóricos, de las épocas terciaria y cuaternaria. Y nos hallábamos allí, solos, en las entrañas del Globo, a merced de sus feroces habitantes.

Mi tío miraba.

—¡Vamos! —me dijo, cogiéndome del brazo—. ¡Adelante, adelante!

—¡No! —grité—. Estamos sin armas. ¿Qué podríamos hacer en medio de esa manada de cuadrúpedos gigantes? ¡Venga, tío; venga! Ninguna criatura humana puede desafiar impunemente la cólera de esos monstruos.

—¿Ninguna criatura humana? —respondió mi tío, bajando la voz—. Te engañas, Axel. ¡Mira, mira allá! Me parece ver allí un ser vivo, un semejante a nosotros, ¡un hombre!

Me encogí de hombros, y miré, decidido a llevar la incredulidad hasta sus últimos límites. Pero no tuve más remedio que rendirme a la evidencia. En efecto, a menos de un cuarto de milla, apoyado en el tronco de un enorme kauris, un ser humano, un Proteo de las comarcas subterráneas, un nuevo hijo de Neptuno, guardaba aquel innumerable rebaño de mastodontes.

Immanis pecoris custos, immanior ipse!

Sí, *immanior ipse!* No era el ser fósil cuyo cadáver habíamos encontrado en el osario, era un gigante capaz de dominar a aquellos monstruos. Su estatura sobrepasaba los doce pies. Su cabeza, tan grande como la de un búfalo, desaparecía entre las greñas de una espesa cabellera, semejante a las crines del elefante de las primeras edades. Su mano blandía una rama enorme, digno cayado del antediluviano pastor.

Nos habíamos quedado inmóviles, atónitos. Pero podíamos ser vistos. Necesario era huir.

—¡Venga, venga! —grité, tirando de mi tío, quien, por vez primera, se mostró dócil.

Un cuarto de hora después nos hallábamos fuera de la vista del terrible enemigo.

Y ahora que, tranquilamente, rememoro aquello, ahora que he recuperado la calma y la entereza del ánimo, cuando ya han transcurrido varios meses desde el extraño y sobrenatural encuentro, ¿qué pensar? ¿qué creer? ¡No! ¡Es imposible! Nos engañaron nuestros sentidos, nuestros ojos no vieron lo que vieron. No existe una criatura humana en ese mundo subterrestre. Ninguna generación de hombres habita esas cavernas del Globo, al margen de los habitantes de su superficie, sin comunicación con ellos. ¡Es insensato, profundamente insensato!

Prefiero admitir la existencia de algún animal cuya estructura se parezca a la del hombre, de un mono de las primeras épocas geológicas, de algún protopiteco, de algún mesopiteco semejante al que descubrió Lartet en el yacimiento de Sansan. Pero el tamaño del visto por nosotros sobrepasaba todas las medidas dadas por la paleontología moderna. ¡No importa! Un mono, sí, un mono, por inverosímil que parezca. Pero un hombre, un hombre vivo, y con él toda una generación sepultada en las entrañas de la Tierra… ¡nunca!

Habíamos salido del bosque claro y luminoso, mudos de asombro, abrumados por una estupefacción que confinaba en la estupidez. Ibamos corriendo, sin darnos cuenta. Era una verdadera huida, como la que se vive en ciertas pesadillas. Instintivamente, regresábamos hacia el mar Lidenbrock. No sé en qué divagaciones se hubiera extraviado mi mente, de no ser por una preocupación que me condujo a observaciones más prácticas.

Aunque estuviese seguro de ir pisando un suelo no hollado por nuestros pasos, ciertas acumulaciones de rocas me recordaban por sus formas las de Puerto Grauben. Eso venía a confirmar, además, la indicación de la brújula y nuestro involuntario retorno al norte del mar Lidenbrock. Las semejanzas del paisaje eran tan acusadas en algunos puntos que me daban la seguridad de hallarnos en el punto de partida. Como en éste, arroyos y cascadas cantaban en las rocas. En un momento dado, creí ver la capa de *surtarbrandur,* nuestro fiel arroyo Hans-bach y la gruta en la que había resucitado a la vida. Pero luego, unos pasos más allá, la disposición de los contrafuertes, la aparición de un arroyo, el sorprendente perfil de una roca me reenviaban a la incertidumbre. Di cuenta de ésta a mi tío, a quien le ocurría lo mismo que a mí.

—Es evidente que no hemos vuelto a nuestro punto de partida —le dije—; pero la tempestad ha debido traernos un poco más abajo. Así que, siguiendo la orilla, encontraremos Puerto Grauben.

—En ese caso, es inútil continuar esta exploración, y más vale regresar a la balsa. Pero ¿estás seguro de no equivocarte?

—No me atrevo a asegurarlo, tío. ¡Se parecen tanto todas estas rocas! Sin embargo, creo reconocer el promontorio al pie del cual construyó Hans la balsa. Debemos estar cerca del pequeño puerto, si es que no está ahí mismo —dije, creyendo reconocerlo en una pequeña ensenada.

—No, Axel. Si así fuera, hallaríamos al menos nuestras propias huellas, y yo no veo nada...

—Pero yo sí las veo, tío —exclamé, precipitándome hacia un objeto que brillaba sobre la arena.

—¿Qué has visto?

—Esto.

Y mostré a mi tío un puñal, todo oxidado, que acababa de recoger.

—¡Vaya! ¿Lo habías traído contigo?

—¿Yo? No. ¿Y usted?

—No, que yo sepa —respondió—. Jamás he tenido yo eso en mi poder.

—¡Es extraño!

—No; es muy sencillo, Axel. Los islandeses suelen llevar armas de esa clase, y Hans, a quien debe pertenecer, lo perdió aquí cuando...

Moví la cabeza en gesto de negación. Hans no había tenido nunca ese puñal.

—¿Será el arma de un guerrero antediluviano, de un hombre vivo, de un contemporáneo del gigantesco pastor? Pero ésta no es un arma de la edad de piedra, ni tan siquiera de la de bronce. La hoja es de acero...

Mi tío interrumpió mi divagación y, fríamente, me dijo:

—Cálmate, Axel, y razona. Este puñal es un arma del siglo xvi, una verdadera daga, de esas que llevaban a la cintura los gentilhombres para asestar con ella el golpe de gracia. Es de origen español y no pertenece a ninguno de nosotros, ni tampoco a los seres humanos que viven quizá en las entrañas del Globo.

—¿Osa usted creer...?

—Mira, no se ha mellado así en las gargantas de las gentes. La hoja está cubierta de una capa de orín que no data de un día, ni de un año, ni de un siglo.

El profesor se animaba, como era habitual en él, dejándose llevar de su imaginación.

—Axel, estamos a punto de hacer un gran descubrimiento. Este puñal ha estado abandonado sobre la arena desde hace cien, doscientos o trescientos años, y su hoja se ha mellado sobre las rocas de este mar subterráneo.

—Pero no ha podido llegar sola hasta aquí. ¡Alguien nos ha precedido!

—Sí, un hombre.

—¿Y ese hombre?

—Ese hombre grabó su nombre con este puñal. Ese hombre quiso marcar, señalar una vez más, el camino hacia el centro. Busquemos, busquemos.

Vivamente excitados, recorrimos el terreno al pie de la alta muralla, interrogando las menores fisuras en busca de una galería. Llegamos así a un lugar en el que se estrechaba la costa. El mar bañaba casi el pie de los contrafuertes, dejando un paso de una anchura no superior a una toesa. Allí, entre dos rocas que formaban un saliente, descubrimos la entrada de un túnel oscuro.

Allí, grabadas sobre una superficie de granito, aparecieron dos letras misteriosas medio borradas, las dos iniciales del audaz y fantástico viajero·

—A. S. —exclamó mi tío—. ¡Arne Saknussemm! ¡Siempre Arne Saknussemm!

40

Tales y tantas eran las sorpresas que nos había reservado el viaje desde su iniciación, que bien podía creerme ya curado de espanto e inexpugnable al asombro. Pero la vista de las dos letras grabadas allí desde hacía trescientos años me sumió en un estado de estupefacción vecino de la estupidez. No solamente leía la firma del sabio alquimista sobre la roca, sino que además tenía en mis manos el estilete con que la había trazado. Verdaderamente, a menos de incurrir en una escandalosa mala fe, no podía seguir dudando de la existencia del viajero y de la realidad de su viaje.

Mientras tales reflexiones se agitaban en mi mente, el profesor Lidenbrock se entregaba a un ditirámbico arrebato en honor de Arne Saknussemm:

—¡Oh, tú, genio maravilloso! No olvidaste nada que pudiera abrir a otros mortales los caminos de la corteza terrestre, y tus semejantes pueden hallar así las huellas que dejaron tus pasos en estos subterráneos hace tres siglos. Quisiste compartir con otras miradas la contemplación de estas maravillas. Tu nombre, grabado en todas las etapas, conduce derechamente a su objetivo al viajero que tenga la suficiente audacia para seguirte, y para hallarlo, escrito por tu propia mano, en el centro mismo del planeta. Pues bien, yo también firmaré mi nombre sobre esa última página de granito. Pero que, desde ahora, este cabo por ti visto cerca del mar por ti también descubierto, se llame por y para siempre cabo Saknussemm.

Así habló, más o menos, y yo me sentí contagiado del entusiasmo que respiraba por tales palabras Un fuego interior se encendió en mi corazón. Lo olvidé todo, los peligros del viaje y los peligros del regreso. Lo que otro había hecho quería hacerlo yo también, pues nada humano me parecía imposible.

—¡Adelante! ¡Adelante! —grité.

Y ya me precipitaba hacia la oscura galería, cuando el profesor me contuvo. Fue él, el hombre impulsivo, quien me aconsejó paciencia y sangre fría.

—Reunámonos primero con Hans —dijo—, y traigamos aquí la balsa.

Le obedecí a regañadientes y emprendimos la marcha por las rocas de la orilla.

—¿Sabe usted, tío, que hasta ahora las circunstancias nos han favorecido singularmente?

—¡Ah! ¿Así lo crees, Axel?

—Sin duda alguna. Hasta la tempestad nos ha servido para reencontrar el buen camino. ¡Bendita tempestad la que nos ha traído a estas costas de las que nos habría alejado el buen tiempo! Suponga por un momento que hubiésemos tocado con la proa (¡la proa de una balsa!) las orillas meridionales del mar Lidenbrock. ¿Qué hubiera ocurrido? Que no hubiéramos visto la señal de Saknussemm y que nos hallaríamos abandonados en una playa sin salida.

—Sí, Axel; hay algo de providencial en el hecho de que, navegando hacia el sur, hayamos venido a parar al norte, y precisamente al cabo Saknussemm. Es asombroso, y no le hallo explicación.

—Bueno, ¡qué importa! No hay por qué explicar los hechos, sino aprovecharnos de ellos.

—Quizá tengas razón, pero...

—Pero ¿qué? Vamos a tomar nuevamente la ruta del norte, a pasar bajo las comarcas septentrionales de Europa, Suecia, Siberia, ¿qué sé yo? En vez de hundirnos bajo los desiertos de Africa o las olas del océano, y ¿qué importa?

—Sí, Axel; tienes razón, y al fin y al cabo, todo ha sido para bien, puesto que vamos a abandonar este mar horizontal que a nadie podía conducirnos, y que vamos a descender, a descender más, a descender hasta... ¿Te das cuenta de que para llegar al centro de la Tierra no nos quedan más que mil quinientas leguas?

—¡Bah! No vale la pena hablar de ello. ¡En marcha! ¡Adelante!

Todavía nos hallábamos enzarzados en estos insensatos discursos cuando nos reunimos con el cazador. Todo estaba dispuesto para una partida inmediata. Ni un sólo objeto que no estuviese a bordo. Subimos a la balsa, izamos la vela y pusimos rumbo al cabo Saknussemm, siguiendo la costa.

El viento no era favorable y, en muchos lugares, debimos avanzar con ayuda de los bastones. A menudo los escollos que afloraban a la superficie nos obligaban a largos rodeos. Al fin, después de tres horas de navegación, hacia las seis de la tarde, pudimos desembarcar.

La travesía no me había calmado. Al contrario. Mi entusiamo era tan vivo que propuse quemar «nuestras naves» para cortarnos toda retirada. Pero, sorprendentemente, mi tío se opuso, lo que me hizo hallarle singularmente prudente.

—Al menos —añadí—, partamos sin perder un instante.

—Sí, muchacho; pero antes examinemos esta nueva galería, para saber si hay que preparar las escalas.

Mi tío puso en actividad su aparato de Ruhmkorff. Dejamos la balsa amarrada a la orilla, a unos veinte pasos de la abertura de la galería, hacia la que nos dirigimos todos inmediatamente.

La abertura, casi circular, tenía unos cinco pies de diámetro. El oscuro túnel estaba tallado en la roca viva y cuidadosamente alisado por las materias eruptivas a las que en otro tiempo había dado paso. El piso se hallaba al nivel del suelo, por lo que el acceso no presentaba la menor dificultad.

Nos internamos en él siguiendo un plano casi horizontal. Pero no habíamos andado más de seis pasos cuando nos interceptó el camino un enorme bloque de piedra.

—¡Maldita roca! —exclamé, furioso, al verme súbitamente detenido por un obstáculo infranqueable.

En vano buscamos a derecha e izquierda, arriba o abajo, la existencia de un paso, o de una bifurcación. Rabioso, me negaba a aceptar la realidad del obstáculo. Me agaché y miré por debajo del bloque sin hallar el menor intersticio. Por encima, la misma barrera de granito. Hans proyectó la luz de la lámpara sobre todos los puntos de la pared. Había que renunciar a toda esperanza de pasar.

Me senté en el suelo. Mi tío paseaba por el túnel dando grandes zancadas.

—¿Cómo hizo Saknussemm? —pregunté.

—¿Se vio también detenido por este bloque de piedra? —dijo mi tío.

—No, no —respondí vehementemente—. Este bloque ha debido cerrar el paso a consecuencia de una sacudida cualquiera o de uno de los fenómenos magnéticos que agitan la corteza terrestre. Han debido pasar muchos años entre el retorno de Saknussemm y la caída de la muralla. ¿No se ve claramente que esta galería dio paso en otro tiempo a las materias eruptivas? Mire esas fisuras recientes que surcan el techo de granito. Ese techo está formado por piedras agregadas, enormes, como si la mano de algún gigante hubiese trabajado en su construcción. Un día el empuje eruptivo debió ser más fuerte, y ese bloque, como una clave de bóveda que se derrumba, cayó al suelo obstruyendo el paso. Es un obstáculo accidental que no halló Saknussemm. Y si no lo derribamos, no seremos dignos de llegar al centro del mundo.

Había llegado a hablar como mi tío, como si su espíritu se hubiera introducido en mí. Me habitaba el genio de los descubrimientos. Olvidaba el pasado, desdeñaba lo por venir. Nada existía para mí en la superficie esferoide en cuyo seno me había abismado, ni las ciudades, ni los campos, ni Hamburgo, ni la Königstrasse, ni mi pobre Grauben, que debía creerme ya perdido para siempre en las entrañas de la Tierra.

—Bueno —dijo mi tío—; pues nos abriremos paso a golpes de pico. ¡Derribemos esta muralla!

—Es demasiado duro para el pico —objeté.

—Entonces...

—¡La pólvora! —exclamé, en mi excitación—. Minémoslo, hagamos saltar el obstáculo.

—¡La pólvora!

—¡Sí! Sólo se trata de romper una roca.

—¡Hans! ¡Manos a la obra! —gritó mi tío.

El islandés volvió a la balsa y regresó con un pico para preparar un barreno. No era poco trabajo. Había que hacer un agujero lo suficientemente grande para alojar en él cincuenta libras de fulmicotón, cuya potencia expansiva es cuatro veces mayor que la de la pólvora de cañón.

Me encontraba en un estado de prodigiosa sobreexcitación. Mientras Hans trabajaba, ayudé a mi tío a preparar una larga mecha con pólvora mojada envuelta en un pedazo de tela.

—¡Pasaremos! —dije.

—¡Pasaremos! —repitió mi tío.

A medianoche habíamos terminado nuestro trabajo de mineros. La carga de fulmicotón estaba alojada en un lugar y la mecha se desarrollaba por la galería hasta el exterior de la misma.

Bastaba ahora una sola chispa para activar la descarga.

—Mañana —dijo el profesor.

Hube de resignarme y esperar aún seis horas más.

41

El día siguiente, jueves, 27 de agosto, estaba destinado a ser una fecha célebre en nuestro viaje subterráneo. Todavía no puede acudir a mi memoria sin que el espanto haga latir violentamente mi corazón. A partir de aquel momento, nuestra razón, nuestro juicio y nuestro ingenio dejaron de tener voz en el capítulo, y nos convertimos en meros juguetes de los fenómenos terrestres.

A las seis de la mañana, estábamos ya en pie. Era llegado el momento de abrirnos paso a través de la barrera de granito.

Solicité el honor de ser yo quien pusiera fuego a la mecha. Hecho eso, debía reunirme inmediatamente con mis compañeros sobre la balsa, que no habíamos descargado, para adentrarnos en el mar con el fin de ponernos fuera del alcance de los efectos de la explosión. Según nuestros cálculos, la mecha debía arder durante unos diez minutos antes de llegar a la carga. Tenía, pues, tiempo suficiente para volver a la balsa.

Me dispuse a cumplir mi cometido, no sin una cierta emoción.

Tras una rápida colación, mi tío y el cazador se embarcaron. Yo me quedé en la orilla, provisto de un farol encendido para prender fuego a la mecha.

—Anda, muchacho, y vuelve inmediatamente.

—No tema, que no me entretendré en el camino.

Me dirigí a la galería. Abrí mi farol y cogí la extremidad de la mecha.

El profesor consultaba su cronómetro.

—¿Estás preparado?

—Preparado.

—Pues bien, ¡fuego, muchacho!

Acerqué rápidamente la llama a la mecha, y cuando ésta comenzó a chisporrotear volví corriendo a la orilla.

—Embarca, y alejémonos.

Un vigoroso empuje de Hans nos adentró en el mar. La balsa se alejó unas veinte toesas.

Era un momento palpitante. El profesor seguía con la mirada las agujas del cronómetro.

—Cinco minutos todavía... Cuatro... Tres...

Mis pulsaciones se aceleraban.

—¡Dos!... ¡Uno! ¡Derrumbaos, montañas de granito!

¿Qué sucedió entonces? Creo no haber oído el ruido de la detonación. Pero sí vi cómo se modificaba súbitamente la forma de las rocas, que se abrieron como una cortina, y vi cómo las orillas se convertían en un insondable abismo. El mar se levantó en una ola enorme, a lomos de la cual la balsa se elevó perpendicularmente, derribándonos a los tres. En menos de un segundo, la luz trocóse en la más completa oscuridad. Sentí luego la falta de una base de apoyo, no a mis pies, sino a la balsa. Creí que naufragaba, pero no. Hubiera querido dirigir la palabra a mi tío, pero desistí al comprender que el mugido de las aguas le impediría oírme.

A pesar de la sorpresa, del ruido, de la emoción, de las tinieblas, comprendí lo que había ocurrido. Al otro lado de la roca que habíamos volado había un abismo. La explosión había determinado una especie de terremoto en aquel terreno agrietado, y al quedar abierto el abismo, el mar, convertido en torrente, nos arrastraba consigo.

Me sentí perdido.

Así pasó una hora, dos horas. ¿Qué se yo? Nos estrechábamos, codo con codo, nos asíamos de las manos para no ser precipitados fuera de la balsa, que de vez en cuando sufría violentos choques con la muralla. Sin embargo, estos choques se iban haciendo raros, lo que me hizo comprender que la galería iba ensanchándose. No cabía duda de que aquél era el camino de Saknussemm, pero por nuestra imprudencia en vez de descender solos por él habíamos arrastrado con nosotros todo un océano.

Estas ideas venían a mi mente de una forma vaga y oscura, como puede comprenderse. Pues no era fácil asociar las ideas durante una carrera vertiginosa que parecía una caída. A juzgar por el aire que me azotaba el rostro, nuestra velocidad excedía la de los más rápidos trenes. Encender una antorcha en esas condiciones era imposible. Y nuestro último aparato eléctrico se había roto en el momento de la explosión. De ahí mi sorpresa al ver brillar una luz junto a mí, que iluminó la tranquila faz de Hans. El hábil cazador había conseguido encender el farol. Aunque la llama fuese muy trémula y vacilante, pudimos ver algo en aquella espantosa oscuridad.

Ancha era la galería, como me había imaginado. La luz era insuficiente para poder ver simultáneamente sus dos paredes. La pendiente de las aguas que nos arrastraban sobrepasaba a la de los más difíciles rápidos de América. Su superficie parecía hecha de haces de flechas líquidas disparadas con la mayor potencia. No hallo una comparación más justa para traducir mi impresión. La balsa, presa a veces de los remolinos, corría de vez en cuando girando sobre sí misma. Gracias a la precaria luz del farol, podía hacerme una idea de nuestra velocidad cuando la balsa se acercaba a una de las paredes de la galería y podía ver los salientes de la pared convertirse en trazos continuos, de tal suerte que parecíamos estar encerrados en una red de líneas movedizas. Estimé que nuestra velocidad debía alcanzar unas treinta leguas por hora.

Mi tío y yo nos mirábamos, despavoridos, agarrados a lo que había quedado del mástil roto, en el momento de la catástrofe, nos manteníamos de espaldas al aire para evitar que nos ahogara la rapidez de un movimiento que ningún poder humano podía contener.

Durante horas y horas nuestra situación se mantuvo idéntica, hasta que un incidente vino a complicarla aún más.

Al tratar de ordenar un poco el cargamento, había visto que la mayor parte de los objetos embarcados habían desaparecido en el momento de la explosión, cuando se produjo el violento asalto del mar. Deseando saber a qué atenerme acerca de nuestros recursos, comencé a inventariarlos a la luz del farol. De los instrumentos, sólo nos quedaban la brújula y el cronómetro. Un trozo de cable enrollado al resto del mástil era todo cuanto quedaba de las escalas y las cuerdas. Ni un pico, ni un martillo. Y lo que era peor, la irreparable desgracia de que no quedaban víveres más que para un solo día.

Registré los intersticios de la balsa, todas las junturas de las vigas y planchas. ¡Nada! Nuestras provisiones se limitaban a un pedazo de cecina y a algunas galletas.

Me quedé anonadado. Y, sin embargo, ¿valía la pena preocuparme por eso? Aun cuando hubiésemos tenido víveres suficientes para meses, para años, ¿cómo esperar salir de los abismos a los que nos impulsaba el irresistible torrente? ¿Por qué temer las torturas del hambre cuando la muerte se ofrecía bajo tantas otras formas? ¿Es que acaso tendríamos tiempo para morir de inanición?

Sin embargo, por una inexplicable extravagancia de la imaginación, olvidé el peligro inmediato para preocuparme de las amenazas que nos reservaría el futuro, que se me presentaban en todo su horror. Porque quizá, pensé, podríamos escapar a los furores del torrente y regresar a la superficie de la Tierra. ¿Cómo? Lo ignoraba. ¿Dónde? ¿Qué importaba? Una probabilidad contra mil es siempre una probabilidad, en tanto que la muerte por inanición no nos dejaba la más mínima proporción de esperanza, por ínfima que fuese.

Pensé decírselo a mi tío, revelarle la precariedad a que nos veíamos reducidos y comunicarle el cálculo exacto del tiempo que nos restaba por vivir. Pero tuve el valor de callarme. Era mejor que conservara su sangre fría.

La luz del farol iba debilitándose poco a poco hasta que acabó por extinguirse, la mecha ya completamente consumida. La oscuridad se hizo absoluta nuevamente. No se podía pensar en disipar las impenetrables tinieblas. Aún quedaba una antorcha, pero hubiese sido imposible mantenerla encendida. Entonces, como un niño, cerré los ojos para *no ver* la oscuridad.

Al cabo de un cierto tiempo, la fricción del aire en la cara me reveló que la velocidad de nuestra carrera aumentaba considerablemente. La pendiente de las aguas era mucho más pronunciada que antes. Tuve la sensación de que ya no nos deslizábamos sino que caíamos, y que caíamos verticalmente. Las manos de mis compañeros, crispadas sobre mis brazos, me retenían vigorosamente.

De repente, sentí algo así como un choque; no que la balsa hubiera golpeado un cuerpo duro, sino que se había detenido súbitamente en su caída. Una tromba de agua, una inmensa columna líquida se abatió sobre nosotros. Creí ahogarme... Pero la súbita inundación duró unos segundos tan sólo, y mis pulmones pudieron respirar con un inmenso alivio. Hans y mi tío me apretaban los brazos hasta casi romperlos. La balsa continuó llevándonos...

42

Supongo que debían ser las diez de la noche. Tras ese último asalto, el primer sentido que recuperé fue el del oído. Pues casi en seguida oí, sí, una verdadera audición; oí —digo— el silencio que se hizo en la galería, tras de los mugidos que llenaban mis oídos desde hacía tantas horas. Y las palabras de mi tío me llegaron como un murmullo:

—Estamos subiendo.

—¿Qué quiere decir?

—Sí. Estamos subiendo. ¡Subimos!

Extendí el brazo. Toqué la pared y retiré la mano ensangrentada. Subíamos con una gran rapidez.

—¡La antorcha! ¡La antorcha! —gritó el profesor.

No sin dificultades, Hans consiguió encender la antorcha, y la llama, manteniéndose de abajo arriba a pesar del movimiento ascensional, dio la claridad suficiente para iluminar la escena.

—Es lo que yo pensaba —dijo mi tío—. Estamos en un pozo estrecho, que no tiene más de cuatro toesas de diámetro. Llegada al fondo de la sima, el agua vuelve a su nivel y nos sube con ella.

—¿A dónde?

—Lo ignoro; pero debemos estar preparados para cualquier contingencia. Estamos subiendo a una velocidad que estimo en unas dos toesas por segundo, o sea, ciento veinte por minuto; es decir, algo más de tres leguas y media por hora. A este paso, se hace camino.

—Sí, a condición de que nada nos detenga, de que este pozo tenga una salida. Pues si está tapado, y el aire se va comprimiendo bajo la presión de la columna de agua, corremos el peligro de morir aplastados.

—Axel —respondió el profesor con la mayor calma—. La situación es casi desesperada, pero hay algunas posibilidades de salvación, y son éstas las que me interesa considerar. Si bien es cierto que podemos perecer a cada instante, también podemos salvarnos. Lo que debemos hacer es aprovechar lo mejor posible las oportunidades

—Pero ¿qué podemos hacer?

—Por lo pronto, reparar nuestras fuerzas, comiendo.

Al oír tal cosa, miré a mi tío con los ojos extraviados. Era preciso revelarle lo que le había ocultado hasta entonces.

—¿Comer? —dije.

—Sí, y sin demora.

El profesor agregó algo en danés. Hans movió la cabeza.

—¿Cómo? ¿Hemos perdido las provisiones?

—Sí; esto es lo que nos queda, un pedazo de carne seca para los tres.

Mi tío me miraba, como si no pudiera comprender lo que oía.

—Bueno, ¿y ahora sigue creyendo que podemos salvarnos?

Mi pregunta no obtuvo respuesta.

Al cabo de una hora, comencé a sentir el hambre. Mis compañeros sufrían también, y ninguno de nosotros se atrevía a tocar aquellos miserables restos.

Continuábamos subiendo con una extrema rapidez. A veces el aire nos cortaba la respiración, como les ocurre a los aeronautas en las ascensiones muy rápidas. Pero si éstos sufren un frío tanto más intenso cuanto más se elevan en la atmósfera, nosotros sentíamos los efectos más opuestas. El calor aumentaba de una forma inquietante, y debía elevarse a unos cuarenta grados.

—¿Qué podía significar tal cambio? Hasta entonces los hechos habían dado razón a las teorías de Davy y de Lidenbrock. Hasta entonces, condiciones particulares de refractariedad de las rocas, de electricidad, de magnetismo, habían modificado las leyes generales de la naturaleza, concediéndonos una temperatura moderada. Digo esto porque para mí la teoría del fuego central continuaba siendo la única válida y verdadera.

¿Nos encaminábamos a un medio en el que se cumplieran estos fenómenos en todo su rigor, a un medio en el que se hallaran las rocas en completo estado de fusión? Así lo temía yo, y así se lo dije al profesor:

—Si no morimos ahogados, o aplastados o por inanición, nos queda la posibilidad de quemarnos vivos.

El se limitó a encogerse de hombros, antes de sumirse de nuevo en sus pensamientos.

Durante la hora siguiente, ningún incidente modificó la situación, salvo un ligero aumento de la temperatura.

Al fin, mi tío rompió el silencio.

—Es preciso decidirse.

—¿Decidirnos?

—Sí. Debemos reparar nuestras fuerzas. Lo único que conseguiremos reservando esas provisiones para prolongar nuestra existencia algunas horas es sentirnos débiles hasta el fin.

—Es cierto. Hasta el fin, que no se hará ya esperar mucho tiempo.

—Pues bien; suponiendo que se presente una oportunidad de salvación, que requiera de nosotros la fuerza de actuar, ¿cómo lo haríamos encontrándonos debilitados?

—Sí, tío; pero, una vez que hayamos comido ese trozo de carne, ¿qué va a quedarnos?

—Nada, Axel; nada. Pero ¿te alimentará más comértelo con los ojos? Tus razonamientos son los de un hombre sin voluntad, de un ser sin energía.

—Pero ¿es que le queda a usted alguna esperanza? —grité, irritado.

—Sí —replicó firmemente el profesor.

—¿Cómo? ¿Cree usted aún que hay alguna posibilidad de salvación?

—¡Sí! ¡Sí! Mientras lata aún el corazón, mientras la sangre corra aún por las venas, yo no admito que un ser dotado de voluntad deje en él lugar a la desesperación.

¡Qué palabras! El hombre que las pronunciaba, en semejantes circunstancias, era ciertamente de un temple poco común.

—¿Qué pretende usted hacer?

—Comer lo que quede, hasta la última migaja, y restaurar nuestras fuerzas. Si ha de ser ésta nuestra última comida, al menos, en vez de estar agotados, volveremos a ser hombres.

—Pues bien, comamos —asentí.

Mi tío tomó el trozo de carne y las escasas galletas que habían escapado al naufragio, hizo tres partes iguales y las distribuyó. Cada porción suponía una libra aproximadamente. El profesor comió ávidamente, con un ansia febril. Hans, tranquila, moderadamente, a menudos bocados que masticaba sin ruido, saboreándolos con la calma de un hombre a quien lo porvenir no inspira inquietud alguna. Yo, sin ningún placer, casi con asco, a pesar de mi hambre. Hans había conseguido hallar una cantimplora medio llena de ginebra. Nos la ofreció, y el benéfico licor me reanimó un poco.

—*Förtrafflig* —dijo Hans, bebiendo a su vez.

—Excelente —contestó mi tío.

Nuestra última comida me había hecho recobrar alguna esperanza. Debían ser las cinco de la mañana.

El hombre está hecho de tal modo que su salud es un efecto puramente negativo. Una vez satisfecha la necesidad de comer, es difícil imaginar los horrores del hambre. Para comprenderlos, hay que sentirlos. Así, bastaron algunos bocados al término de un largo ayuno para hacernos olvidar los pasados sufrimientos.

Después de la comida, cada cual se abandonó a sus propias reflexiones. ¿En qué pensaba Hans, ese hombre del extremo occidente poseído de la resignación fatalista de los orientales? Por mi parte, mis pensamientos estaban hechos de recuerdos, y éstos me devolvían a la superficie de la Tierra, de la que nunca debí haber salido. La casa de la Königstrasse, mi pobre Grauben, la buena Marta, pasaron como rápidas visiones ante mis ojos, y en los lúgrubes ruidos que corrían a través del macizo, creía oír el ruido de las ciudades del mundo.

Mi tío, siempre absorto en sus ideas, examinaba con atención, a la luz de la antorcha, la naturaleza de los terrenos. Trataba de reconocer nuestra situación por la observación de las capas superpuestas. Tal cálculo, o, por mejor decir, tal estimación no podía ser más que muy aproximado. Pero un sabio es siempre un sabio cuando es capaz de conservar su sangre fría, y el profesor Lidenbrock poseía esta cualidad en grado superlativo.

Le oía murmurar vocablos geológicos que, por comprenderlos, me interesaban, a pesar de la situación, en ese supremo estudio.

—Granito eruptivo —decía él—. Estamos aún en la época primitiva, pero seguimos subiendo..., subimos... ¿quién sabe?

¿Quién sabe? Seguía teniendo esperanza.

Tanteaba la pared vertical con la mano.

—He aquí los *gneiss*..., los micaesquistos... Bien. Pronto nos hallaremos en los terrenos de transición, y entonces...

¿Qué quería decir el profesor? ¿Es que podía medir el espesor de la corteza terrestre suspendida sobre nuestras cabezas? ¿Poseía algún medio de hacer tal cálculo? No. Le faltaba el manómetro, insustituible por ninguna estimación.

La temperatura aumentaba terriblemente y me sentía empapado de sudor en medio de una atmósfera ardiente que sólo podía comparar a la provocada por los hornos de fundición. Tuvimos que quitarnos las ropas los tres. La menor prenda de vestir era una causa de molestia, por no decir de sufrimiento.

—¿Subimos hacia un foco incandescente? —pregunté en un momento en que sentí que aumentaba aún más el calor.

—No —respondió mi tío—. Es imposible. ¡Es imposible!

—Y, sin embargo —dije, a la vez que tocaba la pared—, la piedra quema.

Y en el mismo momento en que pronunciaba esas palabras, retiré vivamente la mano que acababa de tocar el agua.

—¡El agua quema! —grité.

El profesor hizo un gesto de cólera.

Un invencible terror se apoderó entonces de todo mi ser y se aposentó en él. Tenía el presentimiento de una catástrofe inminente, de una catástrofe inconcebible aun para la más audaz imaginación. Una idea vaga e incierta al principio fue tornándose en mi mente en una terrible certidumbre. La rehusé, pero volvía una y otra vez a mi mente con obstinación. No me atrevía a formulármela. Sin embargo, algunas involuntarias observaciones determinaron mi convicción. A la dudosa luz de la antorcha noté movimientos desordenados en las capas graníticas que anunciaban la inminencia de un fenómeno en el que la electricidad debía tener un papel que desempeñar. Y ese calor excesivo…, ese agua hirviente… Busqué la brújula y la miré. ¡La brújula estaba loca!

43

¡Sí, loca! La aguja saltaba de un polo al otro con bruscas sacudidas, recorría todos los puntos del cuadrante y giraba vertiginosamente.

Bien sabía yo que, según las teorías más aceptadas, la corteza mineral del Globo no se halla nunca en estado de absoluto reposo, que las modificaciones causadas por la descomposición de las materias internas, la agitación procedente de las grandes corrientes líquidas y la acción del magnetismo tienden a perturbarla incesantemente aun cuando sus manifestaciones sean imperceptibles para los seres vivientes en su superficie.

Por sí solo el fenómeno no me hubiera aterrado, o no hubiera bastado, al menos, para hacerme concebir una idea tan terrible. Pero había otros factores, algunas circunstancias *sui generis* que no dejaban lugar a la duda. Las detonaciones se multiplicaban con una espantosa intensidad. Se me ocurrió compararlas al estruendo que harían un buen número de vagonetas circulando a toda velocidad por un camino empedrado. Era un trueno continuo.

Además, la brújula, enloquecida, sacudida por los fenómenos eléctricos, me confirmaba en mi opinión. La corteza mineral amenazaba dislocarse, los macizos graníticos iban a unirse, las fisuras iban a colmarse, el vacío a llenarse, y nosotros, pobres átomos, íbamos a ser aplastados en esa formidable convulsión.

—Tío, tío —exclamé—. ¡Estamos perdidos!

—¿Qué es lo que te espanta ahora? —me dijo con una calma sorprendente—. ¿Qué te ocurre?

—¿Qué me ocurre, dice usted? ¡Observe la agitación de las paredes, ese macizo que se disloca, este calor tórrido, el agua hirviente, la densidad de estos vapores, esta aguja loca..., todos los indicios de un terremoto!

Mi tío movió suavemente la cabeza.

—¿Un terremoto?

—Sí.

—Creo que te equivocas, muchacho.

—¡Cómo! ¿No reconoce usted los síntomas de...?

—¿De un terremoto? No. Espero algo mejor.

—¿Qué quiere usted decir?

—Una erupción, Axel.

—¡Una erupción! ¡Estamos entonces en la chimenea de un volcán en actividad!

—Así lo creo —dijo el profesor, sonriendo—; y es lo mejor que puede sucedernos.

¡Lo mejor que podía sucedernos! ¿Se había vuelto loco? ¿Qué significaban esas palabras? ¿Por qué estaba tan tranquilo y tan sonriente?

—¡Cómo! ¡De modo que nos hallamos envueltos en una erupción, que la fatalidad nos ha lanzado al camino de las lavas incandescentes, de las rocas ígneas, de las aguas hirvientes, de todas las materias eruptivas, que vamos a ser rechazados, expulsados, expelidos, vomitados, expectorados al aire entre pedazos de rocas, entre lluvias de cenizas y escorias, entre un torbellino de llamas, y eso es lo mejor que puede sucedernos!

—Sí —respondió el profesor, mirándome por encima de sus lentes—. Pues es la única posibilidad de volver a la superficie de la Tierra.

No me detendré en exponer las mil ideas que pasaron por mi mente.

Mi tío tenía razón, absolutamente razón, y nunca me había parecido tan audaz ni con tanza fuerza de convicción como en aquel momento en que esperaba y calculaba con calma las posibilidades de una erupción.

Continuábamos subiendo. Pasamos la noche en un continuo movimiento ascensional. El ruido en torno nuestro era cada vez mayor. Me sentía sofocado, pero aun cuando creyera llegada mi última hora, es tan extraña la razón que, en tales momentos, me vi sumido en reflexiones verdaderamente pueriles. Pero no dominaba mis pensamientos, sino que estaba sometido a ellos.

Era seguro que nos impulsaba una erupción. Bajo la bolsa, aguas hirvientes, y bajo las aguas, una pasta de lava, un aglomerado de rocas que al llegar a la cima del cráter se dispersarían en todos los sentidos. Estábamos en la chimenea de un volcán, de eso no había duda. Pero no en la del Sneffels, volcán apagado, sino en la de un volcán en plena actividad. Y yo me preguntaba cuál podría ser esa montaña y en qué parte del mundo íbamos a ser expulsados.

En las regiones septentrionales, con toda seguridad. La brújula no había variado nunca en este sentido, antes de su perturbación. Desde que habíamos dejado el cabo Saknussemm habíamos sido arrastrados directamente al norte durante centenares de leguas. ¿Nos hallaríamos nuevamente bajo Islandia? ¿Seríamos expelidos por el cráter del Hecla o por alguno de los otros siete montes ignívomos de la isla? En un radio de quinientas leguas al oeste no sabía yo de otros volcanes, bajo ese paralelo, que los mal conocidos de la costa noroeste de América. Hacia el este, tan sólo existía uno, a los ochenta grados de latitud, el Esk, en la isla de Juan Mayen, no lejos de las Spitzberg. Cráteres no faltaban, ciertamente, y lo suficientemente espaciosos como para vomitar un ejército entero. Pero cuál sería el que nos deparara la salida es lo que me hubiera gustado adivinar.

De amanecida, se aceleró aún más el movimiento ascensional. Que aumentara el calor, en vez de disminuir, al aproximarnos a la superficie del Globo, indicaba que era de origen local y volcánico. Nuestro género de locomoción no permitía dudarlo. Una fuerza enorme, una fuerza de varios centenares de atmósferas nos impulsaba irresistiblemente. Pero innumerables eran los peligros a que nos exponía.

Reflejos rojizos se hicieron visibles en la galería vertical que iba ensanchándose. A derecha e izquierda vislumbrábamos profundas galerías que emanaban espesos vapores. Lenguas de fuego lamían, chisporroteando, las paredes.

—¡Mire! ¡Mire, tío!

—Lo veo. Son llamas sulfurosas. Nada más natural en una erupción.

—¿Y si nos envuelven?

—No nos envolverán.

—Pero ¡van a asfixiarnos!

—No nos asfixiarán, pues la galería se ensancha. Y, si es necesario, abandonaremos la balsa y nos guareceremos en alguna grieta.

—Pero ¿y el agua? Sigue subiendo.

—Ya no hay agua, Axel, sino una especie de pasta de lava que nos empuja hacia el cráter.

Efectivamente, la columna líquida había sido sustituida por materias eruptivas muy densas, aunque todavía hirvientes. La temperatura era ya insoportable. Pensé que un termómetro habría indicado no menos de setenta grados. El sudor me inundaba. De no ser por la rapidez de la ascensión, habríamos perecido asfixiados.

El profesor no llevó a ejecución su proyecto de abandonar la balsa, e hizo muy bien. Esas vigas mal unidas ofrecían una superficie sólida, un punto de apoyo que difícilmente hubiéramos hallado en otra parte.

Hacia las ocho de la mañana se produjo, por primera vez, un incidente. El movimiento ascensional se detuvo de repente. La balsa permaneció absolutamente inmóvil.

—¿Qué pasa? —pregunté, aturdido por esta súbita detención, como bajo los efectos de un choque.

—Un alto, respondió mi tío.

—¿Será que se haya calmado la erupción?

—Espero que no.

Me levanté, e intenté ver en torno mío. Quizá la balsa, detenida por una roca saliente, oponía una resistencia momentánea a la masa eruptiva. Si así ocurría, era apremiante liberarla del obstáculo. Pero no era así. La columna de cenizas, de escorias y de piedras había cesado por sí misma de subir.

—¿Se habrá detenido la erupción? —pregunté.

—¿Es eso lo que temes? —dijo mi tío, apretando los dientes—. Tranquilízate, muchacho; no creo que se prolongue mucho este momento de calma. Ya hace cinco minutos que no nos movemos. No tardaremos en reanudar nuestra ascensión hacia el orificio del cráter.

Mientras así hablaba, el profesor no cesaba de consultar su cronómetro. Una vez más, sus pronósticos eran acertados. La balsa volvió a subir, impulsada por un movimiento rápido y desordenado que duró dos minutos, para detenerse de nuevo.

—Bueno —dijo mi tío, observando la hora—. Dentro de diez minutos se pondrá de nuevo en camino.

—¿Diez minutos?

—Sí; estamos en un volcán de erupción intermitente, que nos deja respirar con él.

Era cierto. En el minuto previsto, fuimos elevados nuevamente con tanta rapidez que hubimos de agarrarnos a las vigas para evitar caernos de la balsa. Luego, ésta se detuvo de nuevo.

He reflexionado mucho desde entonces sobre tan singular fenómeno sin poder hallar una explicación satisfactoria. Creo, sin embargo, que debíamos encontrarnos no en la chimenea principal del volcán, sino en un conducto accesorio en el que se dejaba sentir un efecto de contragolpe. Imposible me sería decir cuántas veces se reprodujo ese fenómeno. Todo lo que puedo afirmar es que a cada reanudación del movimiento éramos lanzados con una fuerza creciente, como un verdadero proyectil. Durante los instantes de alto, nos asfixiábamos; durante los momentos de proyección, el aire ardiente nos cortaba la respiración. Por un momento, me dejé ganar por la voluptuosidad de imaginarme en las comarcas hiperbóreas a treinta grados bajo cero. Mi imaginación sobreexcitada se paseó por las llanuras nevadas de las comarcas árticas, ansiando el momento de revolcarme por los helados tapices del polo. Además, poco a poco, aturdido por las reiteradas sacudidas, fui perdiendo la cabeza. De no haber sido por los brazos de Hans, más de una vez me hubiera roto el cráneo contra la pared de granito.

No conservo, por lo tanto, un recuerdo muy preciso de lo que ocurrió durante las horas siguientes. Me queda la confusa impresión de las continuas detonaciones, de la agitación del macizo, del movimiento giratorio que, en un momento dado, acometió a la balsa, sacudiéndola entre olas de lava, envuelta entre llamas y cenizas. Un huracán que se hubiera dicho producido por un ventilador inmenso activaba los fuegos subterráneos. El rostro de Hans se me apareció, por última vez, en un reflejo de incendio, y ya no conocía otra sensación que la del espanto del condenado metido en la boca de un cañón, en el momento en que éste se dispara y dispersa sus miembros por los aires.

44

Cuando abrí los ojos, me vi asido de la cintura por la mano vigorosa del guía, quien con la otra sostenía a mi tío. Yo no estaba herido, pero me dolía todo el cuerpo. Me vi tendido en la vertiente de una montaña, al borde de un abismo al que me habría precipitado, si no me hubiera salvado Hans al detener mi caída por los flancos del cráter.

—¿Dónde estamos? —preguntó mi tío, que me pareció muy irritado por hallarse de nuevo sobre la superficie de la Tierra.

El cazador se encogió de hombros, en señal de ignorancia.

—En Islandia —dije yo.

—*Nej* —respondió Hans.

—¡Cómo que no! —exclamó el profesor.

—Hans se equivoca —dije yo, levantándome.

Nos estaba reservada una nueva sorpresa que añadir a las innumerables que nos había prodigado el viaje. Yo esperaba ver un cono cubierto de nieves perennes, en medio de los áridos desiertos de las regiones septentrionales, bajo la pálida luz de un cielo polar, en las más elevadas latitudes. Y, contrariamente a todas nuestras previsiones, nos hallábamos tendidos en el flanco de una montaña calcinada por los rayos de un sol ardiente.

No podía dar crédito a mis ojos, y, sin embargo, la cocción de que era objeto mi cuerpo no permitía la menor duda. Habíamos salido del cráter medio desnudos, y el astro radiante, al que no habíamos pedido nada durante dos meses, nos prodigaba generosamente luz y calor en su espléndida irradiación.

Cuando se acostumbraron mis ojos al brillo del sol, los usé para rectificar los errores de mi imaginación. Debíamos hallarnos, por lo menos, en la Spitzberg, y no estaba dispuesto a dar mi brazo a torcer.

—En efecto, esto no tiene ningún parecido con Islandia —dijo mi tío.

—¿No será la isla de Juan Mayen? —pregunté.

—Tampoco, muchacho. Esto no es un volcán del norte, con sus colinas de granito y su casquete de hielo.

—Pero...

—Mira, Axel; mira.

Arriba, a unos quinientos pies de donde estábamos, se abría el cráter de un volcán por el que escapaban, cada cuarto de hora, con gran estrépito, columnas de llamas mezcladas con piedras pómez, lavas y cenizas. Sentía las convulsiones de la montaña, que respiraba como una ballena. Abajo, corrían ríos de lava por una pendiente bastante abrupta hasta una distancia de setecientos u ochocientos pies, lo que daba al volcán una altitud no superior a unas trescientas toesas. Su base desaparecía entre verdes boscajes, entre los que distinguí olivos, higueras y viñedos cargados de racimos rojizos.

Evidente era que el paisaje no correspondía a las regiones árticas. Más allá del verde paisaje, la vista se perdía en las aguas de un mar admirable o de un lago que hacía de aquella tierra encantada una isla de unas cuantas leguas de anchura. Al este, se divisaba un pequeño puerto precedido de unas casitas, en el que unas embarcaciones muy particulares se mecían suavemente en las azules aguas. Más allá emergían de la líquida llanura grupos de islotes en tan gran número que parecían un vasto hormiguero. Hacia poniente, lejanas costas cerraban el horizonte, en el que se perfilaban montañas azules de una armoniosa conformación, presididas, más allá, por un cono prodigiosamente elevado sobre cuya cima se agitaba un penacho de humo. Al norte, una inmensa extensión de agua, reverberando bajo los rayos del sol, moteada por algunos mástiles y algunas velas hinchadas al viento.

Lo que aquel espectáculo tenía para nosotros de imprevisto centuplicaba su maravillosa belleza.

—¿Dónde estamos? ¿Dónde estamos? —me repetía.

Hans cerraba los ojos, indiferente. Mi tío miraba sin poder comprender.

—Sea cual fuere esta montaña —dijo, al fin—, hace demasiado calor aquí. Las explosiones no cesan. Creo que no hubiera valido la pena salir de una erupción para recibir ahora una piedra en la cabeza. Descendamos y sabremos a qué atenernos. Además, estoy muerto de hambre y de sed.

Decididamente, el profesor no tenía un espíritu contemplativo. Por mi parte, olvidando la necesidad y la fatiga, de buena gana hubiera permanecido allí mucho tiempo. Pero hube de seguir a mis compañeros.

El talud del volcán tenía pendientes muy pronunciadas. Nos deslizábamos por ellas entre hoyos llenos de cenizas, cuidando de evitar las corrientes de lava que reptaban como serpientes de fuego. Iba yo hablando con volubilidad mientras descendíamos, para hacer respirar a la imaginación.

—Estamos en Asia —decía—, en las costas de la India, o en las islas de Malasia, o en Oceanía. Hemos atravesado la mitad del mundo para terminar en las antípodas de Europa.

—Pero ¿y la brújula?

—¡Ah, sí! ¡La brújula! —repetí, confuso—. Según la brújula, hemos ido constantemente hacia el norte.

—Entonces, nos ha mentido.

—¡Oh!, mentido...

—A menos que esto no sea el Polo Norte...

—¡El Polo! No, claro que no; pero...

El hecho era inexplicable, y no sabía qué imaginar.

Íbamos acercándonos a aquellos campos cuyo verdor refrescaba la vista. Me atormentaban el hambre y la sed. Afortunadamente, después de dos horas de marcha, llegamos a una hermosa campiña llena de olivos, granados y viñas que parecían pertenecer a todo el mundo. Además, el triste estado en que nos hallábamos no era propicio para dejarnos contener por los escrúpulos. ¿Con qué placer comimos y saboreamos los racimos de uvas! Cerca de allí, en la hierba y bajo la deliciosa sombra de los árboles, descubrí una fuente de agua fresca, en cuyas aguas hundimos con voluptuosidad las caras y las manos.

Mientras así nos abandonábamos a las delicias del reposo, apareció un niño entre los olivos.

—¡Ah! —grité—, un habitante de este hermoso país.

Era un chiquillo muy pobre, miserablemente vestido y de aspecto enfermizo. Pareció asustarse mucho al vernos, lo que no era de extrañar, pues semidesnudos como estábamos y con nuestras barbas enmarañadas, teníamos tan mala pinta que, a menos que estuviésemos en un país de ladrones, debía espantar a sus habitantes.

El niño salió huyendo, pero Hans corrió tras él y lo trajo hacia nosotros, a pesar de sus gritos y pataleos.

Mi tío intentó tranquilizarle, antes de preguntarle en alemán:

—¿Cómo se llama esta montaña, pequeño?

El niño no respondió.

A la misma pregunta, formulada en inglés, el mismo silencio por respuesta.

Yo estaba intrigado.

—¿Es que es mudo? —dijo el profesor, quien, ufanándose de su condición de políglota, repitió la misma pregunta en francés.

Idéntico silencio del niño.

—Probemos con el italiano —dijo mi tío

—*Dove noi siamo?*

—Sí, ¿dónde estamos? —repetí impaciente

El niño continuó silencioso.

—¡Ah! ¿Querrás hablar? —gritó mi tío, que empezaba a encolerizarse, y tirándole de las orejas, dijo: *Come si noma questa isola?*

—*Stromboli* —respondió el rapaz, quien consiguió escapar de las manos de Hans y tomar la huida a través del olivar.

¡El Strómboli! ¡Qué efecto produjo en mí este nombre inesperado! Estábamos en pleno Mediterráneo, en medio del archipiélago eólico de mitológica memoria, en la antigua Strongyle, donde Eolo tenía encadenados a los vientos y tempestades. Esas montañas azules que se levantaban al este eran las montañas de Calabria. Y el volcán erguido hacia el sur era el Etna, el mismo Etna.

—¡Strómboli! ¡Strómboli! —me repetía.

Mi tío acompañaba mi admiración con gestos y palabras. Parecía que estábamos cantando a dúo.

¡Ah! ¡Qué viaje! ¡Qué maravilloso viaje! ¡Entrar por un volcán y salir por otro, situado a más de mil doscientas leguas del Sneffels, de ese árido país de Islandia perdido en los confines del mundo! Los azares de la expedición nos habían llevado a una de las más armoniosas regiones del mundo. Habíamos abandonado la zona de las nieves eternas por las del infinito verdor, y dejado por encima de nuestras cabezas la niebla grisácea de las comarcas heladas para salir al cielo azul de Sicilia!

Tras haber restaurado nuestras fuerzas con la delicia de las frutas y el agua fresca reemprendimos nuestro camino hacia el puerto de Strómboli. No nos pareció prudente revelar cómo habíamos llegado a la isla. El espíritu supersticioso de los italianos no hubiese dejado de ver en nosotros unos demonios vomitados por el infierno. Nos resignamos, pues, a pasar por humildes náufragos. Era menos glorioso, pero más seguro. Por el camino, mi tío no cesaba de murmurar:

—¡Y esa brújula! La brújula indicaba el norte. ¿Cómo explicarse esto?

—Pues bien —dije—, dejémoslo sin explicación.

—¿Sin explicación? ¡Qué vergüenza para un profesor del Johanneum no hallar la razón de un fenómeno cósmico!

Y al decir esto, mi tío, semidesnudo, con su cinturón y bolsa de cuero alrededor de la cintura, y fijando sus gafas sobre la nariz, volvía a ser el terrible profesor de mineralogía.

Una hora después de haber salido del olivar, llegábamos al puerto de San Vicenzo, donde Hans reclamó el salario de su decimotercera semana de servicio, que mi tío acompañó de los más calurosos apretones de manos.

En aquel momento, si no compartió nuestra emoción, sí, al menos, se abandonó a un gesto de expansión extraordinario: con la punta de sus dedos tocó ligeramente nuestras manos, y sonrió.

45

Aquí concluye un relato al que rehusarán dar crédito hasta las gentes más acostumbradas a no asombrarse de nada. Pero yo estoy acorazado de antemano contra la incredulidad humana.

Fuimos recibidos por los pescadores de Strómboli con las consideraciones debidas a unos náufragos. Nos dieron víveres y ropas. Después de cuarenta y ocho horas de espera, el 31 de agosto, un pequeño *speronare* nos trasladó a Mesina, donde algunos días de reposo bastaron para restablecernos completamente.

El viernes, 4 de septiembre, nos embarcamos a bordo del *Volturne,* un barco-correo francés, y tres días después desembarcamos en Marsella, sin otra preocupación que la de nuestra maldita brújula. Este hecho inexplicable no dejaba de atormentarme a mí también.

El 9 de septiembre, por la noche, llegamos a Hamburgo.

No son para descritas la sorpresa de Marta ni la alegría de Grauben.

—Ahora que eres un héroe —me dijo mi querida prometida—, ya no tendrás necesidad de dejarme, Axel.

La miré, y vi que sonreía entre sus lágrimas.

Innecesario es decir que el regreso del profesor Lidenbrock causó una enorme sensación en Hamburgo. Gracias a la indiscreción de Marta, la noticia de su viaje el centro de la Tierra se había extendido por el mundo entero. Claro es que nadie quiso creer en la realidad de tal viaje, y que su regreso fue recibido con la misma incredulidad. Sin embargo, la presencia de Hans y algunas informaciones procedentes de Islandia fueron cambiando poco a poco la opinión pública.

Entonces mi tío se convirtió en un gran hombre y yo en el sobrino de un gran hombre, lo que ya es algo. Hamburgo organizó una fiesta en nuestro honor. En el Johanneum se celebró una sesión pública durante la cual el profesor relató su expedición sin omitir más que lo ocurrido con la brújula. El mismo día depositó en los archivos de la ciudad el documento de Saknussemm. El profesor expresó su vivo pesar de que las circunstancias, más fuertes que su voluntad, le hubiesen impedido seguir hasta el centro de la Tierra las huellas del viajero islandés. Su modestia en la gloria contribuyó a aumentar su reputación.

Tanto honor debía, necesariamente, suscitarle envidiosos. Los hubo. Y como sus teorías, sustentadas en hechos ciertos, se hallaban en contradicción con las ideas de la ciencia sobre la cuestión del fuego central, hubo de sostener con la pluma y la palabra notables polémicas con los sabios del mundo entero.

Yo debo decir que no puedo admitir su teoría del enfriamiento de la Tierra. A pesar de lo que he visto, creo y creeré siempre en el calor central, aunque admita que fenómenos naturales, en circunstancias aún mal definidas, puedan modificar esta ley.

La partida de Hans, que coincidió con los momentos de máxima intensidad de las polémicas de mi tío, causó a éste un vivo dolor. Preso de la nostalgia de su Islandia, Hans abandonó Hamburgo, pese a las instancias de mi tío. El hombre a quien debíamos todo no nos dejó satisfacer nuestra deuda de gratitud. «*Farval*», dijo un día, y tras esta sencilla despedida regresó a Reykjavic.

Nosotros nos sentíamos entrañablemente ligados a Hans. Jamás será olvidado por los que le deben la vida. Estoy seguro que no he de morir sin antes haberlo visto nuevamente.

Concluiré diciendo que este *Viaje al centro de la Tierra* causó enorme sensación en todo el mundo. Se tradujo a todas las lenguas y se imprimió en todas partes. Los más acreditados periódicos se disputaron la publicación de los principales episodios, que fueron comentados, discutidos, atacados y defendidos con igual convicción por parte de creyentes e incrédulos. Por raro que esto sea, mi tío gozaba en vida de la gloria, y era ésta tan grande que a Barnum se le ocurrió proponerle «exhibirlo», a un alto precio, en los Estados Unidos.

Pero esta inmensa gloria estaba roída por el tormento que causaba en mi tío el hecho inexplicable de la brújula. Pues para un sabio, un fenómeno inexplicable de esa naturaleza se convierte en un suplicio de la inteligencia.

Pero el Cielo reservaba a mi tío una felicidad completa. Como me hallara un día ordenando una colección de minerales en su gabinete, vi la famosa brújula, que se hallaba desde hacía seis meses en un rincón, sin saber los tormentos que estaba causando, y me puse a observarla.

La sorpresa me arrancó un grito, que hizo acudir al profesor.

—¿Qué pasa? —preguntó.

—¡Esta brújula!

—¿Sí?

—Que su aguja indica el sur y no el norte.

—¿Cómo dices?

—Mire, sus polos están cambiados.

—¡Cambiados!

Mi tío miró, comparó e hizo temblar la casa del salto que dio.

Un rayo de luz iluminó nuestras mentes.

—Así, pues —dijo cuando pudo recuperar el habla—, desde nuestra llegada al cabo Saknussemm, la aguja de esta condenada brújula marcaba el sur en vez del norte.

—Evidentemente.

—Así se explica entonces nuestro error. Pero ¿qué fenómeno pudo producir esta inversión de los polos?

—Nada más sencillo de explicar.

—Explícate, muchacho.

—Durante la tempestad en el mar Lidenbrock, aquella bola de fuego que imantó todo el hierro de la balsa desorientó a la brújula.

—¡Ah! —exclamó el profesor, soltando una carcajada—, así que todo fue una broma de la electricidad...

A partir de aquel día, mi tío fue el más feliz de los sabios, y yo el más feliz de los hombres, pues mi hermosa virlandesa trocó su posición de pupila en la casa de la Königstrasse por la de sobrina y esposa. Inútil es añadir que su tío fue el ilustre profesor Otto Lidenbrock, miembro correspondiente de todas las sociedades científicas, geográficas y mineralógicas de las cinco partes del mundo.

Indice